거기
당신?

거기 당신?

윤 성 희 소 설

문학동네

차례

유턴지점에 보물지도를 묻다

우리는 산봉우리 사이로 뜨는 해를 보면서 기도를 했다.

가슴속에서 붉은 기운이 올라오는 것이 느껴졌다.

내 평생 이렇게 떨리기는 처음이었다. 그때 옆에 서 있던 고등학생이 말했다.

언니, 왜 이렇게 얼굴이 빨개요?

1

분만실 밖에서 아버지는 담배 한 갑을 다 피웠다고 한다. 텔레비전에서는 한 해가 저물어가는 거리 풍경을 보여주었다. 눈발이 흩날리고 있었다. 어머니는 여덟 시간째 진통중이었다. 아버지는 시계를 보면서 조금만 더 조금만 더, 라고 혼잣말을 중얼거렸다. 아버지는 당신의 자식이 새해에 처음으로 태어나는 아이이길 바랐다. 그러면 모든 행운이 자기에게로 몰려올 것만 같았다. 가게는 몇 달째 적자를 보고 있었다. 겨울이 끝나려면 아직 멀었는데 연탄은 몇 장밖에 남지 않았다. 때마침 산부인과에서는 새해 첫 아이가 이 병원에서 태어날 경우 소아과를 무료로 이용할 수 있도록 해준다고 했다. 12월 31일 열한시 삼십사분에 언니가 태어났다. 삼십 분만 늦게 나왔으면 좋았을걸…… 아버지가 간호사에게 말했다. 그러자 간호사가 이렇게 대답했다. 걱정 마세요. 뱃속에 아직 한 명이 더 있거든요. 그 이야기를 들은 아버지는 시계를 보면서 조금만 빨리, 라고 외쳤다. 1월 1일 영시 삼십일분에 내가 태어났다. 삼십 분만 빨리 나왔으면 좋았을걸 그랬죠? 이번에는 간호사가 아버지에게 말했다.

어머니는 곧 중환자실로 옮겨졌다. 아버지는 산소호흡기를 낀 어머니의 머리맡에 앉아서 어린 시절에 대해 이야기했다. 할아버지는 D시에서 꽤 유명한 나이트클럽의 사장이었다. 할아버지의 교육철학은 오직 한 가지였다. 강한 정신력! 할아버지는 한때 D시를 떠들썩하게 만든 유도선수이기도 했다. 아버지는 할아버지의 뜻에 따라 유도, 태권도, 검도를 배웠다. 여덟 달 만에 태어나 온갖 잔병치레를 하며 자라온 아버지에게 운동은 벅찼다. 운동의 강도가 높아지면 높아질수록 아버지는 점점 말더듬이가 되었다. 이상하게도 아버지의 얼굴만 보면 입이 딱 붙어버리는 거야. 그래도 마지막 말은 제대로 했어. 전 이제 집을 나가겠어요, 다시는 돌아오지 않을 거예요, 라고. 한 번도 더듬거리지 않고 말했어. 아버지는 어머니의 머리를 쓰다듬으면서 이야기했다.

어머니는 당신이 낳은 두 딸을 안아보지 못했다. 장례식이 끝나자, 아버지는 언니를 업고 나를 안은 채 고향으로 향했다. 집을 떠난 지 십 년 만이었다. 할아버지는 여전히 나이트클럽의 사장이었다. 열심히 일하겠습니다. 이번에도 아버지는 더듬지 않고 말했다. 할아버지는 어린 두 손녀를 양쪽 허벅지에 올려놓았다. 나와 언니는 동시에 똥을 쌌고 동시에 울었다. 아이들의 울음소리를 유난히 싫어했던 할아버지는 사귀던 술집 마담에게 선물하기 위해 사둔 아파트의 열쇠를 아버지에게 주면서 말했다. 나가 살거라. 할아버지는 돌아가시는 그날까지도 나와 언니를 구별

하지 못했다.

아버지는 늘 바빴다. 매일 할아버지에게 가서 전날의 영업실적을 보고해야 했는데, 그때마다 망할 자식이라는 욕을 들었다. 배다른 동생들이 각자 딴주머니를 차는 바람에 나이트클럽의 경영은 좀처럼 좋아지지 않았다. 아버지에게는 어머니가 다른 동생이 일곱 명이나 있었다. 그중 한 삼촌은 가짜 양주를 제조해 할아버지의 나이트클럽에 팔아넘겼고, 또다른 삼촌은 질 나쁜 안주를 팔아 원가의 다섯 배도 넘는 폭리를 취하고 있었다. 나이트클럽에 출연하는 가수들을 소개하는 조건으로 커미션을 받는 삼촌도 있었다. 아버지는 누가 뭐라고 해도 자신이 큰형이라는 사실을 잊지 않으려 했다. 하지만 삼촌들은 그 문제에 관심조차 없었다. 제각각 어머니가 다른 그들은 어떤 의미에서 모두 큰형이었다.

우리를 키운 것은 누룽지 할머니였다. 원래는 옆집에 살던 할머니였는데, 누룽지를 너무도 좋아해서 언니가 붙여준 별명이었다. 할머니의 큰아들은 수십억의 빚을 갚지 못하고 야반도주를 했다. 그날 할머니는 동네 친구들과 꽃구경을 갔었다. 할머니의 가방에는 손자에게 주려고 산 바나나가 들어 있었다. 할머니는 자신이 살던 집 대신 우리집 초인종을 눌렀다. 그리고 손자에게 먹이려던 바나나를 우리에게 먹였다. 누룽지 할머니는 자주 졸았다. 밥을 먹다가도 졸고, 텔레비전을 보다가도 졸고, 심지어는 화장실에서 용변을 보다가도 졸았다. 그래서 우리는 조용히 노는 법을 배워야 했다. 요란한 소리가 나는 장난감은 버렸다. 나에게는 언니가, 언니에게는 내가 장난감이었다. 사람들이 누가 언니니? 하고 물으면 우리는 저요, 하고 동시에 대답했다. 그럼 누가 동생이니? 하고 물으면 애요, 하고 서로 상대방을 손가락으로 가리켰다. 언니가 걸으면 나는 그 뒤에 서서 언니의 걸음걸이를 흉내냈다. 내가 그림을 그리고 있으면 언니가 내 옆에 앉아서 내가 그린 그림과 똑같은 그림을 그렸다. 우리는 이 놀이를 그림자놀이라고 불렀다. 누룽지 할머니는 우리에게 설탕을 바른 누룽지를 쥐여주면서 말했다. 헷갈려 죽겠다, 헷갈려 죽겠어.

누룽지 할머니는 우리의 얼굴을 쓰다듬으면서 당신의 손자 이름을 중얼거렸다. 헷갈린다는 말을 너무 자주 하더니, 결국 머릿속에 들어 있는 기억들이 뒤엉키기 시작한 모양이었다. 우리는 할머니 앞에서는 더이상 장난을 치지 않았다. 하지만 할머니의 실수는 줄어들지 않았다. 누룽지에 설탕 대신 소금을 바르거나, 국에 간장 대신 식초를 넣었다. 할머니가 한 음식이 맛이 없어지자 우리는 밥 대신 우유를 먹었다. 하루에 1리터씩 마셨더니 키가 쑥쑥 자랐다.

거실에는 커다란 카펫이 깔려 있었다. 카펫에는 동그라미, 네모, 세모의 도형들이 그려져 있었다. 카펫 위를 걸을 때는 우리만의 규칙이 있었다. 언니는 붉은색을 밟으면 안 되고 나는 초록색을 밟으면 안 된다는 규칙이었다. 붉은색 또는 초록색을 피해 카펫을 밟는 것은 어려운 일이었다. 까치발을 하고 카펫 위를 걷다보면 자기도 모르게 자꾸 몸이 기우뚱거렸다. 놀이의 규칙을 모르던 아버지가 우리를 한의원에 데리고 가, 애들이 똑바로 걷질 못해요, 혹시 빈혈이 있나요? 하며 묻기도 했다. 우리는 벽 가운데에 선을 긋고 양쪽에 스티커를 붙였다. 언니가 붉은색을 밟게 되면 내 쪽에 스티커를 붙였고, 내가 초록색을 밟게 되면 언니 쪽에 스티커를 붙였다. 우리가 열 살이 되면 그때 더 많은 스티커를 가진 사람이 언니가 되기로 했다. 사람들이 스티커에 대해 물어보면 우리는 이렇게 대답했다. 착한 일을 할 때마다 하나씩 붙이는 거예요. 그러면 어른들은 엄마도 없는데 참 잘 컸네, 하고 우리의 머리를 쓰다듬었다.

한번은 내가 담벼락 밑에 나 있는 민들레를 밟았을 때 언니가 다가와 내 등을 툭 치면서 말했다. 스티커 한 개. 우리는 짓밟힌 민들레를 보며 웃었다. 그날 이후로 우리는 길을 걸을 때도 이 놀이를 했다. 아버지는 민들레를 밟아 죽인 후에 웃는 우리의 모습에 큰 충격을 받았는지 아동심리학 박사에게 전화를 걸어 상담을 했다. 결론은 간단했다. 무조건 사랑하세요. 사랑이 부족한 아이들에게 나타나는 현상입니다. 아버지는 어떤 일이 있어도 하루에 한 번씩 우리를 꼭 껴안아주었다.

버스정류장 앞에 새로운 보도블록이 깔렸다. 하필이면 붉은색 벽돌이었다. 언니는 그 길을 걸을 때마다 붉은 벽돌을 밟지 않도록 조심했다. 두 팔을 벌리고 보도블록 가장자리를 따라 조심스럽게 걷는 언니는 체조선수 같았다. 짜장면 배달하던 오토바이가 속도를 줄이지 못하고 달려들 때도 언니는 그렇게 두 팔을 벌리고 있었다. 나는 혼자 초등학교에 입학했다. 아버지는 하루에 두 번씩 나를 꼭 껴안아주었다. 여전히 길을 걸을 때면 초록색은 밟지 않았다. 혹시 나도 모르게 밟게 되면 그날은 집에 돌아와 언니 쪽 벽에 스티커를 붙였다. 누룽지 할머니는 자주 언니 이름을 불렀다. 할머니의 시선은 언제나 내 등뒤를 향해 있었다. 내 뒤에 언니가 서 있다는 것을 아는 사람은 할머니와 나뿐이었다. 아버지가 할머니를 병원에 보낸 후, 그 사실을 아는 사람은 나 혼자가 되었다.

고등학교 일학년 때 할아버지가 돌아가셨다. 개회충이 눈과 뇌로 파고들었다. 사인은 가까운 가족들에게만 알려졌다. D시에서 최초로 나이트클럽을 개업한 사람의 마지막으로는 어울리지 않는 죽음이었다. 그래서 아버지는 신문 부고란에 심장마비라고 알렸다. 말년에 할아버지는 다섯마리의 개를 키웠다. 한 번도 자식들을 따뜻하게 안아준 적이 없었던 할아버지는 개들을 안고 잠이 들었다. 할아버지가 돌아가시자 개보다도 사랑을 못 받았다고 생각한 삼촌들이 다섯 마리의 개를 잡아먹었다.

병원 침대에 누워 할아버지가 했던 마지막 말은 거기, 였다. 삼촌들은 숨을 헐떡거리는 할아버지에게 물었다. 유언장은 어디 있어요? 어디에 두었나요? 할아버지는 검지손가락으로 병원 천장을 가리키면서 말했다. 거기…… 그리고 다음 말을 잇지 못했다. 아버지가 장례식장을 지키는 사이 일곱 명의 삼촌들은 할아버지의 집을 뒤졌다. 어디에서도 유언장은 나오지 않았다. 삼촌들은 서로 소송을 걸었다. 더이상 아버지를 형이라고 부르는 동생은 없었다. 아버지는 일곱 동생들을 집으로 불러들였다. 나는 유산 따위에는 아무 관심도 없다. 아버지의 말이 끝나자 삼촌들은 눈동자를 굴려대며 못 믿겠다는 표정을 지었다. 정말이야? 아버지와 몇 달밖에 차이가 나지 않는 첫째삼촌이 말했다. 정말이야. 하지만 대신 조건이 있다. 내가 재산을 포기하는 조건으로 니들 뺨을 한 대씩 쳐도 되겠냐? 삼촌들은 작은방으로 가더니 무엇인가를 의논하기 시작했다. 삼촌들은 차례로 서서 오른쪽 뺨을 아버지에게 내밀었다. 아버지는 삼촌들의 뺨을 한 대씩 때렸다.

그날 새벽, 아버지는 편지 한 장을 남겨놓고 집을 나갔다. "매달 25일이 되면 돈을 부치마. 건강해라." 나는 아버지가 남긴 쪽지를 냉장고 문에 붙여두었다. 잠이 오지 않는 날이면 농에 있는 이불을 모두 펼쳐놓고 그 위를 걸었다. 어떤 날은 빨간색 무늬를 건너뛰었고, 어떤 날은 노란색을, 또 어떤 날은 파란색을 건너뛰었다. 시간은 빠르게 흘러갔다. 나는 고등학교를 졸업하고 여행사에 취직을 했다. 더이상 아버지의 도움을 받기 싫어 통장을 없앴다. 해지한 통장을 본 순간 더이상 아버지를 만날 수 없을 것 같다는 예감이 어렴풋하게 들었다.

2

아버지는 기차칸에서 돌아가셨다. 아버지의 주머니에서 발견된 것은 부산행 새마을호 기차표와 만원짜리 네 장이 전부였다. 나는 다니던 여행사를 그만두었다. 오 년을 일하는 동안 나는 한 번도 여행을 가지 않았다. 오 년 동안 나는 등받이가 삐뚤어진 의자에 앉아서 여행을 떠나는 사람들의 설렌 얼굴을 마주 보고 같이 웃어주었다. 여행사를 그만두고 나는 부산행 새마을호 기차표를 끊었다. 5호 차량 좌석번호 25번. 아버지가 눈을 감은 자리였다. 아버지가 기차를 탔던 서울역에서 시체로 발견된 부산역 사이. 기차가 어디를 통과할 때쯤 아버지의 심장이 멈췄는지 짐작해보면서 나는 서울과 부산을 오갔다.

Q를 만난 것은 서울과 부산을 왕복한 지 일곱번째 되었을 때였다. 그

는 내가 예약한 25번 좌석에 앉아 있었다. 잠을 자는지 눈을 감고 있었다. 이봐요! 나는 Q의 어깨를 흔들면서 말했다. 여기 제 자리거든요. 한참이 지나도 Q는 눈을 뜨지 않았다. Q는 눈을 감은 채 무슨 노래인가를 흥얼거렸다. 노래에 맞춰 손바닥으로 무릎을 두드리며 박자를 맞추고 있었다. 나는 Q의 손을 내려다보았다. 손마디마다 굳은살이 박혀 있었다. 이봐요, 안 자고 있다는 거 다 알아요. 얼른 자리 바꿔주세요. 내 말이 끝나자마자 Q가 픽, 하고 웃었다. 덩치에 어울리지 않게 Q의 양볼이 붉어졌다. 우리는 삶은 달걀을 사서 두 개씩 나눠 먹었다. Q는 사이다를 마시고는 트림을 했다. 다른 사람 앞에서 트림을 해본 적이 없다고 내가 말하자 Q는 마시던 사이다를 주면서 말했다. 마셔요. 그리고 한번 해보세요. 나는 사이다를 남김없이 마시고 아주 길게 트림을 했다. 앞자리에 앉은 남자가 뒤돌아보았다. 시원했다. 나는 Q와 친구가 되었다.

Q는 얼마 전까지 지하철 기관사였다. 원래의 꿈은 기차를 몰아보는 것이었는데, 그 꿈을 이루지 못한 대신 가장 비슷한 일을 찾아냈다. 기차에 치여 한쪽 다리를 잃은 Q의 아버지는 Q가 지하철 운전기사가 되던 날 동네잔치를 열었다. 동네사람들은 기차나 지하철이나 마찬가지라며 웃었다. 그날 동네사람들이 마신 술값은 Q의 한 달 월급보다도 많았다. 지하철을 몰면서 Q는 하루에 껌을 한 통이나 씹었다. 좁고 컴컴한 굴 속을 뚫고 지나갈 때면 심장이 답답하게 죄어왔다. 경기가 나빠지면서 지하철에서 자살하는 사람들이 많아졌다. 지하철을 몰기 시작한 지 일 년 정도 지났을 때, 한 여자가 Q의 열차로 뛰어들었다. 하늘색 블라우스에 검은색 치마를 입은 여자였다고 한다. 여자가 열차로 뛰어들기 직전 Q는 여자와

눈이 마주쳤다. 평생 잊을 수 없을 거예요, 그 눈을. 지금도 눈만 감으면 그 여자의 눈이 선명하게 보이는 것 같아. 그렇게 말할 때 Q의 눈동자가 얼마나 불안하게 흔들렸는지 나도 모르게 Q의 손을 잡아주었다.

그날 나는 Q를 따라 내렸다. 짐은 없어요? Q의 말에 나는 손바닥을 위로 향하게 하고는 웃었다. 아무것도 없어요. 순간 D시에 있는 집 현관문을 잠그지 않은 게 생각났다. 도둑이 들어봤자 별로 훔쳐갈 것도 없었다. 물건들은 몇 달쯤 나를 기다리다가 결국 지쳐 스스로 색이 바랠 것이다. Q는 나를 중국집의 주방 보조로 취직시켜주었다. 사촌형이 외국으로 가면서 자신에게 맡긴 가게라고 Q는 말했다. 나는 눈물을 잘 흘리지 않는 편이라서 양파를 깔 때도 괜찮았다. 열다섯 살 때부터 중국집에서 일했다는 주방장은 양파를 깔 때면 어린아이처럼 눈물을 흘렸다.

영업이 끝나면 우리는 주방에 앉아서 소주를 반병씩 마셨다. 안주는 팔다 남은 짬뽕 국물이 전부였다. Q는 불면증에 시달렸다. 나는 Q에게 충혈된 눈으로 손님들을 쳐다보지 말라고 충고해주었다. 가뜩이나 없는 손님, 그마저도 도망가겠어요. 그러자 주방장이 나를 째려봤다. 음식이 맛없어서 손님이 없다는 사실은 아는 모양이었다. 비가 오는 날이면 Q는 만두를 만들어주었다. Q가 만든 고기만두는 정말 맛있었다. 어린 시절 울보였던 Q는 만두, 라는 말만 나와도 눈물을 그쳤다고 한다. 정말 맛있어요. 나중에 만두가게를 차려도 되겠어요. 나는 입천장이 데도록 뜨거운 만두를 한 입에 꿀꺽 삼키면서 말했다. 어머니가 이십 년 넘게 만들어주었던 만두에 비하면 아무것도 아니라고 대꾸하며 그가 쓸쓸하게 웃었다.

나는 찜질방에서 지냈다. 한 달치 목욕비를 한꺼번에 끊으면 20퍼센트를 할인해주었다. 매일매일 목욕을 했더니 잠이 잘 왔다. 개인 사물함에 들어가지 못하는 물건들을 보면 아예 욕심이 생기질 않았다. 최신식 가전제품을 보아도 마음이 흔들리지 않았고, 예쁜 옷을 보아도 사고 싶다는 생각이 들지 않았다.

목욕을 하고 나오다가 바닥을 닦고 있는 여자의 발을 밟았다. 어! 미안해요. 여자는 괜찮다는 듯 목례를 하고는 다시 바닥을 닦기 시작했다. 다음날 나는 수건을 개고 있는 여자의 다리를 깔고 앉았다. 미안해요. 못 봤어요. 나는 다시 한번 사과를 했다. 그 다음날 나는 목욕탕 문을 열고 나오는 여자와 정면으로 부딪쳤다. 여자와 나는 혹이 난 이마를 만지작거리면서 나란히 바닥에 누웠다. 누군가가 수건에 차가운 물을 적셔왔다. 괜찮아요? 여자의 이마에 찬 물수건을 대주면서 내가 말했다. 괜찮아요. 늘 이런 일이 일어나는걸요. 여자가 힘없이 웃었다.

여자의 이름은 W였다. W는 내게 몸에 난 수많은 멍을 보여주었다. 하루에 수십 번은 사람들과 부딪쳐요. 가만히 서 있는 내 발을 밟고 나서 사람들은 이렇게 말하죠. 미안합니다. 못 봤어요. 정말 사람들 눈에는 제가 잘 안 보이나봐요. W의 말처럼 나도 W와 부딪치기 전까지는 그녀의 존재를 느끼지 못했다. 어, 이 사람이 언제 여기에 있었지? W와 부딪치고 난 뒤에야 그런 생각이 들었다.

학창 시절 W의 별명은 유령이었다. 소풍을 가서 담임선생님이 W를 빼고 인원을 센 적도 있었다. W의 짝은 한 학기가 지나도록 W의 이름을 제대로 외우지 못했다. 한번은 유리창을 닦다가 2층에서 떨어진 적이 있었는데, 그때 반 아이 중 한 명이 유리창을 닦고 있는 W를 보지 못하고 창을 닫았기 때문이었다. W와 일 년을 넘게 만나오던 남자친구는 헤어지면서 이렇게 말했다고 한다. 난 니가 무서워. 이제 제발 나를 따라다니지 마!

　W의 어머니는 꽤 유명한 배우였다. 남편의 외도로 무너진 가정을 지키려고 필사적으로 애를 쓰는 우울증 주부의 역을 해서 사람들의 입에 오르기 시작했다. W는 그녀가 배우가 되기 전에 낳은 아이였다고 한다. 어머니와 외할머니 외에는 아무도 자신의 존재를 모른다며 W가 입꼬리를 비틀면서 웃었다. 아니, 이젠 외할머니가 돌아가셨으니 어머니만 입을 다물면 아무도 내 존재를 모르겠네! W가 혼잣말을 하듯 허공을 보며 중얼거렸다. W와 그 여배우는 얼굴이 전혀 닮지 않았다. 아마 아버지가 못생겼나보지. 나는 W의 이야기를 들으면서 짐작해보기도 했다. 어머니가 유명해질수록 W는 유령 같은 존재가 되어갔다. 어머니가 연기상을 받던 이 년 전 그날, W는 길을 가다 자신의 그림자가 보이지 않는다는 것을 알고 깜짝 놀랐다고 했다.

　W와 나는 자주 냉면을 먹으러 다녔다. 우리는 뜨거운 탕에 삼십 분 정도 몸을 담그고 난 뒤, 젖은 머리카락을 흩날리며 냉면집을 찾아다녔다. W는 매운 것을 잘 먹었다. 이렇게 매운 것을 먹으면 머릿속이 텅 빈 것 같거든. W는 질긴 면을 입으로 꾸역꾸역 집어넣었다. 매운 음식이 식도를 타고 내려가는 순간, W는 자신이 살아 있음을 느낀다고 했다. W는 자신이 만든 아주 매운 소스를 늘 가지고 다녔다. 냉면이 나오면 자신이 만든 소스를 더 넣어서 먹었다. 나도 조금씩 W가 만든 매운 소스를 먹기

시작했다. 우리는 얼얼한 혓바닥을 쭉 내밀고 숨을 쉬었다. 고춧가루가 다이어트에 효과가 있다는 말이 사실인지 살이 조금 빠지기도 했다.

중국집 문을 닫는 날이면 Q가 찜질방으로 왔다. W가 일을 하는 동안, 나와 Q는 요가를 배우고 재즈댄스를 배웠다. 목이 마르면 식혜를 사서 마셨다. 너무 달았지만 살얼음이 뜰 정도로 차가워서 마시고 나면 가슴 속까지 시원해졌다. 가족 단위로 찜질방을 찾는 사람들이 많아지면서 다양한 게임을 즐길 수 있는 방이 생겼다. W의 일이 끝나면, 우리 셋은 게임방으로 가서 말 옮기기 게임을 했다. 과일 숫자를 맞추는 게임이나 앞서 가던 돼지를 잡는 게임도 했다. 사람들은 둥그런 탁자에 앉아서 주사위를 굴렸다. 블록이 무너지면 사람들이 와아! 하고 좋아라 했다. 여기저기서 뿅망치 두드리는 소리가 들렸다. 내기가 없는 게임은 싫다고 Q가 말했다. 그래서 우리는 한 게임당 천원씩 걸었다. 나는 삼만원을 잃은 날도 있었다. 돈을 가장 많이 딴 사람이 미역국을 샀다. 그런데 왜 찜질방에서는 미역국을 팔아요? 매점 아주머니에게 물어봤지만 대답해주지 않았다. 미역국을 먹고 나면 각자 흩어져 늘어지게 잠을 잤다. 우리는 밖의 날씨가 어떤지에 대해 관심이 없었다. 일기예보는 보지도 않았다. Q가 누워 있는 W의 발목을 밟아서 인대가 늘어나기도 했지만, 늘 그렇듯이 W는 아무렇지도 않은 표정을 지었다.

하루는 셋이 고스톱을 치고 있는데 고등학생으로 보이는 앳된 여자애가 다가왔다. 저도 같이 하면 안 될까요? 넷이 치면 한 사람은 광을 팔아야 한다며 Q가 투덜거렸다. 광을 판 사람은 주로 W였다. 고스톱을 치면

돈을 잃는 법이 없는 Q가 여자애에게 내리 돈을 잃었다. 자신의 지갑에 있는 만원짜리가 고스란히 여자애에게로 가자 마침내 Q가 화를 내면서 말했다. 사실대로 말해. 너 고등학생이지? 고등학생이 노름을 하면 돼? Q의 입에서 굵은 침이 튀었다. 고등학생인 여자애가 나와 W의 어깨에 팔을 얹고는 아주 나지막하게 속삭였다. 제가 비밀 하나 알려드릴게요. 사실 저에겐 보물지도가 있는데, 생각 있으면 저랑 같이 찾으러 가실래요? 가출한 고등학교 2학년짜리 여자애들이란 거짓말을 밥먹듯 한다고 Q가 말했다. 고등학생이 지갑을 꺼내 그 안에서 반듯하게 접힌 종이 한 장을 꺼냈다. 거기에는 정교하게 그려진 지도가 있었다. 아버지는 이 지도를 십 년 전부터 금고에 보관해두었어요. 다 이유가 있기 때문에 그런 거 아니겠어요? 고등학생은 누가 자신의 말을 엿듣지 않는지 살피기 위해 사방을 두리번거렸다. 고등학생의 말을 들을수록 보물이 정말로 있는 것처럼 느껴졌다. 그렇지 않고서야 가출을 하면서 다른 것도 아니고 달랑 지도 하나만을 들고 나왔겠는가. 우리는 밤새 잠을 이루지 못했다. 다음날 내가 내린 결론은 이거였다. 거짓말을 믿는다고 해서 세상이 망하지는 않지. Q가 내린 결론은 이랬다. 진짜 보물이 나오면 사등분해야 해. W는 우리 둘의 얼굴을 천천히 살펴본 다음에 말했다. 우리 셋은 지금 몹시 심심해.

만일을 위해서 운전을 할 줄 알아야 한다고 Q는 말했다. Q의 충고에 따라 나와 W는 운전을 배웠다. 운전면허를 따는 데 두달이나 걸렸다. 그 사이 새벽마다 동네 뒷산을 올랐다. 고등학생이 보여준 지도에 의하면 보물은 산 정상에 있었다. 체력이 좋아야만 보물을 짊어지고 내려올 수 있을 것이라고 우리는 생각했다. 처음에는 약수터까지밖에 못 가겠더니 며칠이 지나자 정상까지 가도 숨이 가쁘지 않았다. 일찍 일어나보니, 새벽이 생각보다 훨씬 수다스럽다는 것을 알았다. 고등학생은 우리가 동네 뒷산을 오르고 운전을 배우는 동안, 지도에 있는 산이 어느 산인지를 알아내는 일을 맡았다. Q는 중학교 동창을 통해 중고 트럭을 하나 구입했다. 좌석이 네 개 있는 트럭이었다. 등산용품 전문점에 가서 커다란 배낭을 네 개 샀다. 침낭을 갖는 게 소원이라고 해서 Q에게 침낭을 하나 선물해주었다. 그랬더니 Q는 그날 밤 뒷산에 올라가 내려오지 않았다. 이 침낭 정말 따뜻해. 다음날 산에서 내려온 Q의 얼굴에는 수십 방의 모기 물린 자국이 있었다. 긴 장마가 끝난 후 마침내 우리는 출발했다. 삽 두 자루와 곡괭이 두 자루를 트럭에 싣고서.

3

트럭에서는 담배 냄새가 심하게 났다. 에어컨은 작동되지 않았다. 창을 열자 날벌레들이 달려들었다. Q가 창 밖으로 고개를 내밀고 침을 뱉었다. 바꿀까요? W가 말했다. Q가 고개를 끄덕이고는 갓길에 차를 세웠다. W가 운전석 쪽으로 자리를 바꾸려는 순간 고등학생이 말했다. 그런데, 두 분 2종 면허 따신 거 아니에요? 나와 W가 동시에 대답했다. 응, 그게 가장 따기 쉽다고 해서. 그런데 뭐가 문제야? 우리의 말을 들은 Q가 허공을 향해 욕을 하기 시작했다. 이런 멍청한 것들!

고속도로를 빠져나오자 고등학생이 길 안내를 하기 시작했다. 오른쪽으로 가세요. 이대로 한참을 달리다보면 Y자로 갈라지는 길이 하나 나올 거예요. 그 말을 듣고 Q는 우회전을 했다. 하지만 아무리 달려도 Y자로 갈라지는 길은 나오지 않았다. 고등학생은 차를 세우게 하고는 지도를 들고 가로등 밑으로 뛰어갔다. 실내등이 켜지지 않았던 것이다. 한참 만에 돌아온 고등학생이 웃으면서 말했다. 미안해요. 아까 그 삼거리에서 왼쪽으로 가야 해요. Q가 창 밖으로 고개를 내밀고 욕을 했다. 이런 멍청한 것!

차는 비포장도로를 한참 달렸다. 차가 덜컹거릴 때마다 W는 밭은기침을 했다. W가 창 밖으로 가래를 뱉으려는 순간 차가 멈추었다. 요란한 소리를 내던 엔진이 갑자기 조용해졌다. 솔직히 말해봐요. 이 트럭 얼마 주고 샀어요? 바퀴를 걷어차며 내가 물었다. 팔십만원…… Q가 마른세수를 하면서 대답했다. 고등학생이 가지고 있는 지도에 의하면 10킬로미터 정도 더 가면 산 어귀가 나온다고 되어 있었다. 우리는 삽과 곡괭이를 각자 하나씩 들고 밤길을 걷기 시작했다. Q는 걸어가는 내내 차를 판 중학교 동창 욕을 했다. 내가 예전에 이백만원 꾼 거 안 갚았다고 이렇게 복수를 하냐, 나쁜 자식! 그 말을 들은 우리는 일제히 Q를 욕하기 시작했다. 산속에서 휘파람 소리가 들려왔다. 소름이 돋았다. 새야. 그래 맞아, 새야. 언젠가 텔레비전에서 봤어. W가 중얼거렸다. 그러고는 자기도 따라서 휘파람을 불었다.

마침내 산 아래 도착하자 새벽이 밝아오기 시작했다. 우리는 산봉우리 사이로 뜨는 해를 보면서 기도를 했다. 가슴속에서 붉은 기운이 올라오는 것이 느껴졌다. 내 평생 이렇게 떨리기는 처음이었다. 그때 옆에 서 있던 고등학생이 말했다. 언니, 왜 이렇게 얼굴이 빨개요? 삽과 곡괭이를 낙엽으로 덮어 숨겨두고 가까운 마을로 내려갔다. 일을 하려면 일단은 잘 먹어야 하는 법이니까. 우리는 '토종닭'이라고 써붙어 있는 식당 문을 두드렸다. 잠옷 차림의 남자가 문을 열었다. 한 시간 안에 닭백숙을 해오면 음식값의 두 배를 주겠어요. 배가 고프면 신경질을 내는 Q 때문에 우리는 터무니없는 흥정을 해야 했다. 식당 남자는 잠옷을 입은 채로 닭을 잡으러 갔고, 식당 여자는 머리도 빗지 않고 세수도 하지 않은 채로 음식을 차리기 시작했다. 주문한 지 정확히 오십육 분 만에 음식이 나왔다. 우리는 닭 두 마리를 십 분 만에 먹어치웠다.

산은 가팔랐다. 곡괭이는 너무 무거웠다. 게다가 손잡이가 길어서 경사진 언덕을 오르는 데 거추장스럽기만 했다. 있잖아, 삽만 있어도 되지 않을까? 땅을 보니 그리 딱딱한 것 같지도 않고…… 산 중턱에서 곡괭이 두 자루를 놓아버렸다. 그래도 혹시 모르니까 곡괭이를 낙엽 아래에 숨겨두었다. 근처에 있는 나무에 붉은 손수건을 묶어 위치를 표시했다. 고등학생이 수첩에 산 중턱, 붉은 손수건 나무, 동쪽으로 3미터, 라고 적어두었다.

W가 망원경을 주웠다. 나무에서 새소리가 들리면 W는 걷다 말고 서서 망원경을 꺼냈다. 그러고는 새가 어느 나무에 앉아 있는지를 찾기 시작했다. W 때문에 산을 오르는 걸음은 더욱 더뎌졌다. 고등학생이 나뭇가지에 걸려 있는 모자를 발견했다. 모자는 손이 닿지 않는 가지에 걸려 있었다. W의 망원경을 빌려 모자를 살펴본 뒤 고등학생이 말했다. 제가

좋아하는 상표예요. 우리는 돌을 주워 나뭇가지에 걸린 모자를 향해 던졌다. 떨어질 듯 떨어질 듯 하면서도 모자는 떨어지지 않았다. 집에 돌아가면 똑같은 것을 사주기로 약속한 후에야 고등학생은 모자를 포기했다.

마침내 지도에 그려진 대로 산 정상 부근에서 커다란 바위 세 개를 발견했다. 자, 기념으로 담배나 한 대씩 피우죠. 고등학생이 배낭에서 담배를 꺼냈다. 우리는 커다란 바위 위에 둘러앉아 담배를 피웠다. 나도 W도 Q도 처음 피워보는 담배였다. 나와 W와 Q가 각각 세 개의 바위 위에 섰다. 하나, 둘, 셋, 넷. 그러고는 똑같은 보폭으로 걸었다. 우리 셋이 만나는 지점에 고등학생이 동그라미를 그렸다. 자, 파죠!

땅을 파는 일은 쉽지 않았다. 처음에는 나와 W가 땅을 팠다. 금방 손바닥에 물집이 잡혔다. 무릎이 들어갈 정도로 땅을 팠지만 아무것도 나오지 않았다. 숨이 찼다. 둘이서 1.5리터 물을 한 번에 다 마셨다. Q와 고등학생이 땅을 파는 동안 나와 W는 망원경을 보면서 놀았다. 저기 뭔가 있는 것 같아. W가 100미터쯤 떨어진 곳을 손가락으로 가리켰다. 나뭇잎에 가려 무엇인지 자세히 알 수 없었다. 경사가 심한 내리막길이었지만 우리는 나뭇가지를 붙잡아가면서 천천히 내려갔다. 미끄러지면서 주황색 풀꽃을 밟았다. 놀란 벌이 요란한 날갯짓을 해댔다. 나뭇잎에 가려진 것은 버려진 등산화였다. 등산화가 버려진 곳에서 얼마 떨어지지 않은 곳에서 선글라스를 발견하기도 했다. 어때, 어울려요? 나는 선글라스를 낀 채 하늘을 올려다보았다. 정말 근사하네요. W가 박수를 치면서 대답했다.

1미터를 팠더니 커다란 바위가 나왔다. 그리고 그 바위를 가느다란 나무뿌리들이 감싸고 있었다. 나는 구덩이에 조금 전 주운 등산화와 선글라스를 던졌다. W는 망원경을 던졌다. 고등학생은 담배와 라이터를 내려놓았다. 그러고는 수첩을 꺼내 조금 전 곡괭이를 숨길 때 적었던 메모를 찢어 담뱃갑 사이에 끼웠다. Q는 트럭 열쇠를 집어던졌다. 우리는 도로 구덩이를 덮었다. 고속버스를 타고 집으로 돌아오는 내내 서로 한마디도 하지 않고 잠을 잤다. 고등학생은 시내에서 가장 큰 서점으로 가서 지도책 사이에다 보물지도를 끼워두고 왔다.

　보물을 찾으러 갔다 온 사이, 주방장이 도망을 갔다. 주방에 있던 그릇들과, 냉장고에 가득 들어 있던 음식 재료들과, 배달용 오토바이를 가지고 사라졌다. Q는 주방 바닥에 주저앉아 어린아이처럼 울었다. 그만 울고 싶을 때까지 울어요! 나는 Q의 등을 두드리며 말했다. W가 밖으로 나가더니 어딘가로 전화를 걸었다. 잠시 후에 냉면 네 그릇이 배달되었다. 이럴 땐 매운 음식을 먹는 게 최고예요. W가 가방에서 매운 소스를 꺼냈다. 맞아요. 슬퍼서 울었다고 말하는 것보다는 매워서 울었다고 말하는 게 덜 쪽팔리잖아요. 고등학생이 냉면을 비비면서 말했다. 빈 주방 바닥에 앉아서 우리는 아주 매운 냉면을 먹었다. W는 특별히 Q의 냉면에 자신의 소스를 듬뿍 넣어주었다. 그때 내 머릿속을 무엇인가가 스치고 지나갔다. 그래, 바로 이거야! 내가 두 주먹을 불끈 쥐고 외쳤다.
　나는 Q의 중국집 자리에 만두가게를 차리자고 했다. 메뉴는 만두와 쫄면. Q는 만두를 만들고 W는 쫄면을 만들면 될 것 같았다. 주문받고 음식 나르는 일은 나하고 이녀석하고 둘이 하면 되지 않겠어? 나는 고등학생의 머리통을 살짝 건드리면서 말했다. 그러자 고등학생이 나도 끼워줘서 고마워요, 하고는 훌쩍거렸다. 이거 매워서 우는 거예요. 오해하지 마세요. 그렇게 말하고는 입 속의 면을 씹지도 않고 삼켰다.

나는 여행사를 다니며 번 돈을 내놓았고, W는 찜질방에서 아르바이트를 해서 번 돈을 내놓았다. 벽을 새로 칠하고 바닥에는 미끄러지지 않는 타일을 깔았다. 금고 바닥에서 유효기간이 지난 복권을 주웠다. 넷은 머리를 맞대고 복권을 긁었다. 먼저 당첨금을 확인했다. 십만원. 당첨 숫자는 5였다. W가 천천히 동전을 움직였다. 5라는 숫자가 서서히 윤곽을 드러냈다. 에이 아쉽다. 날짜만 안 지났어도. 고등학생이 연방 아쉽다는 말을 했다. Q는 복권을 카운터 벽에 붙여놓았다. 이게 우리에게 행운을 가져다줄 거야.

고등학생이 Q의 만두를 먹어보고는 한마디 충고를 했다. 피를 좀더 얇게 했으면 좋겠어요. 얇으면서도 쫄깃한 맛이 나게요. 그 말을 듣고 Q는 삼 일 동안 주방에서 나오지 않았다. 얇은 피를 만들기 위해 다섯 포대가 넘는 밀가루를 반죽해댔다. W의 쫄면을 먹어본 뒤 고등학생이 말했다. 우리 쫄면의 핵심은 매운맛이에요. 그러니까 단순하게 한 가지 쫄면만 팔지 말고 매운맛에 등급을 매겨 팔았으면 좋겠어요. 고등학생의 충고에 따라 우리는 쫄면을 네 가지로 구분했다. 안 매운 쫄면, 조금 매운 쫄면, 아주 매운 쫄면, 그리고 마지막으로 미친 쫄면. 미친 쫄면이라는 이름은 고등학생이 지었다.

만두를 먹기 위해 사람들이 줄을 섰다. 매운 쫄면을 먹어본 사람들이 한마디씩 했다. 이렇게 매운맛은 처음이에요. 가끔 미친 쫄면을 먹는 사람도 있었다. 미친 쫄면을 두 그릇 이상 먹으면 음식값을 받지 않는다고 광고를 했다. 몇 사람이 시도를 했지만, 아직까지는 성공한 사람이 없었다. 고등학생은 저녁에 일을 시키지 않았다. 대신 검정고시학원에 보냈다. 일 년 만에 고등과정을 마치더니 그 다음해에 대학에 입학했다. 날 닮아서 머리가 좋은 거야. 나와 W와 Q가 서로 우겨댔다. 우리 셋은 돈을 모아 대학등록금을 대주었다. 우리와 비슷한 이름을 내건 만두가게들이 생겨나기 시작했다. 하지만 맛을 따라오지는 못했다. 고등학생이 대학을 졸업하던 해에 우리의 재산은 작은 아파트 네 채와 소형차 네 대로 불어났다.

밤이 길게 느껴지는 날이면 나는 차를 몰고 고속도로를 달렸다. 한참을 달리다 마음에 드는 휴게소에 들어가 어묵을 한 그릇 사먹는 게 유일한 취미였다. 방에 전국지도를 붙여놓고, 붉은색 펜으로 어묵이 맛있는 휴게소에 동그라미를 쳤다. 한번은 밤길을 달리다가 나도 모르게 고향인 D시에 간 적이 있다. 내가 살던 아파트 베란다에 어린아이의 옷이 걸려 있었다. 나는 불이 켜진 거실을 오랫동안 바라보았다. 문을 열어두고 와서 다행이었다. 집이라는 것은 누구든지 살아줘야 하는 것이니까. 할아버지의 나이트클럽은 없어졌다. 대신 그 자리에 복합상영관이 들어섰다. 나이트클럽은 언제 없어졌나요? 나는 길 건너 노점상에게 물었다. 벌써 없어졌지. 말도 마. 그 아들들끼리 서로 싸우고 난리였잖아. 노점상은 묻지도 않은 이야기까지 늘어놓았다. 상속을 가장 적게 받은 삼촌이 나이트클럽에 불을 질렀다. 삼촌들 중 몇 명은 아직까지도 재판중이었다.

12월 31일 밤, 나는 차를 몰고 영동고속도로를 달렸다. 고속도로는 일출을 보러 가려는 사람들로 밀렸다. 나는 앞차의 브레이크등을 바라보며 운전을 했다. 시계가 열한시 삼십사분을 가리켰다. 생일 축하해, 언니. 나지막하게 중얼거렸다. 언니가 몇 년만 더 살았다면 틀림없이 내 스티커가 더 많았을 거야. 그러면 내가 언니가 될 수 있었을 텐데. 치사해! 내 목소리가 라디오 음악 소리에 묻혀버렸다. 여주휴게소에서 어묵을 한 그릇 사먹었다. 국물을 마시다 말고 나는 내게 말했다. 생일 축하해. 휴게소 벽에 걸려 있는 시계가 열두시 삼십분에서 삼십일분으로 넘어가고 있었다. 사람들은 일출을 보러 동해로 향했다. 나는 다음 톨게이트에서 유턴을 한 다음 집으로 돌아왔다. 내일은 서해안고속도로를 달려볼까, 어느 휴게소의 어묵이 맛있을까, 이런 생각을 하면서.

어린이 암산왕

남자는 구멍에 나사를 끼워보았다. 구멍이 작아서 나사는 쉽게 들어가지 않았다.

남자는 돌멩이를 주워와 나사 머리를 향해 내리쳤다.

반쯤 들어간 나사는 더 들어가지도 다시 빠지지도 않았다.

아무 곳에도 끼울 데가 없는 나사란 슬펐다. 남자는 그 나사가 마치 자기 자신 같았다.

나도 예전에는 어린이 암산왕이었지.

시계는 십 분이 느렸다. 남자는 보고서에 그렇게 썼다. 시계가 고장난 것은 C시를 물바다로 만들었던 태풍이 지나간 후부터였다. 처음에는 한 달에 이 분이 느렸다. 그래서 시계가 고장났다는 사실을 아무도 알아차리지 못했다. 아침마다 공원에 나와 체조를 하던 주부들도, 비둘기에게 모이를 주던 매점 주인도 눈치채지 못했다. 몇 달이 지나자 한 달에 십 분씩 느리게 갔다. 시계탑을 보면서 퇴근시간을 기다리던 시청 직원이 시계가 잘못되었다는 사실을 처음 발견했다. 시청은 시계탑이 있는 공원과 마주하고 있었다. 그래서 시청에서 일하는 사람들은 커피를 마실 때나 상사에게 주의를 받았을 때나 자신이 작성한 서류가 되돌아왔을 때나, 멍하니 시계탑을 쳐다보는 버릇이 있었다. 시계는 한 해가 지나자 하루에 십 분씩 어긋났다. 시계탑을 설치했던 시공회사도 고치지 못했다. C시 시청의 수위실장은 출근을 하면서, 퇴근을 하면서, 하루에 두 번 시간을 맞추어놓았다.

남자는 보고서를 작성하다 말고 시계탑을 올려다보았다. 시계탑 너머, 교회로 짐작되는 건물의 흐릿한 실루엣이 보였다. 다리를 절룩이는 노숙자가 사발면을 들고는 공원 화장실로 들어갔다. 서너 명의 노인들이 벤치에 앉아 장기를 두고 있다. 언제부턴가 C시는 고장난 시계를 닮기 시작했다. 사람들은 느리게 걸었다. 공원에서 해바라기로 하루를 보내는 노인들처럼. 젊은이들은 고개를 들어 시계탑의 시간을 확인하지 않았다. 지금이 몇시인지 알아야 할 이유가 그들에겐 없었다.

한때, 시계탑은 공원의 상징이었다. 해가 둥근 시계 뒤로 모습을 감출 때가 있는데 그 순간에 사랑을 고백하면 이루어진다는 소문이 돌기도 했다. 해가 기울 때면 시계탑을 마주 보고 있는 벤치에 항상 연인들이 앉아 있었다. 봄이 되면 사생대회가 열렸다. 아이들이 그린 그림에는, 언제나, 한쪽으로 약간 기운 듯한 시계탑이 있었다. 아이들은 미리 알고 있었던 것일까? 언젠가 시계탑이 그리고 그 시계탑을 감싸고 있는 공원이 서서히 기울어 마침내 쓰러질 것임을. 남자의 머릿속에 그런 의문이 생겼다가 이내 사라졌다.

시계탑을 철거할 것이라는 공고가 붙었다. 그 자리에 시를 상징할 만한 거대한 조형물을 설치할 계획이라고 했다. 보고서를 작성했던 남자는 시장에게 불려가 한 시간이나 칭찬을 들었다. 우리 공무원들도 질적 수준이 향상되어야…… 시장은 '질적 수준'이라는 말을 즐겨 썼다. 시장을 처음 만나본 남자는 눈길을 어디에 두어야 할지 몰랐다. 그래서 남자는 시장이 이야기하는 동안 테이블에 올려져 있는 재떨이를 뚫어지게 바

라보았다. 시장은 보고서에 작성된 문구가 마음에 들었다고 했다. 남자
는 보고서에 '전염'이라는 단어를 썼다. 한숨을 자주 쉬는 사람 옆에 있
으면 자기도 모르게 그 우울이 전염되는 것처럼 느리게 가는 시계를 쳐
다보고 있으면 자기도 모르게 삶의 활력을 잃게 될 것이라고, 'ㅕ'자가
잘 눌러지지 않는 키보드로 보고서를 작성했다. 시장은 그 보고서를 읽
다가 시계가 멈추는 날 C시도 멈춰버릴지도 모른다고 생각했다. 내년에
있을 선거를 위해 시장은 무엇인가 사람들에게 탄력을 주어야 했다. 늘
밝은색의 옷을 입는 것과 이메일을 보내온 시민들에게 일일이 답장을 해
주는 것만으로는 시에 활력을 불어넣을 수 없었다. 시장은 자신과 눈을
마주치지 않는 남자를 조금은 못마땅한 표정으로 바라보면서 말했다. 이
번 일은 자네가 알아서 진행해보게.

　　남자는 홈페이지를 담당하는 직원에게 공문을 건네주었다. 누구 부탁
인데? 남자는 머리를 한 번 긁적이고는 자신이 직접 맡은 일이라고 말했
다. 직원은 어깨를 한 번 으쓱하더니 의자를 앞뒤로 흔들면서 그 반동으
로 고개를 끄떡였다. 남자는 임시직 공무원이었다. 남자가 하는 일은 시
에서 보름에 한 번씩 제작하는 소식지를 발송하는 일이었다. 각종 행사
에서 찍은 사진을 앨범에 가지런히 정리하는 것도 남자의 몫이었다. 중
요한 사진들은 신문사에 바로 보낼 수 있도록 스캔을 받아 컴퓨터에 저
장해두는 것도 잊지 않았다. 앨범은 창고에 날짜별로 차근차근 정리가
되어 있었다. 앨범에 들어 있는 사진 목록은 엑셀로 정리를 해두어서 누
가 물어도 바로바로 대답을 할 수 있었다. 하지만 남자가 정리해둔 앨범
을 보는 사람들은 없었다. 가끔 보도자료로 쓸 사진을 찾을 때가 있는데,

그때도 창고에서 앨범을 뒤지는 사람은 남자였다.

시청 홈페이지에 새로운 안내문이 올라왔다. 시청 앞 공원에 조형물 설치, 라는 문구 옆에 'new'라는 글자가 깜박였다. 남자는 마우스 왼쪽 버튼을 눌렀다. C시의 시민이라면 누구나 작품에 응모할 수 있었다. 아이디어가 채택된 사람에게는 백만원의 상금이, 작품이 채택된 사람에게는 제작비 전부와 삼백만원의 상금이 수여됩니다. 자세한 문의는 공보담당관실로 하시길 바랍니다. 공문의 마지막 문구 아래에는 남자의 이름과 사내 전화번호가 입력돼 있었다. 남자는 자신의 이름에 블록을 지정했다가 지웠다가를 반복했다. 이름이 파랗게 보였다.

어린이 암산왕. 남자는 그런 별명을 가진 적이 있었다. 초등학교 사학년 때였으니까, 이십 년도 더 된 이야기다. '영재 육성을 위한 수학교사들의 모임'이라는 긴 이름을 가진 단체에서 어린이 암산대회를 개최했다. 담임선생님은 조회시간에, 학교 대표를 뽑기 위해 중간고사 마지막 날 암산시험을 본다고 말했다. 암산시험에서 남자는 한 문제 차이로 이등을 했다. 평소 성적이 좋지 않았던 남자가 이등을 하자 수상한 소문이 나돌기 시작했다. 담임선생님이 미리 시험 문제를 알려줬다는 것이었다. 담임선생님과 어머니가 시내 커피숍에서 나오는 것을 본 아이가 있다고 했다. 거짓말 마! 남자는 소문을 낸 아이를 찾아 멱살을 잡았다. 억울했다. 암산시험은 순수하게 자신만의 실력이었다.

암산시험을 보는 날 아침, 세수를 하다가 머릿속에 불이 반짝하고 켜졌다. 형광등처럼 몇 번 깜박거리더니 머릿속이 환해졌다. 시계를 쳐다보자 1부터 12까지의 수가 한 번에 합해졌다. 달력을 보자 가로로, 혹은 세로로 숫자들이 더해졌다. 멱살을 잡힌 아이의 얼굴이 붉게 달아올랐다. 반 아이들이 남자의 주변으로 모여들었다. 그 아이들에게 뭐라 변명을 해야 할지 남자는 몰랐다. 대회에 출전해서 일등만 한다면 그런 소문은 금세 사라질 것이었다.

일등을 한 아이는 육학년이었다. 키는 남자보다도 작았고 부모님이 정육점을 했다. 한 번도 일등을 놓친 적이 없는 학생이었다. 남자는 누군가 세워둔 트럭 뒤에 숨어서 정육점을 막 나서는 아이를 향해 새총을 쏘았다. 실명이 될지도 모른다는 소문이 돌았다. 대회에 참가하는 날, 어머니는 남자가 가장 좋아하는 감잣국을 끓여주었다. 남자는 국에 밥을 말다 말고 숟가락을 내던지며 소리쳤다. 커피숍엔 왜 갔는데? 소문만 아니었으면 새총을 쏘지 않았을 것이다. 어딜! 숟가락 주워와. 아버지가 눈에 힘을 주고는 오른손을 들어올렸다. 남자는 윗목으로 날아간 숟가락을 주워와 감잣국에 만 밥을 먹으면서 이렇게 위로했다. 그래도 눈은 하나가 아니라 둘이지.

남자는 대회에서 일등을 했다. 1이라는 숫자가 커다랗게 새겨진 메달을 받았다. 숫자 양옆으로는 고개를 갸우뚱거리며 무엇인가를 골몰히 생각하는 남자아이와 여자아이가 새겨져 있었다. 메달은 삼립 호빵만했다. 메달을 목에 걸고 남자는 학교에 등교했다. 남자의 자리가 창가였기 때문에 메달은 빛을 받아 더욱 반짝거렸다.

아버지는 마루 한가운데 못을 박고 메달을 걸었다. 현관에 들어서면 집 안이 환해 보였다. 진짜 금인가봐! 동네 아주머니들이 메달을 구경하러 집으로 왔다. C시의 시장은 남자를 저녁 만찬에 초대했다. 단추가 뜯겨진 티셔츠를 입고 온 소녀가장과 함께였다. 소녀가장은 도지사가 주는 효녀상을 받았다고 했다. 앞 못 보는 할아버지와 허리가 아픈 할머니를 모시고 있었다. 그때 먹은 음식이 체해서 남자는 삼 일 동안이나 학교에 가지 못했다. 시장은 그후 석 달 만에 경질되었다.

남자는 텔레비전에도 출연을 했었다. 아나운서는 남자를 어린이 암산왕, 이라고 불렀다. 숫자를 보기만 하면 암산이 되나요? 아나운서는 허리를 숙이고는 남자에게 물었다. 숫자를 보면 머릿속에 주판이 그려져요. 방청석에서 우와! 하는 탄성이 쏟아졌다. 남자는 주산학원에 다녀본 적도, 더더군다나 주판을 만져본 적도 없었다. 머릿속에 농구 경기장에 있는 그런 전광판이 있다고 말한다면 아무도 믿지 않을 것이다. 텔레비전을 본 주부들은 아이들을 주산학원에 보냈다. 학교 앞에 있는 한샘주산학원 원장은 남자에게 책가방을 선물해주었다. 원생이 배로 늘었다는 것이었다.

텔레비전에 출연을 하고 난 다음 남자는 팬레터를 받았다. 여름방학 내내, 남자는 수십 통의 답장을 썼다. 하지만 그해 겨울까지 편지가 이어진 사람은 몇 되지 않았다. 김지미, 영화배우와 이름이 같았던 그 아이는 종종 철자법이 틀리곤 했다. 남자는 답장에 틀린 철자법을 바로잡아주었다. 성은 잊었지만 보현이라는 아이도 있었다. 바나나를 실컷 먹어보는 게 소원이라고 편지에 썼었다. 아버지가 죽이고 싶도록 밉다는 아이도 있었다. 이름이…… 박원기였다. 초등학교 오학년. 남자보다 한 학년이 높았지만 나이는 같았다. 미워하라고, 밤마다 아버지를 죽이는 꿈을 꾸라고, 남자는 답장을 보냈다. 그 이후로 그 아이에게선 편지가 오지 않았다. 남자에게 어린이 암산왕, 이라는 별명을 붙여주었던 아나운서는 작년에 직장암으로 죽었다. 그날, 남자는 시청에 검은 넥타이를 메고 갔다. 남자가 검은 넥타이를 메고 왔다는 사실에 관심을 가지는 동료는 아무도 없었다.

　과장의 자리에선 시계탑의 왼쪽 면이 보였다. 저 사람 보이지! 과장은 시계탑 밑에 앉아 있는 사내를 가리키면서 말했다. 철거반대, 라는 피켓을 든 사내가 시계탑 밑에 앉아 있었다. 새로운 조형물을 설치할 것이라는 발표가 난 다음날부터 사내는 시위를 하기 시작했다. 시청에 찾아와 진정서를 제출한다거나, 담당직원을 협박한다거나, 사람들의 서명을 받으러 다닌다거나, 따위의 행동을 하지는 않았다. 그저 조용히 피켓 하나만 들고 시계탑 아래에 앉아 있을 뿐이었다.

　내일모레 시장님이 출장에서 돌아오시는데…… 과장은 말끝을 흐렸다. 과장의 주위에는 잘린 말끝을 이해하는 사람들이 많았다. 하지만 남자는 처음이었기에 이해하지 못했다. 그래서 남자는 바람에 흔들리는, 시계탑에 세로로 길게 걸어놓은 플래카드를 멍하니 바라만 보았다. 플래카드에는 '철거예정'이라는 글이 적혀 있었다. 플래카드를 걸어두자는 의견은 과장이 냈다. 시위를 하는 사내의 피켓보다 더 큰 것으로! 과장은 남자에게 그렇게 말했다. 남자는 과장에게 다섯 개의 문구를 적은 쪽지를 보여주었고, 과장은 그 문구에 모두 가위표를 치더니 그 아래 철거예정, 이라는 글을 적어넣었다. 플래카드를 붙이자 시계는 그 문구에 대답이라도 하려는 듯 더 느리게 가기 시작했다. 수위실장은 더이상 시계탑의 시간을 맞추지 않았다.

그때까지 저 사람이 저기 있으면 안 될 것 같지? 과장은 통유리를 볼펜으로 툭툭 치면서 말했다. 과장은 앉은 자리에서 시위를 하는 사내를 가리켰지만 서 있는 남자 쪽에서 보면 과장이 가리킨 곳에는 막걸리를 마시는 할아버지 두 명이 있었다. 과장의 앞자리에 앉은 이주임이 헛기침을 두어 번 하더니 남자의 허벅지를 꾹 찔렀다. 그러니까, 자네더러 해결하라는 거야! 그제서야 남자는 아! 하고 고개를 끄떡였다.

해가 기울면서 사무실 가장 안쪽에 있는 남자의 자리까지 햇빛이 드리워졌다. 남자의 자리에 빛이 들어오는 시간은 오후 네시였다. 남자는 그 시간을 좋아했다. 책상 위를 떠도는 먼지 입자가 선명하게 보이는 순간, 남자는 모든 것을 다 용서할 수 있을 것처럼 마음이 너그러워졌다. 제목이 금색으로 되어 있는 상식백과사전이 빛을 받아 반짝였다. 하루에 다섯 장씩 남자는 상식백과사전을 읽었다. 가을 하늘이 푸른 이유와 함박눈이 내리는 날엔 왜 천둥 번개가 치지 않는지를 남자는 알고 있었다. 물은 왜 위에서부터 어는지, 뇌가 잘릴 때 아픔을 느끼는지 못 느끼는지도 알고 있었다. 하지만 남자에게 그런 것을 물어보는 사람은 없었다.

농구 골대는 그물이 뒤엉켜 있어서 공을 넣으면 빠져나오지 못할 것 같았다. 개 한 마리가 매점 앞 쓰레기통을 뒤적이더니 갈색의 무엇인가를 입에 물고는 공원을 어슬렁거렸다. 그러다가 시계탑 옆에 앉아 그것을 핥기 시작했다. 남자가 앉은 자리에서는 시위를 하는 사내의 뒷모습이 보였다. 사내는 움직이지 않았다. 시계탑의 시계가 다섯시에서 일곱시 삼십분을 가리키도록. 남자는 무릎을 세워 몸을 둥글게 말았다. 등이 시리네. 그렇게 중얼거리면서 시계탑 꼭대기로 시선을 옮겼다. 시계탑 너머로 교회의 십자가가 보였다. 공원의 온도를 잴 수 있다면 시계탑만은 공원보다 삼 도 정도 더 따스할 것만 같았다.

시계탑이 여덟시를 가리킬 때 사내는 자리에서 일어났다. 그리고는 시계탑 아래 웅크리고 있던 개를 발로 걷어찬 다음 아파트 단지 쪽을 향해 걷기 시작했다. 길거리에서 사내는 어묵 두 꼬치와 호떡 세 개를 사먹었고, 지나가던 청년들에게 담뱃불을 빌리기도 했다.

사내는 주차장에 세워둔 검은색 카니발 트렁크에 피켓을 넣고는 먼발치에서 자신을 쳐다보고 있는 남자를 향해 말했다. 뭘 원하죠? 사내의 갑작스런 질문에 남자는 아무 대답도 하지 못했다. 뭘 원하다니. 그건 남자가 사내에게 물어야 하는 말이었다. 뭘 원하죠? 메아리처럼, 남자도 사내에게 똑같은 질문을 던졌다. 빨간색 마티즈가 카니발 옆에 차를 세우려다가 이내 포기했다. 카니발은 두 차선에 걸쳐 세워져 있었다. 남자는 불이 켜진 아파트를 올려다보았다. C시에서 부자들이 가장 많이 산다는 아파트였다. 저 사각형을 채우기 위해, 오늘 아파트 단지 앞에 있는 대형 할인매장에서는 무엇이 팔렸을까? 빨간색 마티즈에서 차 색과 똑같은 코트를 입은 여자가 내렸다. 여자가 들고 있는 비닐봉지에는 갈치가 들어 있을 거야. 남자는 뜬금없이 그런 추측을 해보았다.

시계탑은 곧 철거할 건가요? 사내의 목소리는 건조했다. 시간이 맞지 않는 시계란 아무 소용이 없으니까요. 남자는 사내에게 다가가 어깨에 손을 올리며 말했다. 앙상한 어깨뼈가 만져졌다. 나이를 짐작하기 힘든 얼굴이었다. 공원에서 봤을 때에는 마흔이 훨씬 넘은 것 같았는데, 가로등 불빛 아래서 보니 서른다섯 정도로밖에 안 보였다. 그래도, 시계탑은 오랫동안 저 자리에 있었죠. 사내의 눈에서 눈물이 한 방울 떨어졌다. 사람 말고는 모든 것들이 다 오랫동안 자기 자리를 지켜요. 남자는 재빨리 놀이터에 버려져 있는 축구공으로 눈길을 돌렸다. 어, 축구공이네! 그렇게 혼잣말처럼 중얼거리며.

혹시 백원짜리 있어요? 사내는 원래 자기 목소리보다 한 음 더 높은 목소리로 말했다. 애써 쾌활하게 말하려 하면 할수록 더 우울하게 들리는 목소리였다. 남자는 주머니에서 백원짜리를 있는 대로 꺼내 사내에게 보여주었다. 사내는 남자의 손바닥에 올려져 있는 동전을 하나하나 살폈다. 이것도 있고, 이것도 있고…… 그렇게 말하면서 사내는 동전들을 분류해나갔다. 없네요. 뭐가요? 1981년 백원짜리 동전이요. 동전을 모으세요? 아뇨, 제 딸이요. 다 모았는데 그것만 구하지 못했나봐요.

사내는 남자에게 목례를 하고는 사라졌다. 계단으로 올라가는지 계단의 불이 층마다 차례로 켜졌다. 남자는 카니발에 기대서서 십육층에서 더이상 불이 켜지지 않는 것을 확인했다. 그리고는 손바닥에 남아 있는 동전들을 주머니에 넣었다. 차가운 감촉이, 허벅지에 느껴졌다.

메달은 조금씩 색이 변했다. 처음에는 1이라는 숫자가 약간 검붉어졌다. 원래 이랬니? 마루를 청소하던 어머니가 남자에게 물었다. 메달에 치약을 묻혀서 닦아봤지만 검붉은 색은 사라지지 않았다. 그래서 남자는 어머니에게 1이라는 숫자를 돋보이게 하려고 그렇게 만들었나봐, 라고 대답했다. 여름방학이 시작되자 담임선생님은 남자를 집으로 오게 했다. 담임선생님 집에서 남자는 암기력에 좋다는 명상을 한 시간씩 해야 했다. 가끔 남자의 어머니가 담임선생님에게 김치를 담가주기도 했다. 방학인데도 쉬지 않고 널 돌봐주니 얼마나 고맙니. 남자는 어머니에게 알밤을 한 대 쥐어박힌 다음에야 마늘을 깠다.

방학이 끝나기 얼마 전이었다. A시에 사는 이모에게 다녀온다고 집을 나간 어머니는 돌아오지 않았다. 남자는 역에 나가서 새벽에 들어오는 첫 기차를 기다렸다. 역 주변은 C시를 떠나면서 사람들이 내뱉어놓은 한숨들로 마치 안개가 낀 듯 흐릿했다. 공기 속에 떠돌고 있던 우울한 기운이 남자의 몸 속으로 들어왔다. 여름이었는데도 남자는 몸을 부르르 떨어야 했다. 남자는 어머니가 영원히 돌아오지 않을 것임을 그때 알았다. 역 광장에 서서 어머니는 이런 한숨을 내뱉었을 것이다. 남자도 누렇게 뜬 얼굴을 하고 역사를 빠져나오는 사람들 틈에 서서 한숨을 쉬었다. 슬프지 않았다. 가슴에서 메달처럼 환한 무엇인가가 반짝였다. 울면 그것이 녹슬 것만 같았다.

방학이 끝났지만 담임선생님은 학교에 오지 않았다. 남자는 담임선생님이 쓰고 있던, C시에서는 좀처럼 볼 수 없었던 세련된 금테 안경이 생각났지만 이내 잊었다. 아버지보다 열두 살이나 나이가 어렸던 어머니는 그런 세련된 금테 안경이 마음에 들었을 것이다. 메달에 새겨진 남자아이의 얼굴이 검게 변해 곧 눈물을 떨어뜨릴 것만 같은 표정을 지었다. 남자는 아랫목에 누워 있는 아버지에게 소리를 질렀다. 그러게 내가 유리로 만든 액자에 넣어달랬잖아! 액자에만 넣어두었어도 색은 변하지 않았을 것이라고 남자는 생각했다. 아버지는 메달을 집어서는 부엌을 향해 던졌다. 아버지의 밥그릇이 깨졌다.

남자는 메달을 들고 금은방을 찾아갔다. 메달에는 금이 단 1퍼센트도 함유되어 있지 않았다. 전화번호부에는 '영재 육성을 위한 수학교사들의 모임'이라는 단체가 나와 있지 않았다.

옆집에서 삼층으로 증축공사를 하기 시작하면서 남자의 집에는 햇빛이 들지 않았다. 남자아이에 이어 여자아이의 얼굴까지 검게 변했다. 메달 뒤에는 맑게, 밝게, 푸르게, 라고 새겨져 있었는데 그 글자 위에도 지도 모양의 얼룩이 드리워졌다. 세 사는 사람들이 방을 빼달라고 찾아왔다. 그들은 햇빛이 들지 않는다고 불평을 했다. 낮에도 형광등을 켜고 있어야 하기 때문에 전기료가 예전보다 더 많이 나온다고 했다. 남자는 햇빛이 들지 않는 것이 좋았다. 마루에 불을 켜지 않으면 메달에 나타난 검붉은 얼룩들이 쉽게 보이지 않았기 때문에. 아버지는 옆집 주인에게 항의를 했다. 붓고 있던 적금을 해약해서 세 사는 사람들의 방을 빼주었다. 한 달이 지나고 두 달이 지나도 새로운 세입자는 나타나지 않았다. 아버지는 옆집 옥상에서 잠을 잤다. 일종의 항의였다. 경찰은 이웃간에 얼굴 붉히며 살지 말라고 아버지를 타일렀다. 아버지는 옆집 옥상에서 떨어지면서 골반뼈가 부러졌다. 그 사고를 두고 동네 사람들의 추측은 무성했다. 아내가 도망간 것을 비관해서 자살을 하려 한 거라고 과일가게 우씨는 말했다. 옆집 주인은 술을 너무 많이 마신 나머지 발을 헛디딘 거라고 주장했다. 보상금을 노리고 꾸민 자작극일지도 모른다는 이야기를 조심스럽게 꺼내는 사람도 있었다. 아버지는 입을 다물었다. 아버지가 병원에 입원해 있는 동안, 남자는 지나가는 자동차 번호판의 숫자를 더하면서 길가를 서성였다.

옆집 주인이 남자의 집을 찾아왔다. 도로가 확장되면서 남자의 집 마당이 잘려나갔다. 현관문이 곧 대문이 되었다. 사람들은 도로에 편입된 땅 몫으로 받은 보상금으로 새집을 지었다. 남자가 사는 집을 제외하고 대부분의 집들은 이삼층으로 집을 올렸다. 예전보다 세입자가 많아졌고, 그래서 골목에는 얼굴이 익은 사람보다 낯선 사람이 더 많았다. 생각해 봤어? 옆집 주인의 입에선 양파 냄새가 났다. 저녁으로 자장면을 먹은 모양이었다. 건물의 반이 잘려나간 옆집이 온전하게 제 구실을 하려면 남자의 땅이 필요했다. 땅을 팔아서 작은 아파트라도 사는 게 더 좋잖아. 아버지도 이젠 편하게 계셔야지. 남자의 땅을 사서 그곳에 고시원을 지을 거라고 했다. 얼마를 주실 건데요? 옆집 주인은 손가락 한 개를 펼쳐 보였다. 안녕히 가세요. 남자는 옆집 주인에게 인사를 하고는 현관문을 닫았다. 누가 뭐래도 남자는 한때 어린이 암산왕이었다. 옆집 주인은 그걸 잊은 모양이었다.

음, 누구냐? 아버지가 마른기침을 한 번 하고는 물었다. 저예요. 마룻바닥이 차가웠다. 마루는 걸을 때마다 뒤틀린 나무가 부딪치면서 소리를 냈다. 남자는 발뒤꿈치를 들고 살살 걸었다. 그래도 아버지는 남자가 들고 나는 것을 낱낱이 알고 있었다. 한밤중에 남자가 화장실에 몇번이나 가는지도 세고 있을 정도였다.

옆집 김가가 찾아왔었지? 그놈한테는 땅 팔지 말아라! 아버지의 목소리가 벌어진 문틈으로 새어나왔다. 빛이 일정하지 않은 것으로 봐서 방불을 끈 채 텔레비전을 보는 모양이었다. 마루에는 어머니가 결혼을 하면서 혼수로 해왔다는 농이 버려져 있었다. 아버지는 그 농을 빼내고 그자리에 건강침대를 사서 놓았다. 이젠 너무 오래되어 문짝도 맞지 않는 농을, 아버지는 당신의 방에서는 빼냈지만 차마 이 집 밖으로는 버리지 못했다. 남자는 서랍을 빼낸 뒤 농 밑으로 손을 넣어 신문지로 싼 뭉치를 꺼냈다. 집 마당을 잘라주고 받은 보상금과 시청에 나가면서 붓기 시작한 적금이 들어 있는 통장에 찍힌 숫자가 선명하게 보였다. 마치 숫자만 야광으로 새긴 것처럼.

너 담배 피우냐? 왜 이리 안 들어와. 방에서 아버지가 또 한번 소리를 질렀다. 남자는 통장을 신문지에 싸서는 농 깊숙한 곳으로 밀어넣었다.

농을 들어낸 다음 도배를 다시 하지 않아서 방에는 눈에 보이지 않는 투명한 농이 남아 있는 듯했다. 아버지는 건강침대에 누워 알아들을 수 없는 말을 웅얼거렸다. 유리로 만든 농 안에 아버지가 갇혀 있는 듯했다.

텔레비전에서 보니까 무이버섯이라는 게 있더라. 아버지는 입맛을 다셨다. 무이버섯? 남자는 처음 들어보는 이름이다. 당뇨병이 생긴 이후, 아버지는 건강에 집착하기 시작했다. 처음에는 당뇨에 좋다는 음식들을 찾아 먹기 시작하더니, 곧이어 암에 좋다는 음식, 치매 예방에 좋다는 음식, 이런 것들을 찾아서는 종이에 적어 남자에게 내밀기 시작했다. 언젠가는 생길지도 모를 병을 미리 예방하는 것이라고, 그것은 당신을 위해서가 아니라 홀로 남을 아들을 위해서라고 아버지는 말했다. 아버지의 건강침대를 사느라 남자는 적금을 세 달이나 붓지 못했다.

남자는 텔레비전 위에 올려놓은 저금통을 꺼냈다. 돈이 꽤 찼는지 묵직했다. 그거 내 돈이다. 남자가 저금통 뚜껑을 열자 아버지가 말했다. 남자는 1981년도 백원짜리를 찾기 시작했다. 1980년도 동전과 1982년도 동전은 있었지만 1981년도 동전은 없었다. 백원짜리인지 십원짜리인지 구별할 수 없을 정도로 색이 바랜 동전 두 개를 꺼내고, 나머지는 다시 저금통에 집어넣었다. 욕실로 가서 남자는 동전이 제 색깔로 돌아올 때까지 닦고 또 닦았다.

메달은 원래 무슨 그림이 새겨져 있었는지 알아볼 수 없을 정도로 검게 변했다. 메달의 색이 검어지자 삼립 호빵만한 크기가 우스꽝스럽게 느껴졌다. 전국체전을 봐도 남자가 가지고 있는 메달처럼 큰 것을 목에 거는 선수는 없었다. 선수들은 크라운 산도처럼 작고 단단해 보이는 메달을 목에 걸었다. 아버지가 피워대는 담배연기에 벽지는 금방 누렇게 변했다. 그 한가운데 걸려 있는 메달은 누런 벽지와 너무나 잘 어울려, 눈여겨보지 않으면 그 자리에 메달이 있는지 없는지도 알아차릴 수 없었다.

육학년 가을학기가 시작되었을 즈음이었다. 이삼 일에 한 번씩 폭우가 쏟아지더니 밍밍이란 괴상한 이름의 태풍이 C시를 지나갔다. 지하실이 물에 잠겼다. 아버지는 밤새도록 지하실에 고인 물을 퍼냈다. 남자는 방에 누워서 집이 물에 떠내려가는 상상을 했다. 냉장고에 먹을 것도 있겠다 집을 배 삼아서 전국을 떠돌아다녀도 좋을 듯싶었다. 집을 지은 사람은 아버지의 아버지였다. 할아버지는 전국에서 알아주는 목수였단다. 남자가 어렸을 때 아버지는 남자를 무등 태워 현관 위에 새겨져 있는 문구를 읽게 하곤 했다. 이곳에 사는 사람에게 행복을. 집이 완성되는 날 할아버지가 나무에 직접 새겨넣었다고 했다. 동사무소에서 사이렌이 울렸다. 귀중품만 챙겨 학교로 피신을 하라는 방송이 나왔다. 아버지는 의자를 놓고 올라가 현관 위에 걸려 있는 목판을 떼어냈다. 행복이라는 단어는 다른 글자보다 더 크게 새겨져 있었다. 남자는 벽에 걸려 있는 메달을 집어들었다. 그건 뭐 하러! 분주하게 뛰어다니던 아버지가 남자에게 소리를 질렀다. 남자는 입술을 삐죽 내밀고는 주산학원 원장에게 선물로 받았던 가방에 메달을 넣었다.

남자의 집은 땅이 꺼지면서 한쪽으로 기울었다. 어머니가 쓰던 화장품들이 방에 둥둥 떠다녔다. 찬물이 몸에 닿으면 부러졌던 골반뼈가 시리다는 아버지는 남자가 입을 옷가지들만 남겨놓고는 모조리 버렸다. 남자는 가방에서 메달을 꺼내 마루에 걸었다. 메달에 붉은색 페인트를 칠하면 어떨까 생각하면서. 그때였다. 아버지가 남자를 한 번 노려보고는 벽에 걸린 메달을 집어 창 밖으로 던졌다. 장독대 깨지는 소리가 들렸다. 남자의 머릿속에 있던 전광판의 불빛들이 일순간 꺼졌다. 옆집에도 그 옆집에도 메달은 없었다. 군인들이 와서는 길에 버려진 쓰레기들을 모조리 치워갔다.

중학생이 된 남자는 일요일 아침에 하는 '도전 퀴즈왕'이라는 프로그램을 즐겨봤다. 남자에게 어린이 암산왕이라는 별명을 붙여주었던 아나운서가 진행하는 프로그램이었다. 거기에 출연하려면 부모님의 동의서와 담임선생님의 추천장이 있어야 했다. 니가 거길 왜 나가려고? 담임선생님은 국민윤리 과목을 담당했다. 일학년 학생 중에서 국민윤리 과목 점수가 가장 낮은 사람이 남자였다고 담임선생님은 출석부로 남자의 배를 꾹꾹 누르면서 말했다. 초등학교 때 어린이 암산대회에 나가 일등을 한 적이 있다고 남자는 담임에게 말했다. 담임선생님은 모든 고시란 고시는 다 봤다고 했다. 얼마나 운이 없었는지 그중에 합격한 시험이라곤 교사자격시험뿐이었다고, 입학식 날 아이들에게 말했다. 선생님은 모르실 거예요. 남자는 선생님에게 말했다. 텔레비전에 나가 자신의 머릿속에 들어 있는 것을 몽땅 꺼내어 보여주는 것이 얼마나 짜릿한가를. 담임선생님은 중간고사 성적표를 꺼내 보고는 한쪽 턱을 치켜올리며 말했다. 암산왕이었다며 수학 성적이 왜 이래? '도전 퀴즈왕'이라는 대회에 나가서 다시 메달을 따기만 한다면 머릿속에 다시 불이 켜질 것이었다.

추천장을 위조해서 남자는 대회 참가신청서를 썼다. 텔레비전에 출연하려면 예선을 통과해야 했다. 중학교를 졸업할 때까지 남자는 여섯 번이나 예선을 봤고 그때마다 떨어졌다. 메달이 걸려 있던 자리는 벽지의 색이 덜 바랬다. 남자는 종종 빈 벽을 보면서, 그곳에 사람의 눈에는 보이지 않는 투명 메달이 달려 있는 것이라고 상상하곤 했다. 새총에 맞았던 정육점집 아들이 S대에 수석으로 입학했다는 소문을 들으며 남자는 술을 마셨다. 술을 마실 때마다 가슴속에 있었던 메달이 녹슬어갔다.

시정뉴스를 진행할 아나운서가 교체될 것이라고 했다. 민원실에 있는 정이 새 아나운서가 될 것이라는 소문이 돌았다. 그게 말이 되니! 화장실에서 여직원들이 숙덕였다. 시정뉴스를 진행했던 아나운서는 그래도 중앙 텔레비전에서 방송을 진행했던 경력이 있는 사람으로, C시에서 체인점을 세 개나 가지고 있는 갈빗집 딸이었다. 시청 직원들이 회식을 가면 밥값을 10퍼센트 깎아주었다. 미스코리아 대회에 출전을 해서 포토제닉상을 받기도 했다. 하지만 정은 그저 평범한 여직원에 불과했다. K시에서 주최하는 지방 특산물아가씨 대회에 참가해본 게 전부였다. 대상을 받지는 못했지만 시민들이 주는 인기상은 받았다고 언젠가 남자에게 말한 적이 있었다. 이 노래를 불러서 인기상을 받았죠. 그렇게 말하면서 정은 남자에게 노래를 불러주기도 했다. 그게 말이 됩니까? 국장의 이거래요. 남자의 옆자리에 앉은 직원이 새끼손가락을 흔들었다.

민원실에는 무엇을 도와드릴까요? 라는 문구가 적혀 있었다. ?가 정의 동그란 얼굴과 잘 어울렸다. 남자는 반달 모양으로 뚫어진 구멍에 쪽지를 밀어넣었다. '점심시간. 공원에서.' 정은 시계탑의 시계가 열시 이십오분을 가리킬 때 왔다. 정말이야? 남자의 말을 듣지 않고 정은 휴대전화만 들여다봤다. 나 점심 약속 있어. 빨리 말해. 전화기에는 작은 곰인형이 달려 있었다. 통근버스에서 같은 자리에 앉게 된 정에게 남자는 테디베어네요, 라고 말을 건넸었다. 테디베어요. 손바느질로 만들어진 곰인형을 통칭하는 말이죠. 정은 남자의 말을 진지하게 들어주었다. 미국의 루스벨트 대통령의 애칭인 '테디'에서 따온 말이에요. 남자는 버스가 시청에 도착한 줄도 모르고 계속 이야기를 했다. 곰 사냥을 하던 루스벨트 대통령이 한 마리의 곰도 잡지 못하자 보좌관들이 어디서 새끼 곰을 생포해왔대요. 하지만 대통령은 그 곰을 그냥 놔주었대요. 그 이야기가 알려지면서 테디베어라는 말이 생겼죠. 정은 남자의 이야기가 끝날 때까지 자리에서 일어나지 않았다.

상식백과사전에 나오는 내용이었다. 하루에 두 가지씩만 이야기해주어도 일 년은 넘게 정을 기쁘게 해줄 수 있기 때문에 남자의 마음은 설레었다. 하루에 두 장씩 읽던 것을 다섯 장으로 바꾸었다. 읽은 내용을 잊지 않도록 정을 만나는 날에는 손바닥에 단어 몇 개를 적어놓기도 했다. 정이 휴대전화 액정에 찍혀 있는 시간을 확인할 때마다 곰인형은 얄밉게 고개를 좌우로 흔들어댔다. 약오르지, 라고 남자에게 말하는 듯했다.

나 돈 많아. 남자의 말에 정이 피식 웃었다. 민원실에서 시민들에게 보여주던 그런 웃음은 아니었다. 마당이 도로로 편입되면서 나온 보상금도 꽤 되었다. 남자는 그 돈을 아버지에게 보여주지 않았다. 옆집 주인에게 집을 팔면 더 많은 돈을 모을 수 있었다. 그 돈이면 웬만한 아파트 한 채는 살 수 있어. 검은 승용차가 공원 앞에 서더니 짧게 두 번 경적을 울렸다. 손을 흔들면서 여자는 말했다. 그 돈 너나 써.

사내는 여전히 시계탑 아래에 앉아 시위를 하고 있었다. 드디어 시장님이 알았단 말야! 과장은 남자의 책상에 엉덩이를 걸치고는 나지막하면서도 묵직한 목소리로 말했다. 다른 사람을 시키겠어. 과장이 자리에서 일어나자 책상에서 삐걱, 하고 소리가 났다. 직원들이 일제히 고개를 들어 남자를 쳐다봤다. 남자가 몸을 움직일 때마다 책상이 흔들렸다. 하루종일 멀미가 날 것 같았다. 어디가 문제인지 알 수가 없었다. 책상의 네 다리는 온전하게 땅에 닿아 있었다. 하지만 남자가 손을 올려놓기만 하면 책상은 균형을 잃고 흔들렸다.

퇴근 무렵에 남자는 검지손가락만한 나사를 하나 발견했다. 나사는 남자의 발 밑에 떨어져 있었다. 남자는 책상 밑에 앉아서 나사가 빠진 곳을 찾기 시작했다. 자신도 모르게 눈물이 한 방울 떨어졌다. 뭐 하세요? 앞자리에 앉아 있는 여직원이 물었다. 뭐 좀 찾아요. 국장실에 다녀온 과장이 붉어진 얼굴빛으로 뭐 하냐, 라고 빈정댔다. 뭐 좀 찾아요. 책상에는 나사를 끼울 만한 곳이 없었다. 짓궂은 직원 하나는 남자의 책상 위로 국어사전을 던졌다. 하지만 남자는 놀라지 않았다.

농구 골대는 여전히 그물이 엉켜 있었다. 지난번 남자가 앉았던 자리에는 남자가 마시다 만 음료수 병이 그대로 있었다. 남자는 이주임이 횡단보도를 건너오는 것을 보았다. 매일 시계의 시간을 맞추었던 수위실장이 이주임의 뒤를 따랐다. 둘은 시위를 하는 사내 앞에 가 앉았다. 무슨 이야기를 하는지는 들리지 않았지만, 시계탑의 시계가 거의 삼십 분이 지나도록 이야기를 나누었다.

어쩌면 사내에게는 몸을 제대로 가누지 못하는 딸이 있을지도 모른다. 그 딸의 취미는 망원경으로 공원을 내다보는 것! 시간이 느리게 간다는 게 딸에게는 유일한 위안이 될 수 있을 것이다. 남자는 그런 상상을 했다. 그러자, 사내의 앙상한 어깨와 몇 년 동안 웃어본 적이 없는 얼굴이 떠올랐다. 이주임은 사내와 악수를 하고는 자리에서 일어났다. 남자의 생각이 틀렸을 수도 있다. 단순히 시선을 끌어보려고, 그래서 작년에 잘못 부과된 세금에 대해 항의하려고 했을 수도 있다. 어떤 쪽이든 상관없었다. 시계는 느리게 가다가 언젠가는 멈출 것이다. 시계가 멈추어도 시위를 했던 남자의 집은 끄떡없을 것이다.

남자는 주머니에서 나사를 꺼냈다. 나무로 만들어진 벤치 한쪽에 손가락만한 구멍이 나 있었다. 시계탑 너머, 교회에서 십자가를 밝혔다. 가로등에 불이 들어왔다. 사내는 피켓을 땅에 꽂더니 매점으로 가서 사발면을 하나 샀다. 그리고는 파라솔 아래에 앉아 라면을 먹기 시작했다. 사내의 발 밑에는 공원을 어슬렁거리는 집 잃은 개가 한 마리 앉아 있었다. 사내는 사발면을 사고 남은 잔돈을 살펴보았을 것이다. 혹시 1981년도 동전이 있을지도 모르니까. 남자는 구멍에 나사를 끼워보았다. 구멍이 작아서 나사는 쉽게 들어가지 않았다. 남자는 돌멩이를 주워와 나사 머리를 향해 내리쳤다. 반쯤 들어간 나사는 더 들어가지도 다시 빠지지도 않았다. 아무 곳에도 끼울 데가 없는 나사란 슬펐다. 남자는 그 나사가 마치 자기 자신 같았다. 나도 예전에는 어린이 암산왕이었지. 남자의 가슴에서 황금빛 메달이 반짝였다. 홍보팀 전화번호를 합하면 31, 초등학교 때 번호를 모두 합하면 248. 주민등록번호를 합하면 41. 남자의 머릿속에서 숫자들이 마구 뒤엉키기 시작했다.

누군가 문을 두드리다

애야, 똑바로 걸었는데도 너도 모르게 넘어질 때가 있지 않니?

여자애는 스타킹을 벗어서 무릎에 난 상처를 그에게 보여주었다.

여기요. 지난번에 넘어졌어요.

이것도 그런 상처란다.

그는 호루라기를 길게 불었다. 호수에 비친 구름이 빠른 속도로 지나갔고, 5미터 간격으로 심은 벚나무에서 아직 영글지 않은 버찌 열매가 떨어졌다. 탁자 위에 놓여 있는 종이컵 안으로 빗방울이 떨어졌다. 호루라기 소리를 들은 사람들이 빠른 속도로 자전거를 몰았다. 삼십 분도 못 탔는데…… 만화 주인공이 새겨진 티셔츠를 입은 사내아이가 말했다. 돈을 돌려드릴게요. 그에게 천원을 돌려받은 사내아이는 매점으로 들어갔다. 그는 자전거를 가지런히 세워놓고 그 위에 비닐을 덮었다. 그리고는 비가 새지 않도록 천막을 덧씌웠다.

그는 시청 공원녹지과에서 칠 년을 일했다. 칠 년 동안 단 한 번도 결근을 하지 않았다. 취직을 하자마자 그는 삼 년짜리 적금을 부었다. 삼년이 지나면 패러글라이딩을 배울 생각이었다. 적금을 타면 그 돈으로 자동차를 사고, 주말이면 트렁크에 패러글라이딩 장비를 싣고 매산리나 대부도로 떠나는 게 그의 소원이었다. 적금을 타던 해에 남동생이 유학을 갔다. 그는 남동생을 사랑했다. 그래서 패러글라이딩은 나중에 배워도 늦지 않는다고 스스로에게 말했다. 남동생이 태어나던 해에 그는 초등학교 일학년이었다. 남동생이 태어나던 날 작은 지진이 있었다. 칠판에 적힌 선생님의 글씨가 여러 겹으로 보였다. H시에서는 지진 때문에 몇 명의 사람이 죽었다는 말이 들려왔다. 남동생은 자주 울었다. 남동생은 그가 달래주어야만 울음을 멈추었다. 지진 때문이야! 그가 말했지만 아무도 그의 말에 귀 기울여주지 않았다. 남동생이 떠나고 그는 또 적금을 부었다. 삼 년이 지나자 여동생이 결혼을 한다고 했다. 오빠, 그 사람은 의사야. 여동생은 처녀 때 쓰던 물건은 단 하나도 가져가고 싶지 않다고 했다. 그는 패러글라이딩을 타다 사고로 죽은 사람에 관한 신문기사를 오려두었다. 자꾸 생각해보니 패러글라이딩은 너무 위험했다.

그가 공원녹지과에서 일하는 동안 시는 세 개의 공원을 조성했다. 그는 공원에 앵두나무, 살구나무, 사과나무, 복숭아나무 같은 과실수들을 심도록 과장을 설득했다. 과장은 그 열매 사람들이 따가면 어떻게 하냐? 라고 물었다. 과실수를 심은 공원이 시민들에게 호응을 얻자 과장은 시장에게 특별휴가를 받았다. 그후 공원에 심을 나무를 결정하는 것은 그의 몫이 되었다. 두번째 공원에는 어린 잎을 따서 나물로 먹을 수 있는 나무들을 심었다. 나무마다 자세한 설명을 붙여놓았다. 공원은 인근 초등학교에서 야외수업을 하는 곳이 되었다. 세번째 공원에는 잎이나 열매로 물감을 만들 수 있는 나무들을 심었다. 시민들이라면 누구나 천연염료를 만들어볼 수 있도록 실습실도 만들 계획이었다. 감사과에서는 공원에 심어진 실제 나무의 수보다 훨씬 많은 나무들이 주문되었다고 그를 추궁했다. 공원에 심어지지 않은 나무들은 여러 군데로 흩어졌다. 시장 집의 앞마당에도, 계장의 고향 집에도, 과장의 처갓집에도 모두 그 나무들이 심어졌다. 그는 시청을 그만두었고, 복숭아나무를 오십 그루나 빼돌렸던 과장은 그에게 공원 한켠에서 자전거 대여점을 할 수 있도록 해주었다. 그는 패러글라이딩을 배우는 대신 자전거를 배웠다. 안전했고 무엇보다 돈이 들지 않았다.

그는 1평 남짓한 사무실에 앉아서 밖을 내다보았다. 공원에 세워진 동상들이 비에 젖기 시작했다. 축제를 알리는 현수막이 바람에 흔들렸다. 그는 두통이 찾아와 왼쪽 눈동자를 지그시 눌렀다. 호수 저편에서 한 여자가 우산도 쓰지 않은 채 공원을 거닐고 있었다. 먹구름이 끼면서 공원을 감돌고 있는 공기가 낮게 가라앉았다. 가로등이 일제히 켜졌다. 가로등 불빛이 호수 안으로 빨려들어가기라도 한 듯, 순간 호수가 환하게 보였다. 저 사람은 왜 비를 맞고 있는 걸까? 그는 호수 위를 분주하게 움직이는 오리떼들을 보면서 그런 생각을 잠깐 했다. 종이컵이 쓰러지면서 빗물에 옅어진 커피가 탁자 위로 쏟아졌다. 이 공원에서 제일 맛있는 커피였다. 공원에는 여러 개의 자동판매기가 있는데, 그는 그중에서 농구장 옆에 있는 자동판매기의 커피를 좋아했다. 여자는 호수를 두 바퀴나 돌더니 제자리에 서서 호수를 빤히 내려다보았다. 지난 겨울, 호수에 한 청년이 빠져 죽었다. 경찰은 자살이었는지 단순한 실족사였는지 밝혀내지 못했다. 여자가 바라보고 있는 곳은 그 청년의 시체가 발견된 자리였다.

오늘 아침에 그는 횡단보도 앞에서 미친 여자를 보았다. 그녀는 그에게 다가오더니 다짜고짜 만원 있니, 라고 말했다. 천원도 아니고 만원이라니. 그는 자신도 모르게 피식 웃음을 터뜨렸다. 그녀는 다른 사람들에게 가서 만원 있니, 라는 말을 연방 했다. 아무도 돈을 주지 않았다. 그는 고개를 돌려 '교통신호제어기'라고 씌어져 있는 박스를 보았다. 그 박스를 열어 안에 얽혀 있는 전선들을 잘라내고 싶은 충동에 사로잡혔다. 파란 불이 켜지고 사람들이 도로를 건너갔지만 그는 움직일 수 없었다. 자전거를 타는 사람들은 지나치게 자주 웃었다. 자전거를 고르면서도 웃고, 넘어지면서도 웃고, 돈을 거슬러받으면서도 웃었다. 파란 불이 다시 빨간 불로 바뀌자 차들이 움직이기 시작했다. 그때, 미친 여자가 버스를 향해 뛰어들었다. 긴 경적 소리가 울렸다.

그는 유리창을 두드리며 외쳤다. 이봐요. 저편에서 여자가 그를 쳐다보는 것 같았다. 유리창에 오늘 아침에 보았던 장면이 떠올랐다. 머리에 피를 흘리면서 눈을 껌벅이던 여자. 그 미친 여자의 모습 위로 지금 호숫가를 서성이는 여자의 모습이 겹쳐졌다. 그 화면을 지우기 위해 그는 손바닥으로 유리창을 두드렸다. 이상한 일이었다. 손을 멈출 수가 없었다. 유리창을 두드리면 노크 소리가 저 멀리까지 퍼져나갈 것만 같았다. 그러면 남동생은 편지를 보내올 것이고 여동생은 하루 종일 들여다보던 홈쇼핑 채널을 끄고 그에게 전화를 걸 것 같았다. 유리 깨지는 소리가 들리더니 이내 그의 오른손 위로 유리가 쏟아졌다. 비가 사무실 안으로 들이쳐 손목에서 흘러나오는 피를 씻어주었다. 비가 멈추지 않듯이 피도 멈추지 않았다.

그는 눈을 떴다. 순간, 안경을 끼지 않았는데도 시계가 선명하게 보였다. 일곱시. 그는 다시 눈을 감았다가 천천히 떠보았다. 늘 그랬던 것처럼 눈앞에 보이는 모든 사물이 흐릿하게 보였다. 그는 안경을 찾기 위해 손을 위로 뻗었다. 그제서야 오른손 손목에 붕대가 감겨 있고 왼손 손등에 링거 주사가 꽂혀 있다는 것을 알아차렸다. 그를 발견해 병원으로 옮긴 사람은 매점 여자였다. 그가 농구장 옆에 있는 자판기에서 커피를 뽑아 먹는 것을 본 이후로 매점 여자는 그에게 말을 걸지 않았다. 응급처치를 잘했더라구요. 의사가 다가와 말을 했다. 아마도 매점 여자가 응급처치를 한 모양이었다. 앞으론 매점에서 커피를 사먹어야겠어. 그런 생각이 들자 그는 자신도 모르게 웃음이 났다.

그렇게 웃을 걸, 왜 그랬어요? 의사는 가지런한 이를 살짝 드러내며 말했다. 흰 가운이 잘 어울리는 사람이었다. 보기만 해도 신뢰감이 느껴질 정도로. 운이 나빴죠. 그는 항상 자신의 삶은 운이 좋은 편이었다고 생각했다. 두 동생들은 원하는 대학에 쉽게 입학을 했다. 공무원 시험도 한 번에 합격했고 짧은 기간이었지만 인정도 받았다. 비록 전세이긴 하지만 10평짜리 원룸 아파트도 하나 있었다. 여동생은 50평이 넘는 아파트에 살았는데 가끔 그에게 고급 브랜드의 옷을 보내곤 했다. 매제는 일주일에 한 번씩 신문에 건강 칼럼을 실었다. 그는 그 기사를 전부 보관해두었다. 시청을 그만둘 적엔 잠시 실의에 빠지긴 했지만, 자전거 대여 일이 공무원 일보다 훨씬 재미있다는 사실을 금방 깨달았다. 시청에 다닐 적에는 아침마다 그는 이렇게 중얼거렸다. '아, 오늘이 일요일이면 얼마나 좋을까.' 그런데 지금은 이렇게 말한다. '아, 오늘 비가 오면 얼마나 좋을까.' 그는 자신이 낭만적인 사람이 된 듯했다. 그러니 이 정도의 사소한 사고쯤은 일어날 수도 있었다.

　제 친구 이야기를 해드리죠. 의사가 말을 시작하려는데, 가슴이 온통 피투성이인 남자가 응급실로 들어왔다. 의사는 그의 어깨를 한 번 치더니 새로 들어온 환자에게로 달려갔다. 남자에게선 술냄새가 났다. 다 죽여버릴 거야. 남자는 고함을 질렀다. 간호사들은 그런 장면은 익숙하다는 듯이 태연했다. 일단 이거 치료하고 죽이세요. 그렇게 농담 섞인 말을 하는 사람도 있었다. 그에게 말을 건넸던 의사가 남자의 팔을 꺾었다. 남자는 침대에 묶였다. 그의 옆 침대에 누워 있는 할아버지는 남자가 소란을 피우는데도 눈 한 번 뜨지 않았다. 혹시? 그는 자리에서 일어나 할아버지의 코밑에 손을 대보았다. 숨을 쉬고 있었다.

　한참 만에 의사가 다시 그에게 왔다. 제 친구 이야기를 해드린다 그랬죠. 고등학교 때 부모님이 이혼을 하자 그 충격을 못 이겨서 자살을 기도했대요. 응급실에서 위 세척을 하고 살아났죠. 그후로 그 친구는 우울증에 시달렸어요. 한번은 사랑니를 빼러 치과에 갔다가 스케일링을 하게 되었대요. 병원에는 스케일링을 정기적으로 하면 늙어서 풍치에 걸리지 않는다는 포스터가 붙어 있었던 거예요. 스케일링을 하고 집으로 돌아오는 길에 친구는 자신의 존재가 너무 우스워 견딜 수가 없었답니다. 늘 자살만 궁리하는 자신이 풍치에 걸릴 것을 걱정했으니 말이에요. 제가 무슨 말 하는지 알겠죠? 그는 의사를 똑바로 쳐다보았다. 그제야 그는 의사가 왜 그랬어요? 라고 묻던 의미를 알아차렸다. 그게 아니에요. 그는 고개를 저으면서 말했다. 누군가 신음 소리를 내며 간호사를 불렀다. 정신과 의사가 필요하면 제게 부탁하세요. 아까 말한 그 친구는 지금 정신과 의사가 되었으니까요. 의사는 그의 손등에 있는 링거 주삿바늘을 빼주었다. 그는 천천히 응급실을 빠져나왔다. 오른쪽 뒷주머니에 있는 지갑을 꺼낼 수가 없어 지나가던 간호사에게 부탁을 했다. 그는 왼손으로 사인을 했다. 카드 뒷면에 있는 자신의 사인과 너무 달랐지만 여직원은 그걸 확인하지 않았다. 응급실 밖에서 아이를 업은 여자가 울고 있었다. 그는 내딛는 발에 힘을 주었다. 발이 땅 밑으로 빨려들어가 병원 지하에 갇혀버릴 것만 같았다.

택시 운전사가 힐끔거리며 옆자리에 앉은 그를 보았다. 와이퍼는 두 개가 조금 어긋나게 움직였다. 그는 조수석 쪽에 있는 와이퍼의 움직임에 맞춰 다리를 흔들었다. 택시 운전사가 다시 한번 그가 앉은 쪽으로 고개를 돌렸다. 그게 아니에요. 그는 자신도 모르게 불쑥 그렇게 말을 했다. 뭐가요? 운전기사는 차가 신호에 서자 와이퍼 작동을 멈췄다. 비가 서서히 걷히고 있었다.

육교 계단을 오르다 말고 그는 뒤를 돌아봤다. 누군가 그의 귀에 대고 휘파람을 부는 듯했기 때문이었다. 그러나 뒤에는 누군가와 통화를 하고 있는 여학생이 있을 뿐이었다. 그는 입술에 침을 묻히고 휘파람을 불어보았다. 여학생이 전화를 하다 말고 놀란 눈으로 그를 보았다. 육교 아래에는 좌판을 펼쳐놓고 여러 가지 잡동사니들을 파는 남자가 있었다. 남자는 육교가 생겼을 때부터 지금까지 하루도 빠짐없이 육교 아래에서 물건을 팔았다. 그는 여러 종류의 손톱 손질도구가 들어 있는 세트를 구경했다. 손톱깎이가 두 개나 들어 있어요. 그리고 가위도. 이건 V밀대라고 손톱 가장자리를 다듬는 데 쓰는 거예요. 남자는 그에게 여러 가지 기구들에 대해 설명해주었다. 그는 열 가지 기구들이 들어 있는 손톱깎이 세트를 만원에 샀다. 거, 손을 다친 모양이네요. 검은 비닐에 손톱깎이를 넣으면서 남자가 말했다. 그래도 손톱은 깎을 수 있어요. 그는 퉁명스럽게 대꾸했다.

엘리베이터에서 그는 위층에 사는 여자를 만났다. 이젠 조용할 거예요. 여자는 자신이 사는 십삼층과 그가 사는 십이층을 동시에 누르면서 말했다. 여자에게는 하루 종일 뛰어다니는 사내아이가 하나 있었다. 그는 편히 낮잠을 잘 수도 없었고 차분히 앉아서 음악을 들을 수도 없었다. 애가 어디 갔나요? 엘리베이터는 오층부터 층마다 섰다. 누군가 장난을 친 모양이었다. 엘리베이터가 열리고 닫힐 때마다 여자는 깊은 한숨을 쉬었다. 기운 내세요. 그는 붕대에 감긴 오른손을 여자에게 보여주었다. 절 보세요. 아무리 괴로워도 이런 짓은 어리석은 거예요. 그렇게 말하고 나니 그는 진짜 자신이 자살을 기도한 사람 같았다. 빵을 물 없이 백 개쯤 먹은 기분이었다. 가슴이 먹먹했다. 낯선 사람의 그림자가 자신 안에 숨어 있는 것 같았다. 집으로 돌아오니 이사를 온 첫날처럼 집 안 풍경이 낯설었다.

형광등이 켜지지 않았다. 그는 침대에 비스듬히 누워 텔레비전 위에 있는 자명종을 보았다. 시침과 분침이 야광으로 되어 있는 시계였다. 자명종에는 유명 연예인의 캐릭터가 그려져 있었다. 예전에 금요일 저녁마다 토크쇼를 진행하던 사람이었다. 그는 침대 귀퉁이에 베개를 서너 개 쌓아놓고 거기에 비스듬히 누워 토크쇼를 보곤 했다. 시계는 전에 살던 세입자 앞으로 배달된 것이었다. 아마도 토크쇼에 시청자 소감 같은 걸 보낸 모양이었다. 그 옆에는 오리 모양의 자명종이 있었다. 시청에 다닐 적에 그는 두 개의 자명종을 오 분 간격으로 울리게 해놓았다. 덕분에 지각을 하지 않았다. 오리 모양의 자명종은 남동생의 애인이 보낸 것이었다. 남동생이 군에 갔을 적에는 일 주일에 한 번씩 편지를 보내던 여자였다. 자명종은 소포로 배달되었다. 남동생이 유학을 가고 난 다음이었다. 아무리 찾아봐도 니가 나한테 사준 건 이게 전부더라. 쪽지에는 그런 글이 적혀 있었다. 그는 책상 위에 있는 액자를 보았다. 거기에 어떤 사진을 끼워야 할지 그는 결정하지 못했다. 액자를 선물한 사람은 초등학교 동창인 P였다. 그는 동창생을 찾아주는 인터넷 사이트에서 P를 만났다. 어떻게 변했는지 궁금하구나. 너, 설마 나를 기억 못 하는 건 아니겠지? P는 이런 쪽지를 보냈다. 그는 P의 얼굴이 기억나지 않았기에 베란다에 쌓아둔 상자들 속에서 초등학교 졸업앨범을 찾아야만 했다. 단체사진 속의 P는 고개를 약간 아래로 숙이고 있었다. 아, 이 아이! 그는 졸업앨범을 찍던 날이 떠올랐다. 사진을 찍는 순간 앞에 있는 아이의 머리에 검지손가락으로 뿔을 만들었던 아이였다. 그것 때문에 그의 반만 다시 단체사진을 찍어야 했다. 혹시, 짓궂게 장난을 잘 치던? 그는 약간 모호하게 답장을 보냈다. 강남에 있는 호프집에서 동창회가 열렸다. P는 얼굴을 보고 싶다고 그에게 세 번이나 쪽지를 보냈다. 호프집 입구에는 초등학교 이름과 테이블 번호가 적힌 종이들이 붙어 있었다. 사람들은 천 피스 퍼즐을 맞추듯 서로의 기억을 꿰어맞추고 있었다. 야, Q라고 기억나니? W라고 100미터 달리기를 잘하던 그놈은? 그런 식으로 자신이 알고 있는 친구들의 이름을 대는 것만으로도 몇 시간이 흘렀다. 헤어질 때 P는 길에서 파는 액자를 하나 사더니 그에게 내밀었다. 늦었지만 사과의 뜻으로. 근데 이마에 있던 상처는 없어졌네? 그날 저녁, 잠을 자다 말고 그는 P가 자신을 왜 만나고 싶어했는지 그제서야 깨달을 수 있었다. P는 같은 반이었던 A와 그를 혼동한 것이었다. P가 휘두른 대걸레에 A의 이마가 찢어졌던 적이 있었다. 단체사진을 찍었을 때 P의 앞에 서 있던 아이는 A였다.

방에 있는 물건들 중에서 애당초 그의 것은 없었다. 여동생은 결혼하면서 그에게 침대와 장롱을 물려주었다. 내가 오빠 결혼할 때 집 하나 해줄게. 혼수를 준비하면서 여동생은 자주 그 말을 했다. 농과 침대는 모두 흰색이었다. 여동생은 그가 흰색을 싫어한다는 사실을 모르고 있었다. 컴퓨터를 올려놓은 책상은 남동생이 중학생 때부터 쓰던 거였다. 책상은 작은 홈집들로 가득했다. 남동생은 볼펜으로 책상을 찍는 버릇이 있었다. 그는 책상 위를 손으로 쓰다듬었다. 파인 자국이 그의 가슴으로 옮겨졌다. 긴 한숨을 내쉬었다. 가슴속에 숨어 있던 그림자가 밖으로 나와 방안을 떠돌았다. 그는 텔레비전을 켰다. 화면이 밝아지면서 방 안에 있는 물건들이 언제 그랬냐는 듯이 우울한 표정을 거둬들였다. 낯선 그림자도 이내 사라졌다. 그는 오리 모양 자명종의 알람 버튼을 눌렀다. 자기야, 일어나! 아침이야. 남동생의 목소리가 방 안에 울려퍼졌다. 여자는 아침마다 자신을 버린 애인의 목소리를 듣는 게 괴로웠으리라. 나쁜 놈. 텔레비전에선 변비약을 선전했던 여배우가 화장실 거울을 들여다보며 소리를 질러대고 있었다.

그는 손톱깎이를 꺼냈다. 손톱을 깎기 위해 텔레비전 앞으로 바짝 다가갔다. 이 방 안에 온전히 자신만의 것은 이 손톱깎이 세트 하나뿐인 것 같았다. 왼손을 깎을 때 꿰맨 상처가 따끔거렸다. 텔레비전을 너무 가까이에서 보았기 때문인지 눈이 시큰거렸다.

새벽에 누군가 조심스럽게 현관문을 두드렸다. 텔레비전에서는 오래된 서부영화가 방영되고 있었다. 그는 텔레비전의 볼륨을 낮췄다. 누구세요? 노크 소리는 더이상 들리지 않았다. 문을 열어보니 작은 상자가 하나 놓여 있었다. '혹시, 손목에 흉터가 생기면 그때 사용하세요. 1305호.' 상자에는 가죽으로 만든 팔찌가 들어 있었다. 자세히 보니 영화에 나오는 주인공의 팔찌와 모양이 비슷했다. 그는 왼손에 팔찌를 끼고는 주먹을 쥐어보았다. 그러고는 고맙다는 뜻으로 책상에 올라가 천장을 두드렸다. 한참 후에 위층에서 똑똑 하고 소리가 났다.

그는 생활정보지를 뒤져 중고품 전문점을 찾았다. '숨쉬는 물건들'. 가게 이름이 독특했다. 한 시간 후에 녹색 티셔츠에 멜빵이 달린 청바지를 입은 직원이 왔다. 티셔츠에는 '숨쉬는 물건들'이라는 로고가 새겨져 있었다. 안녕하십니까, 무엇을 파실 생각이시죠? 직원은 방을 둘러보면서 말했다. 그는 텔레비전을 가리켰다. 텔레비전이요? 아니면 이 위에 자명종이요? 직원은 텔레비전을 이리저리 살펴보면서 물었다. 청바지는 엉덩이 아래가 찢어져 있어 몸을 움직일 때마다 팬티가 보일락 말락 했다. 텔레비전이요. 저기, 근데 바지가 찢어졌네요. 그는 고개를 숙여 텔레비전을 둘러보고 있는 직원에게 말했다. 아, 이거요. 이건 우리 회사의 방침입니다. 직원들의 유니폼도 중고로 들어온 옷 중에서 고르게 되어 있거든요.

직원은 25인치 텔레비전을 번쩍 들더니 밖으로 나갔다. 텔레비전은 여동생이 삼 개월 할부로 구입한 거였다. 여동생은 고등학교 동창에게서 텔레비전을 샀다. 여동생의 고등학교 동창은 사기 결혼을 당해 결혼한 지 한 달 만에 이혼을 해야 했는데, 그뒤로 피라미드 조직에 빠져 헤어나오질 못했다. 걔가 자기 부서에서 실적이 제일 낮대. 그러니 어쩌겠어. 텔레비전을 사자마자 여동생은 실직을 했고 할부금은 그가 부어야 했다. 텔레비전은 그가 싫어하는 프로야구 팀이 소속된 회사의 제품이었다.

텔레비전에는 어떤 사연이 있죠? 텔레비전을 들고 밖으로 나갔던 직원이 되돌아오더니, 주머니에서 수첩을 꺼냈다. 사연이라니요? 그는 손목에 감은 붕대 끄트머리를 만지작거리면서 대답했다. 모르셨어요? 저희들은 물건을 살 때, 그 물건에 담겨 있는 사연도 같이 삽니다. 제가 입고 있는 청바지는 아버지가 대학 입학 기념으로 딸에게 사준 거랍니다. 딸은 이제는 너무 뚱뚱해져서 청바지를 입을 수 없게 되자 저희에게 팔았죠. 딸이 입학한 대학은 S대였어요. 그래선지, 이 바질 입은 다음부터 좋은 일이 많이 생기더라구요.

그는 직원에게 동생의 고등학교 동창에 대해 이야기를 해주었다. 빚이 일억이 넘었다고. 텔레비전도 팔고 정수기도 팔고 전동칫솔도 팔았지만 빚은 줄어들지 않았다고. 보다 못한 동창들이 동창회를 열어 물건을 하나씩 사주었다고. 직원은 그의 이야기를 수첩에 적었다. 그는 장롱도 팔고 침대도 팔았다. 장롱에서 꺼낸 옷들이 방 한구석에 수북하게 쌓였다.

옷들에는 어떤 사연도 없었다. 그래서 그는 허리 사이즈가 맞지 않는 그 옷들을 팔 수가 없었다. 이삿짐센터 직원들이 떨어뜨리는 바람에 취사가 제대로 되지 않는 밥통, 남동생이 교내 달리기대회에 나가 받아온 기념 쟁반, 국회의원의 이름이 새겨진 냄비를 팔았다. 직원은 남동생의 책상을 비싼 가격으로 샀다. 책상이 밖으로 실려나갈 때 그는 약간 후회했다. 남동생은 늘 무엇인가에 대해 화가 나 있었고, 그 화풀이를 책상에 했다. 이 상처를 어루만져줄 수 있는 사람에게 팔아주세요. 그는 직원에게 당부를 했다.

그는 남동생의 주소를 몰랐다. 여동생에게 전화를 걸었으나 받지 않았다. 휴대폰은 결번이었다. 그는 오리 모양의 시계를 작은 상자에 담았다. 그는 컴퓨터의 자판을 무릎에 올려놓고는, 왼손만으로 타자를 쳤다. 이건 니 시계니 니가 처분해라. 새로 녹음을 해서 다른 여자에게 선물을 하든지. 두 줄을 치는 데 꽤 오래 걸렸다. 상자에 편지를 담고 겉에는 남동생이 다니는 대학의 이름을 적었다. 초등학교 동창인 A를 찾기 위해 그는 동창생을 찾아주는 사이트에 들어갔다. 게시판을 뒤지니 삼 년 전에 인사말을 남겨놓은 게 있었다. 나를 기억하는 사람이 있을라나? 혹시 저녁 여섯시에 하는 고향은 살아 있다, 라는 프로그램 보는 사람 있니? 그거 내가 만든다. A는 그런 말들을 남겨놓았다. 신문을 뒤져보았지만 고향은 살아 있다, 라는 프로그램은 어느 방송국에도 없었다. 그는 방송국마다 전화를 걸어 A의 이름을 댔다. 전화를 받은 사람들은 그가 누구인지만 캐물을 뿐 자세히 대답해주지 않았다. 그는 각 방송국의 사이트를 뒤져서 삼 년 전에 어느 방송국에서 고향은 살아 있다, 라는 프로그램을 방영했는지 찾아냈다. 이 액자는 초등학교 동창인 P가 너에게 주는 사과의 선물이야. 아직도 이마에 상처가 있는지? 이번에는 아까보다 조금 빨리 타자를 칠 수 있었다. 그는 유리가 깨지지 않도록 액자를 수건으로 감쌌다. 그리고는 우체국에 가서 소포를 부쳤다.

밤이 되자 커튼을 열고 베란다의 불을 켰다. 방이 조금 환해진 듯했다. 컴퓨터를 켜자 조금 더 환해졌다. 하지만 모니터는 오 분마다 자동으로 꺼졌다. 그는 화면보호기 작동을 멈추고 절약 모드를 해제시켰다. 모니터를 스탠드 삼아 장롱 아래에서 나온 철 지난 잡지들을 뒤적이기 시작했다. 라면이 먹고 싶었지만 왼손으로 젓가락질하기가 귀찮아서 참았다. 대신 그는 중국집에 전화를 걸어 짬뽕밥을 시켰다. 가끔 누워서 천장에 새겨진 얼룩을 보았다. 위층 화장실이 새면서 생긴 얼룩들이었다. 천장에 누군가 웅크리고 있는 것 같았다. 그는 휘파람을 불었다. 바람이 베란다 창문을 똑똑 하고 두드렸다. 새벽에, 그는 1305호 앞에 연예인 캐릭터가 그려진 자명종을 갖다놓았다. 아침이 되자 위층에서 바닥을 두드리는 소리가 들렸다. 책상이 없어져서 그는 천장을 두드릴 수 없었다. 그래서 신발장에서 신발을 꺼내 천장으로 던졌다. 천장에 발자국이 선명하게 찍혔다.

'숨쉬는 물건들'의 매장은 시 외곽에 있었다. 그곳까지 가기 위해 그는 버스를 두 번이나 갈아타야 했다. 예전에 섬유공장이 있던 자리였다. 섬유가 사양산업이 되면서 공장은 부도를 맞았고, 그것 때문에 시의 경기가 한동안 위축되기도 했었다. 건물에는 '사연이 없는 물건이란 없다'

라는 글귀가 적혀 있었다. 네모난 뿔테 안경을 쓴 사람이 그에게 다가오더니 인사를 했다. 처음이신가요? 뿔테 안경은 그에게 지도를 한 장 주었다. 안에 들어가면 길을 잃을 수가 있습니다. 이 지도를 보고 쇼핑을 하세요. 뿔테 안경은 그에게 파란색 종이를 한 장 더 주었다. 만약 사고 싶은 물건이 있으면 여기에 물건들의 번호를 적어서 나갈 때 직원에게 주세요. 배달은 무료입니다.

매장 안은 대형 할인 마트와 흡사했다. 모든 물건들이 선반에 가지런히 정리가 되어 있고, 물건마다 사연이 적혀 있는 꼬리표가 붙어 있었다. 할인 마트와 다른 점이 있다면 물건의 정리 방식이었다. 매장은 사연의 내용에 따라 네 가지 테마로 구분되어 있었다. 그는 '기쁨의 세상'으로 들어갔다. '돈을 빌려간 친구가 돈을 갚을 길이 없자 대신 자신이 쓰던 오디오를 주었다. 오디오는 그 친구의 재산목록 1호였었다.' '중·고등학교 시절을 같이 보낸 책상. 대학에 합격한 날 이 책상에 엎드려 눈물을 흘렸다.' '하숙집 아주머니가 선물로 준 선풍기. 더운 여름에 힘들지? 라는 편지와 함께.' 그는 물건들에 달려 있는 꼬리표들을 천천히 읽었다. 어제 자신이 판 물건들은 어느 곳으로 분류가 되었을까? 그런 생각을 하면서. 풀빵을 굽는 기계도 있었다. '아버지 회사가 부도가 났을 때, 우리 가족을 먹여살린 건 풀빵이었다. 이제 아버지는 다시 사업을 시작했다.' 겨울이면 사람들은 자전거를 타지 않았다. 겨울에는 풀빵을 구워 파는 것은 어떨까? 그는 그런 생각을 잠깐 했다.

'믿거나 말거나 세상'에서 그는 목이 잘린 인형과 한쪽 팔이 없는 로봇을 보았다. 애인과 헤어지던 날 너무 화가 나서 인형의 목을 잡아뜯었는데 다음날 애인이 교통사고로 죽었다는 사연과, 기르던 강아지가 로봇의 한쪽 팔을 삼켰는데 신기하게도 강아지는 죽지 않았다는 사연이 적혀 있었다. 한 사내가 선반 위에 올라가서 낮잠을 자고 있었다. 그는 사내를 흔들어 깨웠다. 여기서 자면 어떻게 해요. 사내는 대답하기 귀찮다는 듯이 팔을 내저었다. 팔에는 꼬리표가 붙어 있었다. 그는 꼬리표에 적힌 글을 읽었다. '올해 마흔. 노래 부르는 것과 자동차 운전하는 것을 제외하고 모든 일을 할 수 있음.'

'슬픔의 세상'으로 가는 도중 그는 길을 잃었다. 지도상으로는 '믿거나 말거나 세상'에서 나와 왼쪽으로 꺾어지라고 되어 있었는데, 그대로 따라가보면 '기쁨의 세상'이 나왔다. 그는 똑같은 코스를 한 번 더 돌았다. 선반에 누워 있던 사내는 이제 자리에서 일어나 나무의자에 앉아 있었다. '슬픔의 세상'으로 가려면 어디로 가야 되죠? 그는 사내에게 지도를 보여주면서 물었다. 사내는 눈을 감은 채 손가락으로 오른쪽 길을 가리켰다.

분홍색 카디건을 입은 할머니가 만년필을 뚫어지게 쳐다보다가는 비명을 질렀다. 오, 이럴 수가! 사람들이 비명 소리를 듣고 모여들었다. 이 만년필, 내가 어렸을 적에 아버지가 사준 거예요. 할머니는 믿을 수 없다는 듯 고개를 저었다. 그걸 어떻게 알 수 있어요? 누군가 물었다. 할머니는 만년필 뚜껑을 가리키며 말했다. 여길 보세요, MK라고 새긴 거. 내 이름이 민경이에요. 할머니는 사랑하던 남자가 일본으로 유학을 떠나게 되자 그 만년필을 선물로 주었다고 했다. 벌써 오십 년도 더 된 이야기네요. 사람들은 할머니의 사랑 이야기를 듣기 시작했다. 할머니는 만년필에 적힌 사연을 읽고는 눈물을 흘렸다. 맨 앞자리에 앉은 주부가 손수건을 꺼내 할머니에게 건넸다. '할아버지가 아끼시던 물건. 치매에 걸린 후로 할아버지는 만년필만 보면 눈물을 흘렸다.' 할머니는 떨리는 목소리로 사람들에게 꼬리표에 적힌 내용을 읽어주었다.

매장 안에는 시계가 없었다. 그는 시간이 얼마나 흘렀는지 짐작할 수 없었다. 이대로 매장 안에서 몇 년이라도 살 수 있을 것만 같았다. 그는 바닥에 주저앉아서 민사소송법을 읽었다. '한숨의 세상'에는 고시에 관련된 책들이 많았다. 책 표지에는 포기하지 말자, 라는 글이 적혀 있었다. 읽다가 힘들면 바닥에 누워 잠깐 잠을 자기도 했다. 자신이 선반에 누워 있던 사내가 된 듯했다.

어디서 소곤거리는 소리가 들렸다. 그는 그 소리를 자세히 듣기 위해 두 손을 귀에 갖다댔다. 물건들은 서로 속닥거리고 있었다. 어떤 책은 사법고시에 번번이 떨어졌던 전 주인을 그리워했다. 그는 바닥에 귀를 대보았다. 몇 년 동안 자신을 찾아준 사람이 없었다고 가발은 슬퍼했다. 그는 가발이 있는 곳을 찾아갔다. 가발의 전 주인은 쑥스러움이 많아서 가발을 쓰고 밖엘 나가지 못했다. 그는 가발을 쓰다듬어주었다. 키가 커지는 운동기구인 '키높이'는 매장에 다섯번째 들어왔다. 아이들은 처음 일주일만 열심히 운동을 했다. 대부분의 아이들은 저절로 키가 자랐다. 그러면 부모님들은 구석에 처박아두었던 키높이를 꺼내 팔아버렸다. 마술용품도 있었다. 마술용품의 주인은 그걸로 자신의 아이들에게 마술을 가르치곤 했다. 아버지가 마술을 부릴 때마다 아이들은 박수를 쳤다. 마술용품은 그때 얼마나 행복했는지 아직까지도 가슴이 두근거린다고 주변에 있는 물건들에게 말을 했다. 물건들이 속삭이는 소리를 듣다 그는 눈물을 흘렸다. 누군가 가슴속을 똑똑 하고 두드렸다. 그는 자신의 가슴을 들여다보았다. 지난 삼십 년 동안 자신이 얼마나 외로웠었는지 그는 잊고 있었다.

어렸을 적에, 그는 새벽이면 자주 잠에서 깨었다. 심장이 불에 그을린 것처럼 아팠다. 고등학교를 다닐 적에는 주먹을 움켜쥐는 날이 많았다. 길을 걸을 때도, 달리기를 할 때도, 심지어 수학 문제를 풀 때도 움켜쥔 주먹을 풀지 않았다. 침을 삼킬 때면 커다란 얼음을 통째로 삼킨 듯했다. 그는 자전거를 타고 옷이 땀에 젖도록 공원을 돌고 돌았다. 시청에 다닐 때보다 일은 더 쉬웠는데, 이상하게도 너무 피로해서 눈을 뜰 수 없는 날이 잦아졌다. 그는 가슴에 손을 대었다. 음악을 틀어놓은 스피커에 손을 댄 것처럼 가느다란 떨림이 느껴졌다.

축제가 시작되었다. 그는 자전거를 덮어두었던 비닐을 벗겼다. 며칠 동안 얼마나 심심했는지 아느냐고 자전거들이 아우성을 쳤다. 공원 관리를 하는 김씨가 동상들이 세워져 있는 곳으로 달려갔다. 누군가 밤새 동상들을 페인트로 칠해버린 것이다. 전직 국회의원의 양볼이 붉어졌고, 공원을 조성할 때 삼억이나 기증을 한 지역 유지의 머리는 노란색으로 물들었다. 김씨는 축제를 알리는 현수막을 떼어다 동상들을 덮어버렸다. 그는 자전거 옆에 인라인스케이트를 일렬로 세워놓았다. 인라인스케이트는 '숨쉬는 물건들'에서 산 것들이었다. 그는 어느 노부부가 아들네 집으로 들어가면서 어쩔 수 없이 팔았다는 장롱을 샀다. 텔레비전도 샀다.

물론 그가 좋아하는 프로야구 팀이 소속된 회사의 제품이었다. 마술도구를 사서 1305호에 사는 여자에게 선물하기도 했다.

하늘이 아주 좋네요. 그는 매점 여자에게 말을 건넸다. 매점 여자는 그에게 커피를 한 잔 타주었다. 설탕을 조금 더 넣었어요. 농구장에 있는 자판기 커피가 다른 곳보다 조금 달더라구요. 매점 여자가 수줍게 말했다. 매점 여자의 남편은 시청 수위실에서 일을 했었다. 그는 시장에게 거수경례를 하던 수위의 모습이 선명하게 기억났다. 수위는 시청 옥상에서 떨어져 불구가 되었다. 옥외광고판에 매달린 풍선을 떼어내다 일어난 사고였다. 풍선을 내려달라고 울던 아이는 너무 놀라 한동안 정신과 치료를 받아야 했다. 시에서는 수위의 부인에게 공원 매점 자리를 알선해주었다.

자전거를 빌리러 왔던 아이들은 인라인스케이트를 보고서는 마음을 바꾸었다. 맞는 사이즈의 인라인스케이트가 없는 아이들이 울상을 지었다. 인라인스케이트를 타던 아이가 넘어지더니 일어나질 않았다. 그는 자리에서 일어나 아이가 넘어진 쪽으로 뛰어갔다. 다쳤니? 아이의 부모도 보았는지 호수 저편에서 달려오고 있었다. 아이가 싱긋 웃었다. 아저씨, 하늘이 예뻐서요. 아이가 탄 스케이트는 소아마비를 앓는 아이가 여덟 살이 되던 생일날 선물로 받은 거였다. 가끔 인라인스케이트를 타고 공원을 누비는 꿈을 꾸기도 한다고 적혀 있었다. 아이는 손바닥에 난 피를 바지에 문질러 닦았다. 그는 손목을 감은 붕대를 보았다. 약사는 손목에 소독약을 바르고 새로 붕대를 감아주면서 말했다. 왜 매일 병원엘 가지 않았어요. 잘못하다간 흉터가 남겠어요. 그는 흉터가 남는 것쯤은 상관하지 않았다.

잔디밭에서 노래대회가 열렸다. 잔디밭 뒤쪽으로는 고욤나무가 여러 그루 심어져 있었다. 동상에 걸렸을 때 고욤을 날것으로 찧어서 바르면 좋다는 설명을 붙여놓은 뒤로 고욤이 익기도 전에 따가는 사람들이 생겼다. 노랫소리에 맞춰, 호수에 잔잔한 물결이 일었다. 느릅나무의 열매가 여물었다. 느릅나무의 열매를 뭐라 부르더라? 몇 년이 지나 느릅나무가 든든한 줄기를 만들게 되면 그때 그 아래로 사람들이 모여들 것이다. 지금쯤 어느 공원에서는 앵두가 익어갈 것이다. 어느 공원에는 닥나무 줄기를 꺾으려다 딱, 하는 소리가 너무 커서 놀란 아이가 있을 것이다. 사람들이 부르는 노랫소리에 맞춰 매점 여자가 몸을 흔들었다. 그는 아는 노래가 나오면 큰 소리로 노래를 따라 불렀다.

아저씬 손이 왜 그래요?

아이스크림을 먹고 있던 여자아이가 그를 빤히 쳐다보면서 물었다. 아이스크림이 녹아서 아이가 입은 분홍색 원피스를 더럽혔다. 하지만 아이는 아랑곳하지 않았다.

애야, 똑바로 걸었는데도 너도 모르게 넘어질 때가 있지 않니?

여자애는 스타킹을 벗어서 무릎에 난 상처를 그에게 보여주었다.

여기요. 지난번에 넘어졌어요.

이것도 그런 상처란다.

그는 빨간색 자전거를 꺼내 아이에게 주었다.

아저씨 선물이다. 한 시간만 타거라. 넘어지지 않도록 조심하고.

자전거들은 햇빛을 받아 반짝였다. 자전거를 타는 사람들은 지나치게 자주 웃었다. 그는 비가 오던 날을 떠올렸다. 왜 미친 듯 창문을 두드렸지? 그런 의문이 잠깐 들었다가 이내 사라졌다. 그는 왼쪽 눈동자를 지그시 눌렀다. 커다란 얼음덩어리가 가슴에 걸린 것 같았다. 냉기가 느껴져 몸을 부르르 떨었다. 그는 고개를 들어 하늘을 보았다. 구름은 바람을 타고 흐르다가 여자아이가 먹던 아이스크림 모양으로 변했다. 아이스크림이 녹더니, 그의 입 속으로 떨어졌다.

거기, 당신?

어디선가 묵직한 발소리가 들렸다. 저 사람은 다른 사람들보다 더 빨리 구두 뒤축이 닳을 거야.

그녀는 발소리를 들으면서 그런 생각을 했다.

기다란 그림자가 그녀 앞에 섰다. 가로등을 등지고 있어서 얼굴이 보이지 않았다.

그녀가 떨리는 목소리로 물었다. 거기, 당신인가요?

창이, 가늘게, 흔들렸다. 그녀는 창에 손바닥을 대고 가만히 숨을 멈추었다. 떨림이 혈관을 타고 심장까지 전해졌다. 십오층까지 올라오는 동안 바람은 약간 신경질적이 되었다. 하지만 이 정도의 바람이라면 나뭇가지는 나뭇잎에 상처를 내지 않도록 가만가만 흔들릴 것이고, 구름은 둥근 달을 일그러뜨리지 않도록 조심조심 움직일 것이다. 그녀는 베란다에 앉아 무언가를 기다리는 중이었다. 그녀의 예감이 맞다면 아랫동네 어느 골목에서 곧 연기가 피어오를 것이다. 지난 한 달 내내 동네를 공포에 젖게 만들었던 방화범이 오늘 같은 날을 지나치진 않을 것임을 그녀는 알고 있었다. 버스정류장의 쓰레기통에 불을 질렀을 때도, 의류 재활용품을 모아두는 상자에 불을 질렀을 때도, 모두 오늘처럼 가만한 바람이 부는 날이었다.

베란다에 앉아서, 그녀는 어느 봄날을 떠올렸다. 주인집에서 처음으로 텔레비전을 산 날이었다. 마루는 이내 사람들로 꽉 찼다. 동네에서 제법 큰 집에 속했던 까닭에, 부녀회원들은 한 달에 한 번씩 그 집 마루에 모여 국수를 비벼 먹었다. 주인집 남자는 퇴근 후 가볍게 시작한 술자리가 뜻하지 않게 이차 삼차로 이어지는 날이면 어김없이 자기 집으로 사람들을 몰고 왔다. 중학생인 큰아들은 만우절 날 선생님들의 슬리퍼에 본드를 칠했다가 일 주일 정학을 맞기도 했는데, 늘 몰려다니는 다섯 명의 친구들과 장난을 계획한 것도 그 마루에서였다. 하지만 마루에 그처럼 많은 사람들이 모여든 적은 없었다. 누군가 안방 미닫이문을 떼어내 마루를 넓혔다. 지붕 위에서 안테나를 설치하던 주인집 남자의 막내동생이 소리를 질렀다. 형, 잘 나와? 잘 나와! 마루에 있는 사람들이 동시에 대답을 했다. 텔레비전에서는 사라예보에서 열린 세계 탁구선수권대회의 결승전이 나오고 있었다. 한국은 한 경기를 내주고 두 경기를 이긴 상태였다. 단체전의 네번째 시합이 시작되었다. 첫 세트는 21 대 10. 두번째 세트는 21 대 23. 세트스코어 1 대 1이었다. 이에리사 선수가 날카로운 서브를 날렸고 오제키 유키에 선수가 잽싸게 받아쳤다. 두 선수는 한동안 탁구공을 주고받았다. 두 선수가 공을 주고받을 때마다, 어머니의 머릿속에서도 2.5그램의 탁구공이 통통거리며 움직이기 시작했다. 어머니를 평생 따라다닌 편두통이 시작된 것은 이때였다. 이에리사 선수가 득점을 할 때마다 사람들은 박수를 쳤다. 어머니는 까닭 없이 눈물을 흘렸지만, 사람들에게 그 모습을 들키기 싫어 눈물을 안으로 삼켰다. 결혼을 하기 전에 어머니는 가슴속에 눈물주머니를 하나 감추어두었다. 어머니가 눈물을 안으로 삼키자, 눈물주머니가 곧 터질 듯 부풀어올랐다. 그녀는 숨이 막혔다. 그래서 왼발로 어머니의 배를 걷어찼다. 그리고는 동네 사람들이 모두 모여 박수를 치고 있는 마루로, 세상으로, 나왔다. 어머니의 뱃속에 있은 지 여덟 달 만이었다. 그녀가 울기 시작하자 어머니는 눈물을 멈추었다. 어머니의 머릿속은 옛 기억들로 마구 뒤엉키기 시작했고, 그녀의 머릿속은 박하향이 뿌려진 것처럼 환해졌다. 환해진 머릿속에는 어머니의 뱃속에 있었던 여덟 달 동안의 기억이 고스란히 들어 있었다.

마침내, 동쪽에서 연기가 올라왔다. 그녀는 창문을 열고는 목을 길게 빼서 연기가 나는 쪽을 바라보았다. 연기는 가늘었다. 방화범은 언제나 작은 불을 질렀다. 집을 태우거나 승용차를 태우는 일은 하지 않았다. 착한 사람일 거야. 그녀는 연기를 보면서 중얼거렸다. 바람이 거친 날 불을 지르지 않는 것만 보아도 알 수 있었다. 방화범은 바람이 불을 다른 곳으로 옮기는 것을 원하지 않는 것이다. 곧 연기가 사그라들었다. 바람은 꺼져가는 불에게 이렇게 속삭일 것이다. 네 안에 무엇이 들어 있는지 생각해봐. 그러면 불은 채 타지 않는 것들을 마저 태우기 위해 마지막 힘을 다할 것이다. 불이 꺼지면 방화범은 어두운 골목길을 헤매고 헤맨 다음 집으로 돌아갈 것이다. 긴 여행에서 돌아온 사람처럼 노곤한 잠을 자겠지. 그렇게 생각하며 그녀도 자리에 누웠다. 잠은 쉽게 오지 않았다.

그는 짓다 만 건물 앞에 자전거를 세웠다. 작년 겨울 첫눈이 오는 날, 공사는 중단되었다. 그는 몇 달 동안 만나오던 여자에게 이런 농담을 했다. 건물이 다 지어지면 전망 좋은 사무실을 하나 줄게. 하고 싶은 거 해. 모든 게 다 괜찮았다. 그는 건물을 올려다보았다. 다 지어졌다면 근처에서 가장 근사한 건물이 되었을 것이다. 첫눈이 오던 날 밤, 스물두 살 때부터 같이 동업을 해왔던 김사장과는 통화가 되지 않았다. 그는 집에 들어갈 수가 없었다. 사무실에는 상고를 졸업한 지 일 년도 안 된 여직원이 퉁퉁 부은 눈으로 앉아 있었다. 자기는 아무것도 모른다고 했다. 그냥 김사장이 시켰을 뿐이라고. 일 주일 만에 전화를 받은 사람은 그 새끼 외국으로 날랐어, 라는 말만 전해주었다. 그가 갚아야 할 빚은 그가 죽었을 때 탈 수 있는 보험금의 몇 배나 되었다. 그는 자전거 페달을 밟았다. 종아리는 마라톤 선수들처럼 단단했다. 코스는 항상 똑같았다. 고등학교 때 늘 탔던 45번 버스의 노선을 따라 밤길을 달렸다. 고등학교 때 그의 일상은 45번 버스 노선 안에 있었다.

자전거를 타면, 그의 머릿속에는 늘 똑같은 영상이 떠올랐다. 체육시간이었다. 새로 부임을 한 체육선생은 자신이 마라톤 선수라고, 전국체전에서 은메달을 딴 적도 있노라고, 자신을 소개했다. 그런 의미에서 운동장 열 바퀴. 자, 뛴다. 처음 한 바퀴를 뛰자 등에서 땀이 흘렀다. 끈끈함이 기분 나쁘지만은 않았다. 세 바퀴를 뛰자, 너도 이제 고등학생이 되었으니 혼자 살 수 있겠지? 나는 니 아버질 찾아간다, 라는 쪽지만을 남기고 사라진 어머니의 얼굴이 떠올랐다. 그는 속력을 냈다. 바람이 그의 얼굴을 스칠 때마다 어머니의 눈 코 입이 뭉그러졌다. 그는 달리기를 멈추지 않았다. 한참을 달리다 옆을 보니 그의 곁에는 아무도 없었다. 반아이들은 배구장에서 배구를 하고 있었다. 하지만 그의 다리는 멈춰지질 않았다. 여섯 살 때, 그는 잔디가 깔린 마당이 있는 이층집으로 이사를 왔다. 그 집은 아버지가 십오 년을 일했던 신발가게의 사장이 살던 집이었다. 신발가게 사장은 부인이 죽자 재산을 정리해 미국으로 떠났다. 아버지는 이층집을 물려받았다. 그게 퇴직금이었다. 이삿짐을 다 나르고 아버지는 거실 한가운데 가족사진을 걸었다. 그때 집이 흔들렸다. 지진이었다. 그는 소파에 얼굴을 묻었다. 액자가 바닥으로 떨어지면서 나뭇결 무늬의 마룻바닥에 홈집을 냈다. 달리면 달릴수록 그는 자꾸 어려졌다. 새집으로 이사를 하자 아버지에게는 서재가 생겼다. 아버지는 한번 서재에 들어가면 며칠이고 밖에 나오질 않았다. 아버지가 가지고 있는 재주라곤 사람들의 발을 보고 사이즈를 알아맞히는 게 전부였다. 이젠 사람들의 발을 쳐다보는 게 지겨워. 아버지는 말했다. 자신의 신체 중에서 발이 가장 예쁘다고 생각했던 어머니는 아버지의 말에 눈물을 흘렸다. 아버지는 미국으로 떠났다. 신발가게 사장이 그곳에서 공장을 차렸다고, 그래서 믿을 만한 공장장이 필요하다고, 편지를 보내왔다. 종이 쳤는지 아이들이 교실로 들어갔다. 인마! 체육시간 끝났어. 체육선생이 그에게 다가와 말했다. 그는 달리기를 멈추었다. 그후, 체육시간이 되면 그는 달리기만 했다.

그는 45번 버스의 종점에 도착했다. 버스정류장에 자전거를 두고 그는 걷기 시작했다. 가파른 언덕 때문에 자전거로 오르긴 벅찬 동네였다. 언덕 꼭대기에는 고층 아파트가 동네를 굽어보고 있었다. 피아노 학원을 끼고 뒷길로 들어서니 가로등도 없는 후미진 골목길이 나왔다. 전봇대 아래에 라면 박스가 놓여 있었다. 그는 성냥을 꺼내 불을 피웠다. 박스가 젖어 있어서 불은 이내 꺼졌다. 그는 라이터를 사용하지 않았다. 그는 다시 걸었다. 조금 추워지기 시작했다. 성냥은 한 개비밖에 남질 않았다.

대문 앞에 화분이 버려져 있는 게 보였다. 화분 안에는 뿌리가 드러난 화초가 들어 있었다. 나무는 병에 걸렸는지 잎이 하얬다. 그는 우편함에서 편지를 꺼내 불을 붙였다. 그리고는 나뭇가지에 불을 옮겼다. 나뭇가지가 타면서 매운 연기가 나왔다. 연기가 눈에 들어가, 그는 눈물을 약간 흘렸다.

그녀는 벽에 걸린 광고 포스터를 보았다. 배가 적당히 나온 마음 좋게 보이는 남자가 자기와 똑같이 생긴 어린 아들과 함께 크레페를 고르고 있는 사진이었다.

나라면 저렇게 상상력이 부족한 광고 포스터는 만들지 않을 거야.

정이 하품을 하면서 말했다. 정은 만일 나라면, 이라고 말하는 것을 좋아했다. 그녀는 가끔 그 말에 위로를 받곤 했다. 일본인 관광객이 자주 찾는다는 유명 비빔밥집에 음식 모형을 납품할 때였다. 그녀는 비빔밥, 돌솥비빔밥, 콩나물비빔밥…… 여러 종류의 비빔밥을 만들었다. 그걸 만드는 동안 점심으로 내내 비빔밥을 사먹기도 했다. 하지만 비빔밥집 사장은 고사리가 가짜처럼 보인다고, 달걀노른자의 색이 진하다고, 콩나물이 너무 뻣뻣해 보인다고 반품을 시켰다. 납품했던 물건이 되돌아오던 날 정은 그녀에게 저녁으로 갈치조림을 사주었다. 내가 사장이라면 그 모형을 가게 앞에 진열했을 거야. 우리 이제부터 죽을 때까지 비빔밥을 먹지 말자. 정은 갈치에 있는 가시를 꼼꼼히 발라내며 말했다. 그날 이후 그녀는 정말로 비빔밥을 한 번도 먹지 않았다.

홍보팀의 P과장은 한 시간 후에 나왔다. '크레페 세상'에서 판매하는 크레페는 모두 여섯 종류였다. 전국에 백 개가 넘는 체인점이 있고, 현재도 계속 체인점을 모집하는 중이었다. 계약만 된다면 육백 개의 크레페 모형을 납품할 수 있었다. 정은 P과장에게 음식 모형이 있는 경우와 음식 모형이 없는 경우 매출이 얼마나 차이날 수 있는지에 대해 설명했다.

담배 한 대 피우시겠습니까?

정은 결정을 못 하고 머뭇거리는 P과장에게 담배를 한 대 내밀었다. P과장은 담배를 입에 물고는, 양복 바지주머니를 뒤적거리며 라이터를 찾았다. 그러다가 무엇이 이상하다는 듯 고개를 갸웃거리더니 물고 있던 담배를 빼서는 이리저리 살펴보았다. 담배는 합성수지로 만든 모형이었다.

진짜랑 똑같죠. 저희는 크레페도 그렇게 만들 수 있어요.

정의 장난이 재미있었는지 P과장은 유쾌한 표정을 지었다. P과장은 은으로 만든 담배 케이스를 꺼내더니 담배 두 개비를 꺼냈다. 그리고는 담배를 꺼낸 자리에 가짜 담배를 넣었다.

사무실 문을 열면서 그녀와 정이 소리쳤다.

피자 먹고 일해요!

난 피자 싫은데, 다른 거 사오지.

춘권에 노릇노릇한 색을 입히고 있던 윤이 투덜댔다. 윤이 가장 자신 있어하는 것은 방금 튀긴 듯 바삭바삭한 느낌이 나게 색칠을 하는 거였다. 그래서 윤의 별명은 군만두였다.

메추리알 부품이 다 떨어졌잖아.

창고에서 박이 소리를 질렀다. 박은 창고에만 들어가면 말이 많아졌다.

피자 먹고 일해요.

정이 창고 안으로 들어가더니 박의 목덜미를 잡고 나왔다. 창고에는 달걀노른자부터 팽이버섯의 모형까지 이백 개가 넘는 부품들이 있었고, 박은 그 부품들의 위치를 모조리 외우고 있었다. 그래서 박의 별명은 부품이었다. 해파리, 하고 정이 말하면 C칸의 50번, 하고 박이 대답했다.

정말 맛있는 피자예요. 이 집이 얼마나 유명한데요.

그녀는 박에게 피자 한 쪽을 내밀었다.

이거 어디서 샀냐. 퇴근하는 길에 사가야지.

박이 능청스럽게 말했다.

난 피자가 싫다 그랬잖아. 이걸 어떻게 먹어.

윤이 투덜거리며 피자를 바닥에 내던졌다.

넌 이 아까운 걸 왜 버려. 이래봬도 치즈 크러스트 피잔데.

그녀는 빵 사이에 들어 있는 치즈를 가리켰다.

저녁에 가끔 음식 모형을 놓고 회식을 하곤 했다. 처음에는 정의 장난으로 시작되었다. 회사를 차리고 한 달 내내 아무 일이 없자, 네 명은 조금씩 조바심이 나기 시작했다. 박은 시골에 있는 땅을 팔았고, 윤은 집을 담보로 대출을 얻었다. 그녀는 사십 년 이상 음식 모형을 만들어온, 국내에서 가장 알아주는 회사에서 십 년을 일했다. 그녀가 사표를 내자 사장은 이 년만 지나면 제작부 실장 자리를 주겠다고 말했다. 모두들 우울한 표정으로 앉아 있자 정은 중국집에 전화를 걸었다. 여기 동영빌딩 302호인데요. 자장면 둘, 양장피 하나요. 중국집 배달원이 음식을 가지고 왔다. 양장피에 겨자소스를 붓다가 그녀는 그것이 음식 모형이었다는 것을 알아차렸다. 중국집 배달원은 202호에서 일을 하는 남자였는데, 정은 수고

비 대신 가짜 담배를 한 갑 만들어주었다.

핫소스가 없어서 맛이 없네.

그녀는 피자를 입에 넣고는 먹는 시늉을 하면서 말했다. 그녀의 말에 사람들이 웃었다. 그녀는 고개를 들어 선반에 진열되어 있는 모형들을 보았다. 그 가운데, 돼지 머리 모형이 그녀를 보고는 웃었다.

계단은 가팔랐다. 두 사람이 나란히 걸으면 어깨가 벽에 닿을 정도로 폭이 좁았다. 다방 안은 음침했다. 어항 안에 들어 있는 물고기들조차도 바닥에 붙어 꼼짝하지 않았다. 한참 전에 왔는지 W 앞에 놓인 재떨이에 담배꽁초가 그득했다.

차 마셔야지.

W가 손을 들어 종업원을 불렀다.

칡차 두 잔.

W는 그에게 묻지도 않고 칡차를 시켰다.

커피는 몸에 안 좋거든.

W가 흰 이를 드러내며 힘없이 웃었다. W는 칡차에 띄워져 있는 잣을 건져 재떨이에 버렸다. 그도 칡차를 한 모금 마셨다. 썼다. 미간이 자기도 모르게 찡그려질 정도로.

소문 듣고 왔어요, 여권이 필요해서. 비자도.

그는 들릴락 말락 한 작은 목소리로 말했다.

나, 이제 그 일 안 하는데.

W는 건너편에 앉아 있는 중년의 남녀를 바라보면서 말했다. W의 시

선을 따라 그도 건너편 탁자를 바라보았다. 아래턱에 꿰맨 자국이 있는 남자가 눈 밑에 기미가 거뭇하게 낀 여자에게 무어라 말을 하고 있었다. 여자는 가짜 아놀드파마 티셔츠를 입고 있었다.

원래 우산에 보라색은 없지?

W가 말했다.

빨간색, 노란색, 파란색, 아닌가요?

그가 대답했다.

돈이 많이 들 거야. 특히 미국 비자는. 근데 누구한테 내 이야기를 들었지?

Q요.

W는 고개를 끄덕였다. Q는 그에게 W의 연락처를 알려주면서, 이 바닥에선 W가 최고의 브로커라고 했다.

Q는 요즘 어떻게 지내나.

잘 지내요.

그는 어깨를 으쓱하고는 대답했다. 사실 그는 Q를 잘 몰랐다. 처음엔 심부름센터를 하는 중학교 동창에게 A라는 사람을 소개받았고, A라는 사람이 H라는 사람의 연락처를 알려주었다. 전화를 받은 것은 목소리가 날카로운 여자였다. 도대체 그 사람 전화가 아니라고 몇 번이나 말해요. 여자는 그에게 말할 틈도 주지 않고는 전화를 끊었다. 다시 A에게 연락을 했지만 휴대폰은 꺼져 있었다. 그는 처음부터 다시 시작해야 했다. 심부름센터를 하는 중학교 동창에게 도가니수육과 설중매를 사주었다. 중학교 동창은 Q의 연락처를 알려주었다. 그는 Q에게 전화를 걸었다. 저는

Q일지도 모릅니다. 장난기가 배어 있는 목소리였다. Q는 그에게 W의 연락처를 알려주었다.

이백, 오백이야.

그는 W가 한 말이 무슨 뜻인지 한 번에 알아듣지 못했다.

여권은 이백이 들고, 비자는 오백이 들어.

W는 몸을 앞으로 숙이고는 목소리 끝에 힘을 주었다. 턱에 상처가 난 남자가 그 말을 들었는지 이쪽을 힐끔 쳐다봤다. 특별히 싸게 해주는 거라고 W는 몇 번이나 반복해서 말했다. 그리고 종업원을 불러서 칡차를 한 잔 더 시켰다. 종업원이 돌아가자마자, 가짜 아놀드파마를 입은 여자가 큰 소리로 울기 시작했다. 다방은 여자의 울음소리로 이내 꽉 찼다.

에이! 구질구질한 건 딱 질색이야.

W는 들고 있던 담배를 재떨이에 집어던지며 자리에서 일어났다. 악수를 하자고 손을 내미는 그의 손을 W는 잡지 않았다. W가 가고 난 다음에 칡차가 나왔다. 그는 잣을 건져 재떨이에 버렸다.

다방을 나오자, 비가 왔었는지 바닥이 축축했다. 그는 버스정류장과 반대 방향으로 걸었다. 그는 팔 수 있는 것들을 헤아려보았다. 자동차는 삼백만원은 족히 받을 수 있을 것이다. 통장에 백오십만원이 있으니 이백오십만원만 구하면 되었다. 건물 사이로 해가 지고 있었다. 약재상이 근처에 있는지 한약 달이는 냄새가 났다. 다닥다닥 지어진 건물들은 서로 어깨를 기대고 있었다. 건물들은 약간 피곤해 보였다. 이제 그만 쉬고 싶다고 그에게 말하는 듯했다. 상자들은 건물 귀퉁이마다 쌓여 있었다. 바람은 스웨터의 성긴 올을 뚫고 그의 몸으로 파고들었다. 그는 주머니에서 성냥을 꺼냈다. 그리고는 불을 댕겼다. 손이 따뜻해졌다.

뭐 드실지 결정했어요?

그녀는 곱창전골과 해물전골 사이에서 갈등하는 어머니를 바라보았다. 오른편에서 보는 어머니의 얼굴과 왼편에서 보는 어머니의 얼굴은 다른 두 사람을 보는 것처럼 느낌이 달랐다. 편두통을 앓을 때마다 어머니는 한쪽 얼굴을 찡그렸고, 세월이 흐르자 찡그린 표정이 그대로 굳어버렸다. 왼쪽 눈은 오른쪽 눈보다 치켜올라갔고, 왼쪽 이마가 오른쪽 이마보다 주름이 많았다. 그녀는 우울한 날엔 어머니의 왼쪽에 서지 않았다. 누군가 노란색 종이를 오려서 하늘에 걸어놓은 것처럼 해가 선명하게 뜬 날에만, 어머니의 일그러진 왼쪽 얼굴을 보았다.

곱창전골 먹자.

해물전골 드시고 싶다 그러셨잖아요.

마음이 바뀌었어.

그녀는 곱창을 씹지도 않고 삼켰다. 음식 모형을 만들면 만들수록 음식을 씹지 못하고 삼키는 날이 많아졌다. 음식들이 합성수지로 만든 모형처럼 느껴졌다. 처음부터 그랬던 것은 아니었다. 일을 배울 때, 그녀는 햄버그스테이크를 만들다가 저녁에 진짜로 햄버그스테이크를 사먹기도 했다. 영덕게, 복어회, 누룽지탕…… 그녀는 매일매일 먹어보지도 못한 음식들을 만들었다. 잠을 자면 그 음식들을 게걸스럽게 먹는 꿈을 꾸었다. 자기도 모르게 식욕이 늘었다.

야식으로 족발을 먹을 때였다. 그녀는 상추쌈에 족발을 싸면서 이렇게 말했다. 어쩜 이렇게 진짜랑 똑같이 생겼을까. 그리고 그 쌈을 먹고 나서 이렇게 말했다. 어쩜 맛도 진짜랑 똑같네. 옆자리에 앉아 있던 직원이 소주 한 잔을 그녀에게 주었다. 당연하지. 진짜니까. 그날 이후로 그녀는 음식을 씹지 못하고 삼켰다.

어머니는 가방에서 고무망치를 꺼내 머리를 두드렸다. 식당에서 밥을 먹던 사람들이 신기한 표정으로 어머니를 바라보았다. 어머니의 가방에는 십 년이 넘도록 변함없이 들어 있는 물건이 두 개 있었다. 하나는 고무망치였고, 하나는 인삼 맛이 나는 껌이었다. 고무망치는 편두통이 찾아왔을 때 사용했고, 인삼 맛 껌은 멀미를 했을 때 씹었다. 어느 겨울인가, 아버지가 군고구마를 사왔을 때였다. 군고구마 봉투는 철 지난 잡지로 만든 것이었다. 고구마를 먹고 체해서 죽은 사람을 보았다며 어머니는 고구마를 먹지 않았다. 그녀가 고구마를 먹는 동안 어머니는 봉투를 펴서 기사를 읽었다. 기사에는 고무망치로 두통을 치료한다는 사람이 나왔다. 고무망치로 어떻게 두통을 치료한다는 것인지는 기사가 잘려 알 수 없었지만, 한 남자가 고무망치로 머리를 두드리고 있는 사진을 보고 어머니는 모든 것을 추측했다. 망치로 머리를 두드리는 거야. 그러면 두통이 사라지지. 다음날 어머니는 사진 속에 있는 망치와 똑같은 망치를 만들었다. 어머니가 망치로 머리를 두드리는 날이 많아질수록, 아버지가 집에 들어오지 않는 날이 많아졌다. 아버지는 통통거리는 그 망치 소리를 견딜 수 없다고 했다. 그녀는 아버지에게 말했다. 이해해요. 그녀는 어머니가 고무망치로 머리를 두드리는 소리를 들으며, 그 박자에 맞춰 영어 단어를 외웠다.

집으로 가는 길에 어머니는 노래를 불렀다. 사랑한다고 말할걸 그랬지…… 어머니는 시에서 주최한 주부노래자랑에 나가 장려상을 받은 적이 있었다. 뱃속에 있던 그녀도 따라서 그 노래를 불렀다. 어머니는 행복해했고, 그녀도 따라서 웃었다. 동네 부녀회에서 단체로 응원을 나왔다.

장려상 상품이 뭐였어요?

응, 뭐였더라. 기억이 안 난다.

어머니는 언덕길을 가뿐하게 올랐다. 그녀는 약간 숨이 찼다.

새벽에, 문을 두드리는 소리에 그녀는 눈을 떴다.

이제 생각났다. 석유곤로를 받았어.

어머니의 얼굴에는 베갯자국이 나 있었다. 예, 이제 그만 주무세요. 그녀는 안방으로 건너가는 어머니의 뒷모습을 바라보았다. 방문을 닫다 말고, 그런데 내가 노래자랑에 나간 걸 니가 어떻게 아니? 라고 어머니가 말했다. 그녀는 그 말을 못 들은 척했다.

그녀는 주차장에 세워져 있는 차가 모두 몇대인지를 세어보았다. 아버지가 야근이라도 하는 날이면 어머니는 밤새 벽지에 새겨진 꽃송이를 헤아렸다. 방문을 열면 바로 마당이 보였는데 그 마당을 넋놓고 바라보기도 했다. 어머니는 텅 빈 마당을 도화지 삼아 눈으로 무엇인가를 그렸다. 어머니가 눈동자를 움직일 때마다, 그녀의 머릿속에도 그림들이 새겨졌다. 이름을 알 수 없는 동물들이었다. 동물들은 전부 날개를 달고 있었다. 십오층 아파트로 이사를 오고 난 다음, 그녀의 머릿속에는 그때 어머니가 그렸던 동물들이 생생하게 되살아났다. 베란다에서 뛰어내려도 그녀는 죽지 않을 것 같았다. 어머니가 그녀의 몸 어딘가에 날개를 감추어두었다. 우울해질 때마다 그녀는 몸 속에 숨겨진 날개를 생각했다. 아랫동네에서 희미하게 연기 같은 것이 올라오는 듯도 했지만, 불이 난 것인지 아닌지 짐작할 수도 없을 정도로 금방 사라졌다.

그는 메뉴에 적혀 있는 스파게티의 종류를 모두 외웠다. 점심시간에 오겠다고 약속한 L은 오지 않았다. 옆자리에 앉아 있던 사람들이 나가고 뒷자리에 앉아 있던 사람들도 나갔다. 동창들은 L이 억대의 연봉을 받고 회사를 옮겼다고 했다. 알짜 기업으로 소문난 중소기업의 외동딸과 약혼을 했다는 말도 들렸다. 학창 시절에 L은 눈에 잘 띄지 않는 아이였다. 학기가 다 끝나갈 무렵, 담임선생님이 L을 뚫어지게 쳐다보다가 이렇게 묻기도 했다. 근데 니 이름이 뭐였니? 담임선생님이 자신의 이름을 기억하지 못한다는 사실을 안 다음부터 L은 공부를 하기 시작했다. S시에서 가장 유명한 학원에 등록을 했다. 수업이 끝나는 저녁 여덟시에서 밤 열두시까지 학원에서 국, 영, 수를 집중적으로 공부했다. 일 년이 지나자, L은 전교 5등으로 석차가 올랐다. 그리고는 자신의 이름을 기억하지 못했던 선생님을 찾아가 이렇게 말했다. 이제 제 이름을 똑똑히 기억하겠죠.

그는 L에게 전화를 걸었다.

미안하다. 바빠서 못 나가겠다. 너무 오랜만이지. 그래, 그 동안 뭐 했어? 결혼은 했구?

L이 한 번에 너무 많은 것을 물어봐서, 그는 무엇을 먼저 대답해야 좋을지 한참을 생각해야 했다. 나는…… 그가 말을 하려 했을 때, 전화기 저편에서 낯선 남자의 목소리가 들렸다. 그래, 알았어. 곧 갈게. L의 목소

리는 피곤한 듯했다.

나는 잘 지내. 그냥, 니 얼굴이 보고 싶어서 왔지. 아직 결혼은 안 했어.

그는 L이 그랬던 것처럼 한 번에 모든 것들을 대답했다.

달리면 뭐가 좋아? 언젠가, 체육시간마다 달리기만 하는 그에게 L이 물은 적이 있었다. 세상에 내 편이 하나도 없다는 사실을 알게 돼. 그는 약간은 심드렁한 표정을 지으며 대답했다. 가끔 L은 그를 따라 운동장을 달렸다. 아버지가 떠나고 난 다음, 어머니가 서재에 틀어박혀 지냈다. 동네 사람들은 서재에 귀신이 있다고들 했다. 신발가게 사장의 부인이 죽은 것도 서재였다. 신경안정제 과다 복용. 자살이었다. 어머니가 떠난 후에는 그가 서재에서 잠을 잤다. 서재에서 잠을 자면 언제나 새벽 두시쯤에 잠에서 깼다. 면도칼이 순식간에 그의 가슴을 훑고 지나간 것처럼 통증이 왔다. 그런 날이면 그는 책상에 앉아 아침이 될 때까지 창 밖을 바라보곤 했다. L이 같이 운동장을 달려주는 날이면 그는 불면증에 시달리지 않고 잠을 잘 수 있었다.

내가 너 좋아했던 거 알지?

그렇게 말해놓고 보니, 그는 L이 그리웠다. 나는 있잖아, 이렇게 숨이 찬 게 참 좋다, 라고 말하며 순진하게 웃곤 했던 L의 모습이 보고 싶었다.

자식! 얼마가 필요한 거야. 말해봐.

그는 전화를 끊었다. 그리고는 해물 스파게티와 샐러드를 시켜 남김없이 다 먹었다. 그는 동네에서 신발이 가장 많은 아이였다. 아버지가 일하고 있던 신발가게의 사장은 그가 신고 싶은 신발은 전부 가질 수 있게 해주었다. 생일날 그에게 분홍색 카드를 주었는데, 거기에 평생 무료 신발

교환권, 이라고 적혀 있었다. 사장은 친절한 사람이었다. 아버지가 늦도록 귀가하지 않는 날이면 어머니는 그를 신발가게에 보냈다. 문 닫은 가게 안에서 아버지와 사장은 술을 마시고 있었다. 난로에는 언제나 김치찌개 아니면 부대찌개가 부글부글 끓고 있었다. 술에 취하면 아버지는, 그래서 어쩌란 말이야! 라는 말을 했다. 어린 그는 그래서 어쩌란 말이야! 라고 아버지의 말투를 흉내내곤 했다. 그러면 아버지는 그에게 막걸리를 한 모금 먹여주었다. 미국으로 떠난 아버지는 선물을 보내왔다. 버튼을 누르면 탬버린을 치는 원숭이 인형이었다. 온도에 따라 엉덩이 색이 변하는 인형을 보내기도 했고, 뒤집으면 다른 동물로 변하는 인형을 보내기도 했다. 중학생이 된 그는 아버지에게 편지를 보냈다. 중학생이 되었으니 다른 선물을 보내주세요. 하지만 더이상 선물은 오지 않았다.

그는 45번 버스의 노선을 세 번이나 왕복했다. 버스정류장에는 45번 버스의 노선이 바뀐다는 안내문이 붙어 있었다. 새로운 노선은 그가 다녔던 고등학교와 가슴이 답답할 때마다 산책을 했던 중앙공원을 지나가지 않았다. 그는 골목길을 뛰기 시작했다. 대문에 쌓아놓은 신문 뭉치에 불을 붙였던 집에는 아직도 그을린 자국이 남아 있었다. 의류 재활용 상자는 새것으로 교체되어 있었다. 그는 가지런히 주차되어 있는 차들을 보았다. 저 차에 불을 붙이면 어떨까? 그런 생각이 치솟아오르자, 그는 침을 꿀꺽 삼켰다. 그는 자동차 앞유리에 끼워져 있는 광고지들을 빼내기 시작했다. 동네를 한 바퀴 돌자 꽤 많은 양의 종이를 모을 수 있었다. 그는 거기에 불을 붙였다. 비키니를 입고 요염한 자세를 취하고 있는 여자의 몸이 타들어갔다. 그 여자만이 자기를 위로해주는 듯했다. 그는 약국 앞에 쪼그리고 앉아 전화를 걸었다.

누구야, 이 밤에.

L이 잠에서 덜 깬 목소리로 전화를 받았다. 그는 삼백만원이 필요하다고 말하고는 전화를 끊었다.

'크레페 세상'의 P과장에게 전화가 왔다. 전화를 받은 정이 손가락으로 OK 표시를 했다. 체인점이 모두 백이십 개라고 했다. 박은 너무 흥분한 나머지 돌솥비빔밥에 삶은 달걀을 넣었다. 그녀는 책상에 앉아서 성냥갑에 들어 있는 성냥들을 하나하나 살피고 있었다.

왜 안 기뻐?

정이 다가와 말을 건네자 그녀는 그제서야 뭐가? 하고 되물었다.

'크레페 세상'에서 전화 왔었다구.

돈가스에 빵가루를 입히다 말고 윤이 소리를 질렀다.

아! 그거, 기뻐.

그녀는 건조하게 대답했다. 그리고 이내 고개를 숙여 성냥개비 고르는 일에 열중했다. 성냥개비 모형을 만드는 일은 쉬웠다. 콩나물을 만드는 것과 큰 차이가 없었다. 성냥갑 한 통에서 골라낸 열다섯 개의 성냥개비를 가지고 틀을 떴다. 주물에 합성수지를 붓고 오븐에 굽는 것도, 완성된 모형에 색을 입히는 것도 다른 것들에 비하면 단순했다. 그녀는 이백 개가 넘는 성냥개비를 만들었다. 그것들을 성냥갑에 담자 더 진짜처럼 보였다.

그걸로 뭐 하게.

정이 퉁명스럽게 말했다.

그녀는 창고로 들어가 생맥주 잔을 가지고 나왔다. 누가 만들었는지 정말 잘 만들었네. 그녀는 잔에 담긴 가짜 맥주를 보면서 생각했다. 보기만 해도 목이 시원해지는 것 같았다.

자, 이거 마시고 화 풀어.

그녀는 건배를 했다.

화난 게 아니야. 근데, 왜 넌 기쁠 때 기뻐하지 않는 거지?

나도 정말 기뻐. 근데 기쁘다고 반드시 웃어야 하는 건 아니잖아.

정은 고개를 약간 뒤로 젖히고는 진짜 맥주를 마시는 것처럼 해 보였다. 그녀는 그런 정이 고마웠다. 정은 유쾌한 사람이었다. 정은 새벽이면 깨어나 다시 잠들기까지 오랜 시간이 걸리지 않을 것이다. 그녀는 보름달이 뜨는 날이면 아파트 십오층에서 뛰어내리고 싶은 충동이 생겼다. 그걸 참기 위해 이에리사가 득점을 할 때마다 박수를 치던, 주인집 마루에 모인 동네 사람들의 얼굴을 떠올려보곤 했다. 그런 사실들을 말하면 정은 이렇게 대답할 것이다. 그 사람들의 얼굴이 기억나?

몇 건의 화재가 생긴 이후로, 동네 사람들은 쓰레기 버리는 것을 조심했다. 가게들은 박스를 길거리에 쌓아두지 않았고, 가정집에서는 불에 타지 않는 쓰레기만 밖에 내놓았다. 그녀는 가로등이 드문드문 있는 후미진 골목길을 따라 동네를 돌아다녔다. 거리는 깨끗했다. 불에 탈 만한 것은 보이지 않았다. 그녀는 편지함에서 편지들을 꺼내기 시작했다. 고지서나 청첩장이 대부분이었지만 간혹 편지들도 보였다. 군대에서 보낸 편지도 있었다. 그녀는 그런 편지들은 다시 편지함에 넣고 전화요금 고지서나 신용카드 청구서 같은 것들만 챙겼다. 오늘은 방화범이 나타날 것이다. 그녀의 짐작은 틀린 적이 없었다. 그녀의 어머니가 그랬던 것처럼. 니 아버지 온다. 어머니가 그렇게 말하면 영락없이 몇 분 후에 아버지가 초인종을 눌렀다. 어머니는 외할머니의 죽음을 미리 알아차리기도 했다. 그녀가 어머니 뱃속에 있은 지 세 달하고 며칠이 더 지났을 때였다. 어머니는 아버지와 뒷산에 있는 약수터에 가는 중이었다. 그 물을 먹고 아들을 낳았다는 동네 사람이 여럿이었다. 물을 마시다 말고 어머니는 땅바닥에 주저앉아 울기 시작했다. 약수터에서 너무 많이 울었기 때문에, 어머니는 장례식장에서는 눈물을 흘리지 않았다. 뱃속에서, 그녀가 대신 울었다.

그녀는 골목길에 주워 모은 고지서들을 버렸다. 그리고는 사거리에 있는 약국 앞에 앉아 새벽이 오기를 기다렸다. 그곳에 앉아 있으면, 버스정류장에서 걸어오는 사람들을 볼 수 있었다. 택시가 한 대 지나갔다. 택시에서 내린 남자는 그녀를 한 번 노려보고는 한약방이 있는 골목 안으로 사라졌다. 모자를 쓴 사람이 찻길 건너 편의점에서 나왔다. 그녀는 고개를 저었다. 저 사람은 아닐 것이다. 바람이 은은하게 불었다. 어디 열이 얼마나 있나 볼까? 바람은 그렇게 속삭이고는 그녀의 이마를 만져주었다. 어디선가 묵직한 발소리가 들렸다. 저 사람은 다른 사람들보다 더 빨리 구두 뒤축이 닳을 거야. 그녀는 발소리를 들으면서 그런 생각을 했다. 기다란 그림자가 그녀 앞에 섰다. 가로등을 등지고 있어서 얼굴이 보이지 않았다. 그녀가 떨리는 목소리로 물었다.

거기, 당신인가요?

W를 처음 만났던 다방은 내부수리중이었다. W와는 통화가 되지 않았기에 그는 할 수 없이 다방 입구에 서서 W를 기다렸다. 시간이 꽤 흐른 다음에 전화가 왔다. 약속 장소를 바꾸죠, 라며 W가 다급한 목소리로 말했다. 다음 장소에도 W는 나타나지 않았다. 그는 W를 소개해준 Q에게 전화를 걸었다. 아직 변성기도 지나지 않은 목소리의 소년이 전화를 받았다.

전화번호는 맞지만 Q라는 사람의 전화는 아니에요.

어린 소년은 자동응답기처럼 대답했다. Q를 찾는 전화가 자주 걸려온 모양이었다. 그는 심부름센터를 하는 중학교 동창에게 전화를 걸었다.

Q? Q가 누군데? 아! 난 그 사람 잘 몰라. 나도 다른 사람한테 소개받은 거야.

중학교 동창은 Q에 대해서, 그리고 W에 대해서, 아무것도 모른다고 했다. 다음날 신문에는 전문적인 여권 위조단이 잡혔다는 기사가 실렸다. W의 얼굴도 조그맣게 실렸다. 너무 작아서 그게 W였는지도 확실하지 않았다. W의 사진 위에 그보다 몇 배는 큰 사진이 있었다. 신의 손이라고 불리는 사람의 사진이었다. 신문에는 신의 손이 만든 여권은 전문가가 아닌 이상 가짜인지 진짜인지 판별해낼 수 없다, 라고 적혀 있었다.

그는 중학교 동창이 처음으로 알려주었던 A라는 사람에게 전화를 걸었다. A에게 그는 알려준 번호로 전화를 걸었더니 다른 사람이 받았다고 말했다.

여자가 받았죠? H의 마누라예요. 성격이 지랄 같죠. 술 먹고 카드를 긁거나 노름을 해서 돈을 잃으면, 휴대폰을 빼앗거든요. 다시 해보세요.

A는 친절하게 대답해주었다. 그는 H에게 전화를 걸었고, H가 잔뜩 경계하는 목소리로 전화를 받았다.

때가 때이니만큼 한동안은 죽어지내야죠. 일 주일 뒤에 다시 걸어주세요.

골목에는 모퉁이마다 종이가 버려져 있었다. 대부분 전화요금 고지서였다. 그는 청구서를 들여다보았다. 어느 집은 한 달에 전화요금이 십만 원이 넘게 나왔다. 중학교나 고등학교에 다니는 딸이 있는 집일 것이다. 밤마다 친구들에게 전화를 해서 저녁 반찬은 무엇을 먹었는지, 담임선생은 숙제를 왜 이리 많이 내주는지 수다를 떨겠지. 일반 전화요금보다 국제전화요금이 더 많이 나온 집도 있었다. 유학을 간 아이가 있나? 숫자는 많은 이야기들을 감추고 있었다. 카드 값이 칠십육만원. 내역서를 보니 모두 같은 곳에서 카드를 긁었다. 남편은 신용카드 청구서를 부인이 먼저 받을까봐 며칠을 전전긍긍했을 것이다. 그는 봉투에 적힌 주소를 보았다. 다시 편지함에 넣어놓을까? 그런 장난스러운 생각이 그의 머리에 잠깐 스쳤다.

그에게는 어린 시절의 사진이 남아 있질 않았다. 잠이 오지 않는 밤이면 그는 마당에 나가 사진을 한두 장 태우곤 했다. 사진을 태우면 사진 속에 담겨 있던 영상이 어둠 속에서 살아 움직였다. 잠이 오지 않는 날이 많아질수록 앨범은 점점 얇아졌다. 재는 바람이 불면 금세 사라졌다. 사진 속의 그는 가보지 못한 세계로 날아갔다. 앨범에 사진이 더이상 남지 않게 되자 그는 벽에 붙은 영화 포스터를 태우기 시작했다. 영화 포스터에는 종이 한 장에 다 적을 수 없을 정도로 많은 이야기가 있었다. 그 이야기들은 재가 되어 먼 곳으로 퍼져나갔다. 그는 종이들을 한 곳에 모아 놓고 불을 붙였다. 전화요금 고지서가 탈 때는 누군가 그의 귀에 대고 해독할 수 없는 말들을 웅얼거리는 것 같았다. 숫자 안에 감추어져 있던 이야기들이 종이에서 풀려나와 하늘로 날아갔다. 그 이야기들이 하늘로 날아갈 수 있도록 바람이 가만히 불어주었다. 금세 하늘이 소란스러워졌다. 그는 보물찾기를 하듯 골목에 버려진 요금 고지서들을 찾아 헤맸다. 다음 골목 모퉁이에는 청첩장과 교통 범칙금 고지서가 있었다. 그는 청첩장을 들고, 거기에 적힌 주소를 찾아 골목길을 돌기 시작했다. 다른 건 몰라도 축복을 받을 사람들은 축복을 받아야 했다. 그는 청첩장들을 도로 편지함에 넣었다. 자신이 우편배달부가 된 듯했다.

자전거를 처음 타봐요.

그녀가 말했다.

뒷좌석에 누군가를 태우는 건 처음이에요.

그가 말했다. 트럭이 자전거를 스치듯 지나갔다. 그는 핸들이 흔들리지 않도록 손목에 힘을 주었다.

저 트럭을 따라가봐요.

그녀가 말했다.

꽉 잡아요.

그는 힘껏 페달을 밟았다.

그는 정거장을 지나칠 때마다 그녀에게 말을 했다.

여기 정거장 이름은 남부시장이에요. 하지만 여기엔 시장이 없어요.

웃기죠? ……저 옷가게 보이죠? 내가 살던 동네에도 저런 옷가게가 있거든요. 두 가게가 헷갈려서 버스에서 잘못 내릴 때도 있었어요, 하하 …… 이 공원에서 처음으로 술을 마셨어요. 여기서 잠을 잔 적도 있었죠 …… 저기 붉은 벽돌로 된 이층집 보이나요? 큰 건물 뒤에 가려서 잘 안 보이죠. 좀더 가까이 갈게요. 자, 여기가 내가 살던 집이에요.

그는 이층집 앞에 자전거를 멈추었다.

우리 어머니는 이런 이층집에서 살아보는 게 소원이었어요. 한번은 길을 가다, 마당에 잔디가 깔려 있는 이층집을 보고는, 대뜸 아버지에게 화를 내기도 했거든요. 아! 어머니가 보았던 집이 바로 이런 집이었어요. 얼마나 잔디가 푸르렀는지 내 눈까지 푸른색으로 물들 지경이었어요.

그녀는 잡초가 무성하게 웃자란 마당을 무심한 눈으로 바라보면서 말했다.

그녀는 그에게 커다란 성냥갑을 주었다.

이걸로 이 집을 태워요.

이 집은 이제 내 집이 아니에요. 은행으로 넘어갔죠.

저 집 안에 있는 물건들을 잊을 수 있어요?

그는 성냥을 꺼내 불을 댕겼다. 하지만 불꽃은 일지 않았다.

어때요, 진짜랑 똑같죠? 선물이에요.

어! 고마워요, 하하. 정말 맘에 들어요.

그는 성냥 모형을 품에 안았다. 그녀는 그의 머리카락에 붙어 있는, 타다 만 종잇조각을 떼어냈다.

그녀는 다시 자전거 뒷자리에 앉았다. 그는 그녀에게 곧 미국으로 떠날 것이라고 말했다. 47번 버스가 버스정류장에 서 있었다.

　저 버스를 따라가볼까요?

　그가 말했다. 그의 허리를 꽉 잡고, 그녀는 어머니 뱃속에 있었던 여덟 달 동안 얼마나 외로웠는지에 대해 이야기해주었다. 그녀는 가만히 그의 등에 귀를 대보았다. 난 당신의 말을 믿어요. 그의 몸 속에서 그런 말들이 들려왔다.

그 남자의 책 198쪽

언젠가는 이 책을 읽을 것 같았어요.

혹시 저처럼 198쪽만 읽은 건 아니죠?

공원에서 잡동사니 물건을 파는 사람에게 가보세요.

선물이 있어요. 갈매기가.

그녀는 저녁 열시면 잠이 들었다. 퇴근을 하고 집에 돌아오면 아주 오랫동안 샤워를 했다. 한 달에 수도요금이 오만원 이상 나왔고, 생활비를 줄이기 위해 휴대폰을 정지시켰다. 일 주일에 한 번씩 고향에 있는 어머니에게 전화를 드렸고, 매달 말일에는 고시 공부를 하는 동생에게 오십만원을 온라인으로 송금했다. 의사로부터 신경성 위염이라는 진단을 받은 후로는 밥을 먹을 때 꼭 백 번씩 씹었다. 밥을 먹고 삼십 분 후에는 약을 먹었다. 그녀는 팔 년째 도서관에서 일을 했지만 정작 자신은 책을 읽지 않았다. 저기요, 복사 카드는 어디에서 사나요. 저기요, 펜 좀 빌릴 수 있을까요. 저기요…… 그녀는 도서관에서 이름 대신 저기요, 라는 말을 수없이 들었다. 그래서 도서관이 아닌 다른 곳에서도 누군가 저기요, 라는 말만 하면 자연스럽게 고개가 돌아갔다. 그녀는 저기요, 라는 호칭이 자신의 이름보다도 더 익숙했다. 앞집에 살던 남자가 이사를 가면서 자전거를 준 뒤로는 자전거를 타고 출퇴근을 했다. 사십 분이 조금 더 걸렸다. 다섯시 삼십분이면 퇴근을 했다. 저녁을 먹고, 일일 드라마를 보고, 뉴스를 보고 나면 어느새 열시가 되었다. 그녀는 벽에 슬기 시작한 곰팡이를 무심하게 쳐다보다가 잠이 들었다. 그리고 다음날 새벽 다섯시면 어김없이 눈을 떴다.

자명종은 다섯시에 맞추어져 있었지만 그녀는 멜로디가 울리기 십 분 전에 눈을 떴다. 베개를 잘못 베고 잤는지 고개가 오른쪽으로 돌아가지 않았다. 그녀는 아침밥을 짓다가 새로 광고를 하는 '밥맛 좋아지는 쌀'로 바꿔보면 어떨까, 라는 생각을 했다. 고향 도지사가 직접 텔레비전에 나와 광고를 하는 쌀이었다. 밥을 씹다가, 백 번을 세기 귀찮아지자 마음속으로 노래를 불렀다. 동요 한 곡에 밥 한 숟가락이었다.

자전거는 진한 초록색이었다. 앞집에 살았던 남자는 자전거 뒷좌석에 아들을 앉히고는 공원을 한 바퀴씩 돌곤 했다. 아들은 왼쪽 다리가 휘어서 혼자서는 걷지 못했다. 자전거에는 전화번호가 크게 씌어 있는데 아무리 지우려 해도 지워지지 않았다. '5'라는 숫자가 아들의 휘어진 다리와 닮아 있었다. 오르막길 끝에 '아늑한 미용실'이라는 간판이 보였다. 눈이라도 쌓이면 천장이 꺼질 듯 낡은 집이었다. '아'자가 떨어져서 멀리서 보면 '늑한 미용실'이라고만 보였다. '늑한'이라는 단어를 보면 그녀는 자신도 모르게 몸이 부르르 떨렸다. 누군가 등에 찬바람을 불어넣는 것 같았다. 그녀는 삼거리에 있는 '향기로운 빵집' 앞에서 자전거를 세웠다. 그곳에서 치즈 바게트를 산 다음 다시 자전거에 올랐다. 내리막길에서 눈을 감고 싶은 충동에 사로잡혔다. 눈앞에 보이는 풍경들이 모두 그녀의 몸을 통과했다. 자전거를 타고 내리막길을 내려가는 순간만큼은 모든 것을 다 용서할 수 있을 것만 같았고, 그러자 그녀는 자신이 아주 선량한 사람처럼 느껴졌다. 안녕하세요. 그녀는 약간은 가식적인 미소를 지으면서 횡단보도에 서 있는 사람에게 오른손을 들어 인사를 했다. 내리막길을 지나 오른쪽 길로 접어들자 고등학교가 나왔다. 언젠가, 그녀는 교복을 입은 여자애가 고등학교의 긴 담 위를 아슬아슬하게 걷는 모습을 본 적이 있다. 왜 길을 두고 담 위를 걷니? 자전거를 세우고 그녀가 여자애에게 물었다. 따분해서. 그애가 대답했다. 그녀는 떨어질 듯 말 듯 간당간당 달려 있는 남방 단추를 만지작거리면서 그애의 말을 따라 해보았다. 따분해! 따분하다고 말을 하자 장사가 잘 안 된다며 한숨을 쉬는 어머니의 모습이 잊혀졌다. 난 니가 지겹다, 이제. 그렇게 말을 하고는 떠나간 W의 뒷모습이 서서히 지워졌다. 그녀는 담을 끼고 돌면서 따분해, 라고 큰 소리로 외쳤다. 길에 물을 뿌리던 문방구 주인이 눈을 커다랗게 뜨고는 그녀를 쳐다보았다. 멀리 도서관이 보이기 시작했다. 정문을 지키는 수위가 그녀에게 거수경례를 했다.

그녀는 오른손에 깁스를 한 남자를 바라보았다. 남자의 곁에는 책이 열 권 정도 쌓여 있었다. 깁스를 한 손으로 어떻게 책을 날랐을까? 그녀는 남자를 보면서 그런 의문을 가졌다. 남자가 책을 읽는 방법은 좀 독특했다. 한 권을 읽는 데 오 분 정도밖에 걸리지 않았다. 남자는 책을 펼치더니 책장을 빨리 넘기기 시작했다. 그러다가 자신이 찾는 쪽이 나오면 책장 넘기는 걸 멈추고 책을 읽기 시작했다. 그녀는 남자의 어깨 너머로 산기슭에 비스듬히 자리를 잡은 동네를 보았다. 주황색 지붕이 네 개, 초록색 지붕이 두 개, 회색 지붕이 다섯 개였다. 남자가 보는 책은 모두 제목이 'ㄱ'으로 시작되는 책들이었다. 남자가 몸을 움직이자 가려졌던 주황색 지붕이 하나 더 보였다. 그녀는 저 지붕들 중에서 색이 하나라도 바뀌면 도서관을 그만두리라는 생각을 했다.

왜 저를 쳐다보죠?

어느새 깁스를 한 남자가 그녀 앞으로 다가왔다. 가까이에서 보니 남자는 앳된 얼굴이었다. 스물셋 정도. 이마에 V자 모양의 상처가 나 있었다.

저기 창문 너머를 봤어요. 제가 이곳에서 일을 시작한 후로 지붕 색을 바꾼 집이 하나도 없어요.

그녀는 이마에 난 상처를 쳐다보면서 대답했다. 깁스를 한 남자는 자리로 돌아가지 않았다. 여학생이 책을 들고 와서는 남자의 뒤에 섰다.

실은 부탁할 게 있어서요.

왜 저를 쳐다보죠? 라고 묻던 목소리와는 전혀 다른 목소리로 남자가 말했다. 남자의 뒤에 섰던 여학생이 뒤늦게 줄이 아님을 알아차리고 그녀에게 다가와 책을 내밀었다. 남자는 깁스를 한 손을 그녀에게 내밀었다.

혹시, 이 사람이 빌려갔던 책들을 알 수 있을까요?

깁스에는 여러 사람의 이름이 적혀 있었다. 남자는 그중에서 서민경, 이라는 이름을 손가락으로 가리켰다.

본인이 아니면 알려드릴 수가 없습니다.

이름은 주황색으로 적혀 있었는데, 이름을 가리킨 남자의 손가락이 주황색으로 보였다.

저기요…… 컴퓨터가 잘 안 돼요.

컴퓨터 검색대에 앉아 있는 학생이 그녀를 불렀다.

초록색 지붕 위로 검은 모자를 쓴 인부가 올라갔다. 동생은 마지막으로 한 번만 더 도와달라고 전화를 했다. 이번에도 떨어지면 누나가 하라는 대로 다 할게. 동생은 울먹이면서 말했다. 어머니는 집을 팔아 그 돈으로 가게를 차렸지만 손님은 들지 않았다. 어머니가 끓여주는 동태찌개는 너무 짰다. 맛있냐? 그렇게 물을 때마다 그녀는 고개를 끄떡였다. 넌 맛있다는데 왜 손님이 없는 거지? 어머니는 한숨을 쉬며 말했다. 그래서 그녀는 아직 도서관을 그만둘 수가 없었다. 인부는 초록색 지붕에 붓질을 했다. 초록색 위에 입혀진 색은 초록색이었다. 그녀는 서민경, 이라는 이름을 기억했다. 일 주일에 다섯 권씩, 꼬박꼬박 책을 빌려가던 사람이었다. 한 해 동안 가장 많이 책을 대출해간 회원에게 주는 '올해의 독서왕'에 뽑혀 도서관 이름이 새겨진 손목시계를 선물로 받기도 했다. 그녀는 남자에게 다가갔다. 남자는 아직도 제목이 'ㄱ'으로 시작하는 책을 읽고 있었다.

뭐, 찾는 게 있나요? 무슨 일인지 알면 도와줄 수 있어요.

그녀는 남자가 읽고 있는 책을 넘겨다보면서 물었다. 열람실에 있는 시계가 다섯시를 알렸다. 폐관시간이다.

제 여자친구가 저한테 편지를 썼는데 거기에 198쪽을 보라고 써 있었거든요.

남자는 가방에서 꼬깃꼬깃하게 접힌 쪽지를 꺼내 그녀에게 내밀었다. '×××책 198쪽을 봐. 너에게 전해주고 싶은 내 마음이 거기에 있어.'

쪽지에는 그렇게 적혀 있었다. '책'이란 글자 앞에 무슨 말이 적혀 있긴 한데 물에 번져서 알아볼 수가 없었다. 그녀는 고개를 들어 페인트 칠을 하는 인부를 보았다. 지붕은 점점 선명한 초록색이 되었다. 사실 초록색 보다는 주황색이 더 잘 어울릴 듯한 집이었다.

여자친구한테 다시 물어보면 안 될까요?

의자 끄는 소리가 시끄럽게 들렸다. 사람들이 하나둘씩 열람실을 빠져 나갔다. 남자는 주변을 둘러보고는 이마를 찡그리며 말했다.

물어볼 수가 없어요. 죽었거든요.

이마에 난 V자 모양의 상처는 끝이 약간 휘어서 갈매기처럼 보였다. 남자가 이마를 찡그릴 때마다 갈매기가 날개를 퍼덕이며 하늘을 날았다. 어디선가 물비린내가 나는 듯했다.

가는 비가 내리기 시작했다. 이게 도대체 뭐야. 자료실 문을 닫다 말고 그녀는 혼잣말처럼 중얼거렸다. 옆에 서 있던 아르바이트 학생이 뭐라고요? 라며 되물었지만 그녀는 고개를 한 번 갸우뚱하고는 계단을 내려갔 다. 도서관 로비에 서 있는 그녀를 누군가 스치고 지나갔다. 그 바람에 그녀는 균형을 잃고 휘청거렸다. '도서관에서는 조용히!' 한쪽 벽에 걸 려 있는 문구가 그녀의 눈에 들어왔다 이내 사라졌다. 로비에서는 작은 발소리도 커다랗게 울렸다. 갑자기 감당할 수 없는 소음이 자신의 귀를 가득 채우는 듯했다. 깁스를 한 남자는 자판기 앞에 서 있었다.

절 찾았죠?

남자는 자판기에서 캔커피 두 개를 꺼내면서 말했다. 그녀는 남자가 뽑은 캔커피를 마셨다.

도와주겠어요.

그녀의 말이 도서관 로비에 큰 소리로 울렸다.

내일이 도서관 휴관이니까 오늘 밤새 책을 찾아봐요. 사람이 없을 때 찾는 게 더 편하잖아요.

그녀는 열람실 문을 안에서 잠갔다. 그리고는 서민경이 빌려갔던 책 목록을 프린트했다.

대신 내일 아침에 밥 사세요. 갈매기씨!

남자는 눈을 커다랗게 뜨고 그녀를 뚫어지게 쳐다보았다.

갈매기라니요?

그녀는 남자의 이마에 난 V자 모양의 상처를 손가락으로 가리키면서 말했다.

그쪽 별명이에요. 이 상처가 꼭 갈매기 같아서요.

그녀는 책을 열 권씩 뽑아 갈매기 앞에 놔주었다. 그리고는 갈매기가 다 읽은 책들을 다시 서가에 꽂았다. 갈매기는 문장들을 노트에 적어넣기도 했다. 해가 지기 시작했다.

그녀에게 지겹다는 말을 하고 떠난 W는 일출과 일몰에 관련된 사진만을 모았다. W는 자세히 들여다보면 일출과 일몰을 찍은 사진들에는 어떤 차이가 있다고 했다. 자세히 봐! 여기, 호수에 퍼진 붉은 빛들을. 해가 질 때의 빛들이 조금 더 부드러워. 그녀는 아무리 봐도 어떤 게 일출 때 찍은 것이고, 어떤 게 일몰 때 찍은 사진인지 구별할 수 없었다. 해는 낮에 페인트 칠을 한 지붕 위에 반쯤 걸터앉아 있었다. 그녀는 막연하게 이런 느낌을 받았다. 일출보다는 일몰이 조금 더 수다스럽다는. 지붕 위에 반쯤 걸린 해는 오늘 하루 있었던 일들을 사람들에게 알리고 싶어 조바심을 내는 그런 표정을 짓고 있었다. 말해봐! 내가 들어줄게. 그녀는 해를 향해 약간 짓궂은 윙크를 했다.

저기요, 여기 이런 문장에 밑줄이 그어져 있어요. '그는 홍차 두 잔을 마셨고, 나는 커피 한 잔을 마셨다.'

갈매기가 책에 있는 한 구절을 그녀에게 읽어주었다.

우리가 처음 만난 날 나는 홍차 두 잔을 마셨고, 그 친구는 커피 한 잔을 마셨거든요. 그건 우리의 암호였어요. 그 친구는 나랑 싸우면 커피를 시키지 않았어요. 나도 그 친구한테 불만이 있으면 홍차를 시키지 않았고요.

해를 등지고 있어서인지 갈매기의 얼굴에 짙은 그림자가 드리워졌다.

여기 이런 구절도 있네요. '밤새 나뭇가지들이 쌓인 눈을 이기지 못하고 뚝뚝 부러졌다. 그리고 봄이 왔다. 이마에 난 상처가 간지럽기 시작했다. 눈을 감으면, 그 상처 사이로 봄 햇살이 스며드는 듯했다.' 아마 그 친구는 이 문장을 내게 읽어주고 싶었을 거예요. 우울할 때면 내 상처를 만지며 위안을 삼곤 했거든요.

갈매기는 두 눈을 감고 한참을 앉아 있었다. 서가에 꽂힌 책들이 한순간 바닥으로 쏟아진다 해도 전혀 놀라지 않을 것 같은 표정이었다.

열시가 넘었으므로, 그녀는 의자에 비스듬히 앉아 잠이 들었다. 갈매기는 마음에 드는 구절이 나오면 노트에 옮겨적었다. 그리고는 노트에 적어놓은 문장들을 몇 번씩 소리내어 읽곤 했다. 그때마다 그녀는 깜빡

잠에서 깨곤 했다. 한번은 갈매기가 잠들어 있는 그녀를 흔들어 깨웠다. 이거 보세요. 갈매기가 건네준 책은 200쪽도 채 되지 않을 만큼 얇은 책이었다. 책은 196쪽뿐이었다. 이게 뭐야, 라고 그녀가 말하자 갈매기가 책을 한 장 넘겼다. 198이라고 인쇄는 되어 있지 않았지만 한 장을 넘겼으니 198쪽이라 할 수 있었다. 발행인 : 서민경. 거기에는 그렇게 적혀 있었다. 잠에서 덜 깬 얼굴로 그녀는 웃었다. 하하하! 남자는 무엇이 자랑스러운지 두 손을 허리에 대고 큰 소리로 웃었다. 새벽이 되자 갈매기의 노트에는 더이상 적을 공간이 남지 않게 되었다. 그녀는 새벽 다섯시에 눈을 떴다. 갈매기는 책을 쌓아놓고 그걸 베개 삼아 잠들어 있었다.

밥은 먹어야지!

그녀는 갈매기를 깨웠다. 반지에 눌려서 V자의 흉터 옆에 작은 동그라미가 새겨져 있었다. 그녀는 갈매기의 이마를 손으로 가리키면서 말했다.

해가 뜨는 아침에 바다를 나는 갈매기씨! 무엇을 먹을까요?

그들은 해장국을 시켰다. 새벽부터 해장국을 먹는 사람들로 가게는 빈자리가 없었다. 공원 앞에서 삼십 년이 넘게 해장국집을 해왔다는 주인은 선지해장국에 선지를 넣지 않고 따로 접시에 담아 내놓았다.

여자분이 있어서 선지는 따로 가지고 왔습니다. 드실 거면 국에 넣으세요.

주인이 친절하게 말했다. 갈매기는 선지를 국에 넣고, 그녀는 선지를 국에 넣지 않았다. 깍두기는 너무 컸다. 그녀는 깍두기를 반씩 잘라 먹었고 갈매기는 한 입에 넣고 우적우적 소리내며 먹었다.

갈매기는 공원 벤치에 앉아 담배를 피웠다. 그녀는 즉석사진기를 목에 걸고 공원을 어슬렁거리는 남자를 호기심 어린 눈으로 바라보았다. 한 번도 즉석사진을 찍어본 적이 없는데…… 여자는 담배연기가 자기 쪽으로 오지 못하도록 손을 흔들면서 중얼거렸다. 누군가 돗자리를 펴더니 그 위에 잡다한 물건들을 진열하기 시작했다. 사진사가 궁금한지 돗자리가 펼쳐진 쪽으로 걸어갔다.

그 친구는 뺑소니차에 치였어요. 제가 가까이서 봤는데…… 아무리 생각해도 차 번호가 기억나질 않는 거예요.

갈매기가 담배연기를 내뿜으며 말했다. 횡단보도 저편에는 계절에 맞지 않게 겨울 점퍼를 입은 할아버지가 서 있었다. 할아버지는 신호등이 몇 번 바뀌어도 횡단보도를 건널 생각을 하지 않았다. 갈매기의 머리가 그녀의 어깨에 닿았다. 어느새 잠이 든 모양이었다. 그녀는 갈매기의 머리를 벤치 등받이에 살짝 올려놓았다. 자전거 안장은 밤새 비를 맞아서 축축했다. 그녀는 고등학교 담을 지나, 긴 오르막길을 힘겹게 올라 집으로 돌아갔다.

회의는 길고 지루했다. 새로 온 관장은 시민에게 가까이 다가갈 수 있는 도서관을 만들겠다고 말했다. 관장은 오래 전 문예지로 등단을 한 시인이었다. 그는 도서관이 책을 읽는 곳이 아니라 단순히 시험 공부를 위한 공부방이 되었다는 사실을 무엇보다 슬퍼했다. 직원들은 시민에게 가까이 다가갈 수 있는 도서관을 만들기 위한 제안서를 하나씩 제출했다. 관장은 제안서를 받아들고는 하나씩 읽기 시작했다. 한 달에 한 번씩 작가들을 초청해 강연회를 하자는 의견이 나왔다. 그건 벌써 시에서 가장 큰 서점인 '동아서점'에서 하고 있는 일이었다.

그보다는 차라리 작가들을 초청해 창작교실을 만드는 게 어떨까요?

정기간행물실에 있는 H가 말했다.

그런 건 백화점 문화센터에서도 하고 있어요.

얼마 전까지만 해도 H와 사귄다는 소문이 있었던 S가 대꾸했다. S의 목소리는 심한 금속성이어서 두 마디 이상을 들으면 두통이 생기곤 했다. 관장은 또다른 제안서를 읽었다.

의자마다 작가들의 이름을 새겨넣자는 의견이 있군요. 여기가 뭐 극장입니까?

직원들이 와! 하고 웃었다. 마치 웃기로 약속한 사람들처럼 똑같은 높이로, 똑같은 웃음소리를 냈다. 나이 드신 분들이 누워서도 책을 읽을 수 있게 온돌방을 만들자는 의견도 있었다. 관장은 안경을 벗어 손가락으로 미간을 눌렀다. 그 제안서는 그녀가 쓴 것이었다. 복도마다 푹신한 소파를 갖다놓아서 누구나 비스듬한 자세로 책을 읽을 수 있게 하고, 옥상에는 해변용 의자를 갖다놓아서 마치 해수욕을 하면서 책을 읽는 기분을 내게 하고, 온돌방을 만들어 눕거나 엎드려서 책을 읽을 수 있게 하면 좋겠다고 그녀는 썼다.

재미있는 발상이군.

관장은 그녀의 제안서를 반으로 접어 자신의 수첩에 끼워넣었다.

좋겠어. 관장 눈에 들어서!

회의실을 나오자 H가 그녀의 어깨에 손을 얹으면서 말했다.

따분해!

그녀는 H의 손을 치우면서 말했다.

표지가 뜯겨나간 책을 호치키스로 고정하다 말고 그녀는 책표지를 뚫어지게 바라보았다. 표지에는 어떤 남자가 구름에 못질을 하고 있는 모습이 그려져 있었다. 구름은 보는 각도에 따라 다른 모양을 하고 있었다. 정면에서 보면 컵 같기도 했고 오른쪽으로 돌려보면 꽉 움켜쥔 주먹 같기도 했다. 선생님, 아르바이트 학생이 그녀를 조심스럽게 불렀다. 아르바이트 학생은 그녀 앞에 서류철을 내밀었다. 거기에는 책을 반납하지 않은 사람들의 이름이 적혀 있었다.

이분들은 아무리 전화를 해도 안 받아요.

아르바이트 학생은 붉은 펜으로 밑줄을 그은 사람들의 이름을 손가락으로 가리켰다. 책을 빌려간 뒤에 이사를 갔거나 고의적으로 잘못된 전화번호를 적었을 것이다. 그런 경우 책을 되찾기란 쉽지 않았다. 그녀는 주먹을 쥐어보았다. 툭 불거진 마디가 생각보다 단단해 보였다. 누가 건들기라도 하면 당장이라도 한 방 날릴 수 있을 것 같았다. 그녀는 주먹 쥔 손을 허공에 대고 휘둘렀다. 그녀는 책을 거꾸로 돌려보았다. 거꾸로 보자 구름은 사람의 옆모습과 닮아 있기도 했다. 못을 들고 있는 남자의 왼손이 닿아 있는 곳은 사람의 머리였다. 이제 그림은 사람의 머리를 향해 망치를 휘두르는 남자의 모습으로 보였다. 그녀는 그 형상을 머릿속에서 지우려는 듯 재빨리 책을 펼쳐보았다. '지나갔지요.' 198쪽은 그런 문장으로 시작했다. 무엇이 지나갔는지 궁금했지만 그녀는 앞장을 넘겨보지 않았다. 대신 지나갔지요, 로 끝나는 문장을 생각해내기 시작했다.

일 주일이면 서너 번씩 와서 책을 읽는 갈색 뿔테 안경을 쓴 할아버지를 보면서 그녀는 이런 문장을 생각했다. 내 나이, 칠십. 이젠 어려운 고비는 다 지나갔지요. 그 옆에 앉아 있는 눈썹이 짙은 중년 아주머니를 보면서는 이런 문장을 떠올렸다. 그를 기다리는 동안 내 청춘이 다 지나갔지요. 그녀가 보고 싶을 때마다 그녀가 사는 집 앞을 지나갔지요. 구석에 앉아서 판타지 소설을 읽고 있는 고등학생에겐 나름대로 어울리는 문장인 듯싶었다. 그녀는 책을 읽는 사람들의 표정을 찬찬히 읽기 시작했다. 손톱을 물어뜯으면서 책을 읽는 사람, 책장을 넘길 때마다 옅은 미소를 짓는 사람, 한 시간째 잠을 자고 있는 사람 그리고 서가를 왔다갔다하는 사람들을 그녀는 오랫동안 바라보았다. 벽에 걸려 있는 시계가 다섯시를 알릴 때까지.

오늘 하루는 이렇게 지나갔지요.

그녀는 퇴실하는 사람들의 뒷모습을 보면서 말했다. 그녀의 말에 아르바이트 학생이 피식, 웃었다. 그리고는 이렇게 받아쳤다.

내일 하루도 이렇게 지나가겠지요.

모레도 이렇게 지나갈 수 있겠지요.

그녀가 반납대에 쌓여 있는 책들을 서가에 꽂으면서 말했다. 서가 저쪽 편에 있는 아르바이트 학생이 큰 소리로 대꾸했다.

평생 이렇게 지나가버려라!

책을 꽂다 말고 그녀가 웃었다. 아르바이트 학생도 따라 웃었다. 웃다가, 그녀는 경쾌한 자신의 웃음소리가 너무 어색해서 주춤했다. 내 웃음소리가 이랬나? 잠시 이런 생각을 한 다음, 허리를 움켜잡고 더 큰 소리로 웃었다.

그녀는 출근을 하면 가장 먼저 컴퓨터 전원을 켰었다. 도서 검색이 제대로 되는지 확인을 한 다음 창가로 가서 블라인드를 올렸다. 지붕 색을 하나씩 확인하고 기지개를 켜면 하루가 시작되는 거였다. 하지만 이제 그녀는 출근을 하면 곧장 서가로 향했다. 블라인드 틈으로 새어들어오는 빛이 책들을 은은하게 비추었다. 그녀는 그 사이를 헤매면서 책 한 권을 골랐다. 그리고는 198쪽을 펼쳐 읽기 시작했다. 마음에 드는 구절이 나와도 노트에 적어두지 않았다. 대신 몇 번이고 반복해서 읽었다. 노트에 적는 대신 그녀는 가슴에 새겨두었다. '총을' 이라고 문장이 끝나면 그 다음 쪽으로 눈이 자동적으로 옮겨져갔다. 하지만 그녀는 두 눈을 질끈 감았다. 대신 퇴근시간이 될 때까지 '총을' 로 시작하는 수백 개의 문장을 만들었다.

'삶은 감자를 으깨어' 라는 문장을 읽다가 그녀는 '으깨어' 라는 단어를 몇 번이고 되새겨보았다. 동생은 술에 취하면 손을 그녀에게 내밀면서 이렇게 말하곤 했다. 누나! 이 손을 으깨어버리고 싶어. 시험 전날이 되면 지나가는 차 바퀴 밑에 손을 집어넣고 싶은 충동이 생긴다며 동생은 울었다. 그때는 그냥 술주정으로만 여겨졌던 동생의 말이 지금에 와서 그녀의 가슴을 아프게 했다. '여자는 하루에 물을 5리터나 마셔댔다. 나는 하루에 밥을 다섯 끼 이상 먹었다. 우리는 데이트를 하기 시작했다.' 누군가가 이 문장에 파란색 펜으로 밑줄을 그어놓았다. 다음날 그녀는 500밀리리터 생수를 열 병이나 사서 출근을 했다. 점심 먹기 전에 2리터를 마셨고 화장실을 다섯 번이나 갔다. 포만감 때문에 점심을 걸렀다. 오

후에 3리터를 더 마셨다. 몸 속이 깨끗하게 정화되는 기분이 들었다.

혹시, 하루에 다섯 끼를 먹는 사람을 본 적 있어?

그녀는 화장실 입구에서 만난 S에게 질문을 던졌다.

내 주변엔 그런 돼진 없는데.

S는 감기에 걸려 있었다. 평소 금속성의 목소리보다 감기에 걸린 목소리가 훨씬 듣기 좋아 그녀는 차라리 감기가 낫지 않았으면 좋겠다고 생각했다.

혹시, 아는 사람 중에 하루 다섯 끼 먹는 사람 있어?

내친 김에 그녀는 정기간행물실로 가 H에게 물었다. 문학자료실과 달리 정기간행물실에는 좌석이 꽉 찰 정도로 사람들이 많았다. H는 패션잡지를 보고 있는 여학생들을 바라보던 눈길을 거두지 않은 채 작은 소리로 속삭였다.

기다려봐. 저애들이 곧 잡지를 찢어갈 테니까. 참! 내 친구 중에 하루에 여섯 끼를 먹는 녀석이 있어. 엄청 뚱뚱해.

H의 예상과는 달리 여학생들은 잡지를 읽고는 제자리에 꽂아두었다.

있으면 나 소개시켜줘!

그녀의 말에 H는 미간을 찌푸렸다.

혹시, 어디 아파?

'아버지가 직접 지었다는 집은 걸을 때마다 마루가 삐걱거렸다. 그 집에서 나는 늘 늦잠을 잤고, 늦은 아침을 먹었다. 무너져라. 무너져라. 매일 주문처럼 중얼거렸지만, 집은 무너지지 않았다.' 그 문장을 읽은 날, 도서관 게시판에 새로운 공고문이 붙었다. 국내 최초로 '내 집 같은 도서관'을 만들겠다는 내용이 적혀 있었다. 도서관에 방을 만들다니 웃기지 않아? 글쎄, 좋을 것도 같은데. 공고문을 읽던 남녀가 그런 이야기를 주고받았다. 그녀가 초등학교에 입학하던 그해에 아버지는 옆집 주인과 사소한 싸움을 시작했다. 아버지는 옆집 담이 자신의 집 쪽으로 넘어왔다고 주장했다. 옆집은 옛 건물을 부수고 새집을 지었는데 그때 30센티미터 정도를 더 넓혀서 담을 세웠다는 거였다. 봐라! 예전엔 여기서 담까지 다섯 걸음이었는데 지금은 네 걸음 반밖에 되지 않잖니. 아버지는 마당에 있는 화장실에서부터 담이 있는 곳까지 큰 보폭으로 걸었다. 옆집은 애당초 그녀의 집에서 담을 잘못 세운 것이었다고, 그래서 이번 참에 잘못된 것을 바로잡은 것뿐이라고 말했다. 아버지는 해머로 담을 부수었다. 그때마다 집이 쿵쿵, 울렸다. 그 소리를 들으면서 그녀는 국어교과서를 읽었다. 아버지는 예전의 자리에 새 담을 만들었다. 한 달이 지나자 옆집에서 그 담을 허물고 자신들이 주장하는 경계에 새 담을 만들었다. 한 달에 한 번씩 새로운 담이 만들어졌다가 허물어졌다. 그녀는 해머 소리를 들으며 초등학교 일학년을 마쳤고, 동생은 만화영화를 볼 때마다 텔레비전 볼륨을 최대한 높였다. 결국 옆집에서 측량기사를 불렀고 아버지가 틀렸음이 밝혀졌다. 그후로 아버지는 하는 일마다 실패했다. 그녀는 그때가 가장 행복했다. 아버지가 해머로 담을 부수는 동안 어머니는 새참으로 칼국수를 끓였고, 식구들은 네모난 상에 둘러앉아 칼국수를 먹었다. 아버지 이마에 맺힌 땀방울이 뚝, 하고 칼국수 그릇 안으로 떨어졌다. 그녀의 기억에 의하면, 그때 그 칼국수는 맛있었다. 짜지도 않았고 밀가루 냄새도 나지 않았다. 그녀는 무너져라, 라는 문장에 검지손가락을 대보았다. 아버지 이마에서 떨어진 땀방울처럼 그녀의 얼굴에서도 무엇인가가 뚝, 하고 떨어졌다.

책 제목이 조금 특이했다. '모기장'. 하지만 그녀의 눈길을 끈 건 제목이 아니었다. 그 책이 서가에 뒤집어져 꽂혀 있었기 때문이었다. 가끔, 자기가 읽던 책을 이렇게 거꾸로 꽂아두는 사람들이 있었다. 특히 대출이 되지 않는 책일수록 이런 경우가 많았다. 시험기간이 되면, 자기에게 필요한 책들을 전혀 다른 분야 사이에 끼워놓거나 제목이 보이지 않도록 뒤집어놓는 학생들이 있었다. 다른 사람들 눈에 띄지 않게 하기 위해서였다. 책을 똑바로 꽂으려다 말고 그녀는 습관처럼 198쪽을 펴보았다. 198쪽에는 쪽지가 하나 끼어 있었다. '언젠가는 이 책을 읽을 것 같았어요. 혹시 저처럼 198쪽만 읽은 건 아니죠? 공원에서 잡동사니 물건을 파는 사람에게 가보세요. 선물이 있어요. 갈매기가.' 쪽지를 읽고 나자 그녀는 갈매기 이마에 난 상처가 보고 싶어졌다. 갈매기의 이런 엉뚱한 생각이 그 상처에서 나온 것 같아 갑자기 그 상처를 한번 어루만져주고 싶었다.

계절에 맞지 않게 겨울용 점퍼를 입은 할아버지가 여전히 횡단보도에서 있었다. 가짜 프라다 가방을 들고 있는 여자가 할아버지 옆에 서더니 코를 움켜잡았다. 어디선가 전화벨 소리가 울렸다. 전화 왔잖아. 할아버지가 여자의 어깨를 쳤다. 그러고는 누런 이를 드러내며 웃었다. 여보세요? 전화를 받으면서 여자는 할아버지가 만졌던 어깨를 털어냈다. 신호등이 바뀌었고 그녀는 여자와 나란히 길을 건넜다. 할아버지가 여전히 그 자리에 있었던 것처럼 즉석사진을 찍는 사진사도 여전히 공원을 어슬렁거리고 있었다. 수염을 덥수룩하게 기른 남자가 돗자리에 여러 가지 물건을 쌓아놓고 팔고 있었다. 남자는 낚시의자에 앉아서, 손바닥만한 나무를 깎아 무언가를 만들고 있었다.

구경하슈!

남자는 그녀를 보자 퉁명스럽게 말한 다음 다시 나무 깎는 일에 열중했다. 그녀가 어렸을 때 학교 앞 문방구에서 보았던 조잡한 플라스틱 인형들이 눈에 띄었다. 어떤 인형은 머리가 없고, 어떤 인형은 다리가 없었다. 찌그러진 자동차 번호판, 어느 나라 것인지 짐작할 수 없는 외국 동전들, 고장난 전화기, K.L.S. 라고 이니셜이 새겨진 반지. 그녀는 잡동사니 더미를 뒤적거리기 시작했다.

이건 뭐에 써요?

그녀는 줄이 끊어진 배드민턴 채를 가리켰다.

배드민턴 치는 데 말곤 다 사용할 수 있지.

남자의 이마에 깊게 팬 주름 사이로 땀이 흘렀다. 주름 때문에 남자는 피로해 보였다. 그녀는 돈을 벌면 가장 먼저 이 사람 이마의 주름살을 제거해주고 싶다는 생각이 들었다. 잡다한 물건들 사이에서 그녀는 즉석사진기로 찍은 사진 한 장을 발견했다. 깁스를 한 팔을 찍은 사진이었는데 자세히 보니 깁스에 누나 고마워요, 라고 적혀 있었다. 갈매기의 팔이었다.

즉석사진을 찍는 사진사는 매점에 앉아서 우동을 먹고 있었다.

하루에 한 장 찍기도 힘들어, 요즘은.

사진사는 쌍꺼풀이 짙은 매점 여자에게 말했다. 매점은 멸칫국물 냄새가 진하게 배어 있었다. 그녀는 멸칫국물 냄새를 맡자 갑자기 허기가 느껴졌다.

우동 한 그릇 주세요.

그녀는 사진사의 맞은편에 앉아 우동을 먹었다.

다른 곳으로 옮길까봐.

사진사의 말에 매점 여자의 눈동자가 흔들렸다.

아저씨! 사진 한 장 찍어주세요.

그렇게 말을 하고 그녀는 재빨리 우동 국물을 마셨다. 면에서는 밀가루 냄새가 났지만 국물은 시원했다.

사진사는 손바닥만 찍겠다는 그녀를 이상하게 보았다.

지난번에 어떤 녀석은 깁스한 팔만 찍겠다고 하더니만, 원.

그녀는 손바닥에다 글을 썼다. '갈매기야! 나도 고맙다. 그런데 넌 어디로 갔니' 글씨를 너무 크게 쓰는 바람에, 넌 어디로 갔니, 라는 문장은 손가락에다가 썼다. 손바닥이 간지러워서 쓰면서도 자꾸 웃음이 났다. 사진을 보고서야 문장 마지막에 물음표를 찍지 않았다는 것을 알았다. 그래서 그녀는 새끼손가락에 물음표를 그려넣고는 다시 한 장을 찍었다. 천천히 상이 드러나는 사진을 보고 있으니 그 손바닥이 도무지 자신의 것 같지가 않았다. 거기에는 낯선 손이 있을 뿐이었다. 아직 세상의 고통을 모르는, 그저 작고 통통한 손이었다. 그녀는 즉석사진을 비닐봉지에 넣어 잡동사니를 파는 남자에게 갔다.

이것 좀 보관해주세요.

그녀는 남자에게 사진을 주었다.

이 아가씨가! 내가 뭐 우체부요. 암튼, 거기에 던져놔요.

공원을 가로질러가다가 그녀는 무심코 뒤를 한 번 돌아보았다. 잡동사니를 파는 남자는 그녀가 건네준 사진을 보면서 웃고 있었다. 바람에 돗자리가 펄럭였다.

'밥맛 좋아지는 쌀'은 동네 가게에서 팔지 않았다. 그녀가 단골로 가는 '믿음 슈퍼' 주인은 그런 쌀은 처음 들어본다고 했다. 그래서 그녀는 전국에 체인망을 갖추고 있는 할인 마트로 갔다. 할인 마트에는 하나를 사면 하나를 덤으로 얹어주겠다는 상품들이 많았다. 그녀는 건전지를 준다고 해서 랜턴을 샀고 군만두를 끼워준다고 해서 물만두를 샀다. 사람들이 몰려 있는 곳에 가보니 목캔디 두 통을 한 통 가격에 팔고 있었다. 즉석사진기를 사면 필름 두 통을 서비스로 준다는 말에 그녀는 오랫동안 망설였다. 즉석사진기 가격은 그녀가 한 달마다 내는 수도요금하고 똑같았다. 물건들을 너무 많이 사서 돌아올 때는 택시를 탔다. 사진기를 산 기념으로 룸미러에 비친 택시 운전사의 얼굴을 찍었다. 택시에서 내릴 때, 그녀는 운전기사에게 사진을 선물로 주었다.

새 쌀로 밥을 지었다. 유기농법으로 키웠다는 채소로 샐러드를 만들었고 DHA가 함유되어 있다는 달걀로 달걀말이를 했다. 뉴스에서는 휴일 고속도로의 상황을 보여주었다. 선글라스를 낀 운전자가 말을 했다. 강릉까지 가는 데 열 시간이 걸렸어요. 그녀는 차가 막히는 고속도로에서 하루를 보내는 기분이 어떤 것인지 잘 몰랐다. 그 기분이 어떤 것인지 생각해보려는 순간, 그녀는 갈매기를 보았다. 차로 꽉 막힌 도로 한가운데

서 오징어를 팔고 있는 청년. 마스크를 껴서 정확하게 얼굴을 확인할 수는 없지만 그녀는 그 청년이 갈매기일 것이라고 생각했다. 깁스를 한 팔로 오징어를 파는 사람은 그리 많지 않을 테니까. 뺑소니를 쳤던 그놈, 얼굴을 보면 알 수 있을 것 같기도 한데…… 달걀말이를 밥 위에 얹으면서 그녀는 갈매기가 했던 말을 떠올렸다. 갈매기는 오징어를 팔면서 운전자들의 얼굴을 유심히 살필 것이다. 그녀는 고개를 돌려 냉장고 문을 보았다. 거기에는 갈매기가 준 사진이 붙어 있었다. 냉장고 문을 열고 닫을 때마다 갈매기가 누나 고마워! 하고 말해주었다.

관장은 열람실을 하나 없애고 거기에 새로운 공간을 만들었다. 바닥에는 카펫을 깔았고 가장자리에는 푹신한 가죽 소파를 놓았다. 바닥에 앉아서 책을 읽거나 누워서 책을 읽을 수 있도록 커다란 쿠션을 갖추어놓았다. 베란다에는 야자나무와 해변용 의자를 갖다놓았고, 정원에 있는 나무 아래에도 책을 읽을 수 있도록 의자를 놓았다. 시민들의 반응은 좋았다. 단지, 시험 공부를 하는 학생들은 좌석을 차지하기 위해 더 일찍 도서관에 와야 했다. 새벽이면 줄이 도서관 정문 밖에까지 이어졌다. 그녀는 S에게 목캔디를 선물했다. 목캔디를 먹어도 S의 목소리는 부드러워지지 않았다. 그녀는 목캔디를 들고 있는 S의 손을 즉석사진기로 찍었다. 아르바이트 학생은 자기가 가장 좋아하는 책을 들고 있는 손을 찍어달라고 부탁했다.

주먹 한번 쥐어봐!

그녀는 사진 찍히는 걸 싫어하는 H에게 말했다.

왜?

H는 두 주먹을 불끈 쥐고는 허공을 향해 권투를 하는 포즈를 취했다. 그녀는 재빨리 사진을 찍었다. 미안해, 사진 찍어서, 라고 말하고는 정기 간행물실을 도망치듯 나왔다. 그녀는 사진들을 벽에 붙였다. 사람들의 다양한 손이 방을 채워갔다.

그녀는 구 년째 도서관에서 일을 했다. 밥맛이 좋아져서 살이 자꾸 불어났고 바지를 한 치수 늘려 입었다. 그녀는 저녁 열시면 잠이 들었다. 단지 수요일과 목요일에는 좋아하는 배우가 나오는 드라마를 보고 열한 시에 잠이 들었다. 위염은 깨끗하게 나왔고 대신 식도염에 걸렸다. 그래서 여전히 밥을 먹고 삼십 분 후에 약을 먹었다. 눈이 자주 내리던 지난 겨울엔 버스를 타고 출근을 했다. '아늑한 미용실'은 폭설을 견디지 못하고 지붕이 무너졌다. 그 안에서 잠을 자고 있던 미용사는 그 자리에서 즉사했다.

그녀는 자리에 앉아서 창 너머 동네를 멍하니 바라보았다. 포클레인이 집들을 허물고 있었다. 곧 아파트가 세워질 것이라고 했다. 새로 들어온 아르바이트 학생의 손을 찍으려다가 즉석사진기가 고장났다. 하지만 그녀는 고장난 사진기가 더이상 아깝지 않았다. 이제 벽에는 사진들을 붙일 공간이 없었다. 퇴근 무렵이 되자, 비가 내리기 시작했다. 그녀는 자전거를 놔두고 버스정류장 쪽으로 걸어갔다. 빗방울이 굵어지자 공중전화 부스 안으로 들어갔다. 어머니는 가게를 그만두고 근처 식당에 취직을 했다. 어머니가 일하는 식당 전화번호가 생각나지 않아서 그녀는 대신 동생의 휴대폰으로 전화를 걸었다. 여보세요? 여보세요? 잘 안 들리거든요. 다시 걸어주세요. 그녀에겐 동생의 목소리가 선명하게 들렸지만 동생에겐 그녀의 목소리가 들리지 않는 모양이었다. 그녀는 조금 우울해졌다. 그래서 태어나서 한 번도 우산을 잃어버린 적이 없다는 생각을 하며 스스로를 위로했다. 그녀는 72번 버스를 탔다. 좌석이 비어 있었는데도 앉지 않았고 내려야 할 정류장에서 내리지 않았다.

　도서관에 세워둔 자전거 페달이 녹슬기 시작했다.

길

가로등이 일제히 켜졌다. 가로등이 상점들의 유리창에 여러 겹으로 반사되면서,
광장은 이제 막 출발을 기다리는 우주선 같은 느낌이 들었다. 우리는 그 우주선 한가운데 있었다.
너도 내 목을 쳐다보고 있으면, 목을 조르고 싶은 충동에 사로잡히니?
나는 한 손으로 여자의 목을 만져보았다.
정말로 두 손으로 여자의 목을 꽉 움켜잡고 싶은 충동이 생겼다.

*

    나는 버스를 기다리고 있었다. 안개가 짙어, 멀리서 다가오는 차가 버스인지 승용차인지 쉽게 구별되지 않았다. 인부들이 30미터쯤 떨어진 곳에 새로운 정류장을 짓고 있었는데, 버스들이 종종 착각을 하고 공사중인 정류장 앞에 멈추곤 했다. 운동복 차림의 여자가 내 옆에 서더니 휘파람을 불기 시작했다. 여자의 머리에는 노란색 핀이 꽂혀 있었다. 아니, 자세히 보니 그것은 핀이 아니라 마른 꽃잎이었다. 나도 모르게 여자의 머리 위로 손이 올라가려는 순간, 라이트를 환하게 비추면서 버스가 도착했다. 370번. 회사는 370번 버스의 차고지 바로 옆이었다. 출근할 때는 마음놓고 졸아도 되고, 퇴근할 때는 언제나 앉을 수 있어서 좋았다. 버스에 올라타기 전에 나는 뒤를 돌아보았다. 여자의 얼굴에 여러 겹의 그림자가 져 보였는데, 그것 때문인지 순간 여자가 한 그루 나무 같다는 생각이 들었다. 친한 친구에게 작별인사를 하듯 나도 모르게 손을 흔들었다.

붉은색 코트를 입은 아주머니가 내 옆에 앉으면서 말했다. 오늘, 일기예보에서 비가 온다고 했나요? 나는 들고 있던 우산을 가방에 넣으면서 대답했다. 아니요. 우산이 길어서 가방 지퍼가 끝까지 채워지질 않았다. 어머니는 아침에 일어나면 언제나 화투점을 쳤다. 일기예보 따위는 믿지 않았다. 당신의 화투장과 저녁이면 퉁퉁 부어오르는 무릎이 더 정확하다는 거였다. 어머니의 화투장은 오늘 내게 우산을 가방에 넣어야 한다고 말했다. 다행이었다, 우산으로 그쳐서. 가끔, 사고를 당해 목숨이 위태로울 것이라는 점괘가 나오곤 하는데 그럴 때면 회사를 결근해야 했다. 그런 날은 부엌에도 드나들 수 없었다. 목욕을 하다가 뜨거운 물에 가벼운 화상을 당한 후로는 세수 정도만 허용되었다. 회사 동료들이 답답하다는 듯 쳐다볼 때마다 나는 이렇게 말해주었다. 이해해요, 자식이 나 하나니. 이 세상에서 나를 예쁘다고 말해주는 사람은 어머니뿐이었다. 거울을 볼 때마다, 나는 그 말이 얼마나 하기 어려운 말인지를 깨닫는다. 그래서 고맙다고 말하는 대신, 이름에 'ㅇ'자가 들어간 사람을 조심하거나, 책상을 동쪽으로 향하게 하거나, 문에 들어설 때 왼발을 먼저 내미는 것이다.

버스는 삼거리에서 좌회전을 했다. 우회전이 아니었던가? 창에 머리를 기대면서 나는 그런 생각을 했다. 버스에서 파마약 냄새가 났다. 안개에 가려져 있던 표지판이 서서히 글자를 드러내기 시작했다. 거기에는 처음 들어보는 지명들이 적혀 있었다. 그러고 보니, 늘 타던 버스와는 무엇인가가 달랐다. 좌석 뒤에 붙어 있는 광고도 달랐고 버스 중간에 내리는 문이 없는 것도 달랐다. 나는 고개를 들어 앞유리에 있는 번호판을 보았다. 730번. 버스는 730번이었다. 운전을 하다보면 나도 모르게 노선과는 다른 길로 가고 싶어져. 내가 준 캔커피를 마시면서 K는 그렇게 말했었다. 일 주일에 세 번씩, 나는 그가 운전하는 버스를 타고 퇴근을 했다. K는 나를 위해 미리 시동을 걸어놓았다. 적당하게 훈훈한 공기가 감도는 버스에 앉아 나는 그가 동료 기사들과 같이 고스톱 치는 모습을 훔쳐보곤 했다. 너처럼 못생긴 여자는 처음이다. K는 조금도 미안해하지 않는 목소리로 말했다. 그의 목소리가 손님이 없는 빈 버스에 울렸다. 너처럼 못생긴 남자는 처음이다. 맨 뒷자리에 앉아 나도 똑같이 대꾸했다. 버스가 좌회전을 할 때마다, 낯선 풍경들이 약간씩 굴절되면서 나를 덮쳤다. 몸을 반쯤 일으키다 말고 나는 도로 자리에 앉았다. 출근을 하지 않는다고 걱정할 직원들은 없었다. 뭐, 어머니가 꿈이라도 뒤숭숭한 걸 꾸었나보지. 아침 커피를 마시면서 직원들은 그렇게 빈정댈 것이다.

그 신발, 내 거랑 똑같네요. 내 옆에 앉은 아주머니가 자기 옆에 서 있는 아주머니에게 말을 건넸다. 서 있던 아주머니가 얼굴을 찡그리며 신발을 내려다보았다. 이마에 깊은 주름이 져 있었다. 말을 건넨 아주머니가 어깨를 움찔했다. 이마에 진 주름 사이에 몇십 년의 세월이 숨어 있어서일까, 쉽게 뚫을 수 없는 단단한 벽이 서 있는 아주머니를 둘러싸고 있는 것이 느껴졌다. 저런, 누군가의 소리에 사람들이 고개를 돌려 오른쪽을 쳐다보았다. 감색 승용차 한 대가 신호등을 들이박았다. 신호등은 도로 쪽으로 비스듬히 기울어져 있었다. 승용차들은 그 아래를 재빨리 지나갔지만, 버스는 쉽게 사고 현장을 빠져나가지 못했다. 많이 다쳤을까? 이마에 주름이 진 아주머니가 혼잣말처럼 중얼거렸다. 글쎄요, 차 안에서 사람이 움직이는 것도 같은데. 붉은색 코트를 입은 아주머니가 그 말에 대꾸를 했다. 혹시 그 신발, 새끼발가락이 아프지 않나요. 아니요, 전 괜찮은데. 그런데, 얼마 주고 샀어요? 잘 모르겠네요. 딸이 사준 거라서. 두 아주머니는 그런 말들을 나누었다. 웃을 때 이마의 주름이 살짝 펴지는 것을 나는 놓치지 않고 보았다.

이 도시에는 신호등이 너무 많았다. K가 나를 떠난 것은 신호등 때문이었다. 그의 회사에서 우리집 사이에는 신호등이 무려 서른여섯 개나 있었다. 브레이크를 밟을 때마다 그는 띄엄띄엄 사랑을 의심하기 시작했을 것이다. 아홉시가 넘었지만 회사에서 전화는 오지 않았다. 오늘 저녁, 과장은 직원들을 집에 초대했다. 과장은 결혼한 지 십사 년 만에 34평형 아파트로 이사를 했다. 어쩌면 과장은 내가 출근하지 않았다는 사실을 알고는 화장실에 가서 오줌을 누면서 오 초 정도 웃었을 것이다. 나는 눈을 감았다. 꿈속에서 K는 마을버스 운전기사가 되어 있었다. 퇴근을 하면 마을버스에 나를 태워 낯선 거리를 하염없이 달렸다. 새벽이 될 때까지 그는 운전만 했다. 비포장도로가 너무 많았기에, 꿈속에서도 나는 피곤했다. 종점입니다. 운전기사가 나를 흔들었다. 운전기사의 손이 닿았던 어깨에 무엇인가 희끗한 것이 보였다. 만져보니 마른 꽃잎이었다. 언제 내게로 옮겨왔을까? 꽃잎을 손가락으로 비비면서 나는 버스에서 내렸다.

*

바람이 불었다. 잘게 부서진 마른 꽃잎이 바람을 타고 흩어졌다. 구불구불하게 난 골목길을 따라 사람들이 걸어가고 있었다. 차가 한 대 정도 지나갈 수 있을 만큼 좁은 골목길이었다. 길이 두 갈래로 갈라질 때마다 사람들은 바닥을 내려다보았다. 바닥에는 주황색으로 화살표가 그려져 있었다. 화살표와 함께 쇼핑몰 가는 길, 이라는 글귀도 적혀 있었다. 하지만 그 표시가 없더라도 길을 잃을 염려는 없었다. 바람이 불어오는 방향을 따라 걷기만 하면 되었다. 골목길 양쪽 벽에는 '철거예정'이라는 문구가 적혀 있었다. 벽 너머에는 사람이 살지 않아 폐가가 된 집들이 언뜻 보였다. 아직 사람이 사는 집들도 있는지 마당에 빨래가 널려 있는 곳도 있었다. 골목길을 빠져나오자 끝이 보이지 않을 만큼 기다란 광장이 보였다. 광장을 사이에 두고 양쪽 옆으로 똑같은 회색 건물들이 죽 늘어서 있었는데, 건물 안에 진열되어 있는 색색의 물건들 때문에 그다지 차갑다는 느낌은 들지 않았다. 고개를 조금만 들어도 곧바로 하늘을 볼 수 있도록 건물들은 모두 단층으로 되어 있었다.

그곳은 얼마 전에 개장한 대형 쇼핑몰이었다. 일 년 내내 행복한 쇼핑몰이 될 수 있도록 최대의 노력을 하겠다며 이름을 '365 쇼핑몰'로 지었다. 공사 도중, 포클레인 기사가 동료 기사를 죽이는 사건이 일어나기도 했다. 경찰은 시체를 찾기 위해 골조공사를 마친 건물 한 동을 부수었다. 쇼핑몰에 입장하기 위해서는 회원카드를 만들어야 했다. 가입비는 만원이지만 가입비 대신 설문지를 작성해도 된다고, 여직원은 흰 이를 드러내며 상냥하게 웃었다. 설문지에는 오십 개나 되는 문항들이 있었다. 당신은 일 년에 몇 벌의 옷을 삽니까? 자신을 위해 한 달에 얼마 정도 투자를 하십니까? 따위의 질문들에는 거짓으로 답을 했다. 자, 웃으세요. 사진을 찍어주면서도 여직원은 흰 이를 드러내며 웃는 것을 멈추지 않았다. 그 직원의 웃음을 흉내낸 내 얼굴이 회원카드에 찍혀 나왔다. 만약 물건을 훔치다 발각되면 그 즉시 회원카드를 회수한다고 했다. 그러고 나면 다시는 회원카드를 발급받을 수 없다고, 뿐만 아니라 전국에 다섯 개나 되는 체인점도 이용할 수 없다고. 카드를 건네주면서 직원은 단호하게 말했다. 광장 입구 바닥에는 '365 쇼핑몰'이라는 글씨가 멋을 들인 필기체로 새겨져 있었다. 그리고 쇼핑몰을 한눈에 볼 수 있도록 지도가 그려져 있기도 했다. 지도라고 해봤자 별다른 것은 없었다. 그저 가지런히 정리된 사각형들이 있을 뿐이었다. '365 쇼핑몰'에 입주된 상점들은 모두 365개였다. '하지만 이 많은 상점들 사이에서 길을 잃을 염려는 없습니다.' 광장 바닥에는 그 사실이 아주 자랑스럽게 적혀 있었다. 친구들과 서로 길이 어긋났을 경우에는 광장 한가운데 있는 시계탑에서 만나면 된다는 부연설명까지 있었다. 지도를 보니 한가운데 작은 동그라미가 쳐 있었다.

오른쪽에는 모자를 파는 가게가 보였다. 야구모자만 전문적으로 파는 가게가 있고, 그 옆에 중절모만 진열된 가게가 있고, 그 옆에 털모자만 진열된 가게가 있었다. 왼쪽에는 액세서리를 파는 가게들이 보였다. 진열된 물건들이 한눈에 보이도록 전면은 통유리로 되어 있었고, 원래 제 색깔이 무엇인지 짐작할 수 없을 정도로 강렬한 조명들이 물건들을 비추

140

고 있었다. '365 쇼핑몰'의 상점들은 한 가지씩만 팔았다. 심지어 단추가 있는 티셔츠와 단추가 없는 티셔츠도 구분해서 팔았다. 모자와 머리끈을 파는 상점가가 끝나자, 목걸이나 목도리를 파는 상점가가 나왔다. 상점들의 배열은 몸의 배열을 따랐다. 식당은 정확히 중간에 위치해 있었다. 개를 데리고 산책을 하는 사람도 있었고, 인라인스케이트를 타는 아이들도 있었다. 하지만 하늘을 올려다보지 않는 한, 눈은 언제나 윈도에 진열되어 있는 화려한 물건들을 보아야만 했다.

시작을 알 수 없을 정도로 뒤엉킨 줄들이 보였다. 연인 한 쌍이 숨을 헐떡이며 뛰어오더니 그 줄 끝에 섰다. 뭐 하는 줄이에요? 내가 묻자 막 숨을 고르고 있던 여자가 웃으면서 대답했다. 저도 몰라요. 여자의 대답에 같이 뛰어온 남자가 황당한 표정을 지었다. 이거 무슨 줄이에요? 남자는 그 앞에 서 있는 아주머니에게 물었다. 나도 몰라. 아무튼 좋은 일이 있겠지. 줄은 줄어들 생각은 않고 점점 길어지기만 했다. 경비원 복장을 한 사내가 단상에 올라가 똑바로 줄을 서 주세요, 라고 외쳐댔다. 사십 분 동안 줄을 서서 받은 것은 쇼핑몰의 로고가 새겨진 열쇠고리였다. 나는 열쇠고리를 가방 지퍼에 매달았다. 걸을 때마다, 열쇠고리에 장식된 인형의 눈이 사방을 두리번거리며 살펴보았다. 조금 가다보니, 또 줄이 보였다. 조금 전에 내 앞에 섰던 연인들이 이번에는 내 뒤에 섰다. 나는 그들에게 자리를 맡아달라 말하고는 화장실엘 갔다. 화장실 쓰레기통에는 버려진 옷들이 그득했다. 두번째 줄에서는 화장품 샘플을 받았다. 연인들은 샘플을 받자마자 저 멀리 보이는 다음 줄을 향해 뛰었다. 그곳에서는 즉석 복권을 나누어주었다. 나는 꽝이 된 복권을 바닥에 던졌다.

가방은 갖가지 샘플들로 가득 찼다.

고등학생쯤으로 보이는 여자아이들은 진열된 물건들을 손가락으로 가리키면서 말했다. 저거 예쁘다. 아이들은 이 말 이외에는 할 줄 모르는 사람들 같았다. 그 한마디가 여기저기에서 다양한 톤으로 들려왔다. 광장은 금방 소음으로 꽉 찼다. 직원들은 모두 똑같은 유니폼을 입고 똑같은 머리 모양을 했다. 이 쇼핑몰에서 가장 예쁜 것은 마네킹이 입고 있는 옷들이 아니라, 그걸 파는 직원들이었다. 365개의 상점에 두세 명씩 직원이 있다고 가정을 하면 거의 천 명이나 되는 사람들이 똑같이 웃고 있었다. 할 수만 있다면, 나는 이런 곳에서 일을 하고 싶었다. 천 명의 사람들과 똑같은 옷을 입고 일을 하다니 참 아름다운 일이야, 하고 나는 생각했다.

*

내겐 다섯 명의 이모가 있었다. 이모들은 하나같이 키가 크고 뚱뚱했다. 서로에게 미친년이라는 소리를 자주 했는데, 다행스럽게도 내게는 한 번도 미친년이라는 말을 한 적이 없었다. C시로 이사를 오기 전에 어머니는 Y시에서 만두 장사를 했었다. 어머니의 만두가게는 동네에서 가장 지저분한 가게로 소문이 났다. 아무도 집에 드나들지 않게 되면서, 어머니의 손을 거친 것은 무엇이든지 빛을 잃기 시작했다. 어머니가 설거지를 한 그릇들은 기름때가 닦이질 않았고, 빨래를 한 옷들은 얼룩이 그대로 남아 있었다. 혼자서 목욕을 할 수 있는 나이가 되면서부터 나는 언제나 내 옷은 내가 빨았고, 내 밥그릇은 내가 닦았다. 덕분에 나는 학교에서 '착한 어린이 상'을 받기도 했다.

첫째 이모를 만난 건, 장마의 끝 무렵이었다. 나는 가게에 하나뿐인 식탁에 앉아 밖을 내다보고 있었다. 식탁에는 밀가루가 잔뜩 묻어 있어서, 턱을 괴고 있던 팔꿈치가 금방 하얗게 되어버렸다. 우산을 쓴 여자가 가게 안으로 들어왔다. 여자의 우산에는 나뭇잎들이 붙어 있었다. 김치만두 이 인분하고 고기만두 일 인분 주세요. 여자는 조금 전까지 내가 앉았던 의자에 앉아 만두를 먹었다. 따뜻한 만두를 먹으면 먹을수록 여자의 얼굴은 더 추워 보였다. 형광등이 몇 번 깜빡거리다가 이내 꺼졌다. 키가 작은 어머니 대신, 만두를 먹었던 여자가 형광등을 갈아주었다. 여자는 어머니 가게에 유일한 단골이 되었다. 일 주일이면 서너 번씩 찾아와서는 김치만두 이 인분과 고기만두 일 인분을 먹었다. 언제부턴가 어머니는 먹는 모습만 봐도 저절로 배가 부를 만큼 맛있게 만두를 먹는 단골손님 앞에 앉아 넋두리를 해댔다. 이모라고 불러라. 나는 어머니가 시키는 대로 그 여자를 이모라고 불렀다. 명절날이면, 우리 셋은 가게 문을 닫고 화투를 쳤다.

초등학교 사학년 때, 어머니는 이모를 따라 C시로 이사를 왔다. 어쩌다 햇볕이 드는 날이면 온 동네 사람들이 이불을 말릴 정도로 늘 눅눅한 기운이 감돌던 동네였다. 가끔, 검은 승용차가 동네 입구에 와 멈춰서고는 했다. 차가 올라가지 못하는 가파른 언덕길을 따라 그들은 한참을 걸었다. 거기에는 대문에 붉은 깃발이 달려 있는 집들이 죽 늘어서 있었다.

어머니와 이모도 그 점집들을 자주 들락거렸다. 점쟁이가 시킨 대로, 어머니는 남자 구두를 사서 현관에 놓았다. 그러면 떠났던 아버지가 다시 돌아온다는 거였다. 어머니와 이모는 점집에서 새로운 친구들을 사귀었다. 여름이 되자, 네 명의 이모가 더 생겼다. 건빵을 좋아했던 둘째 이모는 나를 볼 때마다 뒤통수를 때렸다. 뒤통수를 맞으면 맞을수록, 내 성적은 조금씩 떨어지기 시작했다. 셋째 이모와 넷째 이모는 쌍둥이였다. 쌍둥이였지만 둘은 달라도 너무 달랐다. 한 이모는 웃을 때 옆 사람의 등을 때리는 버릇이 있었고, 한 이모는 손바닥으로 입을 가리는 버릇이 있었다. 좋아하는 음식도 제각각이었고 즐겨 보는 텔레비전 프로그램도 달랐다. 내 기억에 의하면 쌍둥이 이모들은 언제나 싸웠다. 모든 게 달랐지만, 이상하게도 술버릇만은 똑같았다. 술에 취하면 둘은 서로를 부둥켜안고 지쳐 잠이 들 때까지 울었다. 다른 네 명의 이모들보다 달걀말이를 훨씬 잘했던 막내 이모는 말수가 적었다. 막내 이모는 이모들 중에서 가장 뚱뚱했는데, 먹는 양은 가장 적었다. 적게 먹는다고 해도 언제나 다른 사람의 두 배는 넘게 먹었지만. 이모들은 보통 사람들의 하루치 끼니를 한 번에 먹어치웠다. 하지만 이상하게도 다섯 이모들 모두 음식을 먹으면 먹을수록 허기진 표정을 했다. 따뜻한 만둣국을 먹을 때에도 늘 추워 보였다.

토요일이면 이모들은 우리집 거실에 앉아 늦게까지 주말의 영화를 봤다. 어머니는 이모들을 위해 컬러 텔레비전을 샀다. 쌍둥이 이모들이 싸우는 소리 때문에 텔레비전 볼륨을 높여야 했다. 둘째 이모는 아무 곳에나 건빵을 흘렸고, 막내 이모는 오줌을 누고도 변기의 물을 내리지 않았다. 국을 먹다보면 머리카락이 나왔다. 그러면 나는 그 머리카락을 돋보기로 살펴본 다음 누구의 머리카락인지 밝혀냈다. 머리카락 임자는 벌로 설거지를 했다. 머리카락 찾기 게임을 시작하면서 나는 설거지에서 해방될 수 있었다. 집은 점점 더러워지기 시작했다. 이모! 하고 부르면 거실에 앉아 있던 다섯 명의 이모들이 동시에 나를 쳐다보면서 대답했다. 왜? 어린 나는 이모들의 따뜻한 눈길을 받으며 이런 생각을 했다. 이런 게 바로 행복한 가정이야.

  더이상 나빠질 수 없을 만큼 성적은 떨어졌다. 그러자 첫째 이모는 손에 들고 있던 화투장을 내던지고, 가파른 언덕길을 올라가 단골 점집으로 갔다. C시의 국회의원 부인도 가끔 찾아온다고 소문이 난 곳이었다. 점쟁이는 첫째 이모가 결혼하고 일 년도 채 지나지 않아서 과부가 된 사실을 맞혔고, 그 이후로 첫째 이모는 오로지 그 점집만을 드나들었다. 넌 육상선수가 된단다. 그래서 어머니는 내 손을 잡고 육상부를 찾아갔다. 선생님은 운동장 저편에 있는 축구 골대를 가리키면서 말했다. 저기까지 뛰어갔다 올래? 나는 운동장을 가로질러 뛰었다. 발바닥 전체로 내 몸의 무게가 느껴졌고 이내 숨이 찼다. 운동장 가장자리에 심어져 있는 플라타너스 나무들이 한 걸음 한 걸음 내디딜 때마다 기운을 내라고 박수를 쳐주었다. 초시계를 들여다보던 선생님이 고개를 저었다. 어머니는 더도 말고 꼭 육 개월만 가르쳐달라며 선생님의 바지주머니에 흰 봉투를 슬쩍 찔러넣었다. 육 개월 동안 나는 하루에 네 시간 이상을 달려야 했다. 달리기 실력이 조금 늘기는 했다. 훗날, 문방구에서 물건을 훔치다 들켜 도망을 쳐야 했을 때, 나는 내게 달리기를 시켜야 한다고 말한 이모가 무척 고마웠다.

둘째 이모의 단골집은 언덕길에서 가장 첫번째에 위치한 집이었다. 이모는 선을 보러 나갈 때면 점쟁이가 시킨 대로 팬티에 부적을 붙였다. 둘째 이모의 단골 점쟁이 말에 의하면 나는 음악가로 이름을 떨칠 운명을 타고났다고 했다. 그런 아이에게 운동이라니! 그 말을 들은 다른 이모들이 첫째 이모를 비난하기 시작했다. 누군가의 입에서 바이올린이라는 소리가 나왔다. 그건 가르치는 데 돈이 너무 많이 들지 않을까? 어머니가 조심스럽게 말했다. 둘째 이모가 내게 노래를 불러보라고 했다. 엄마야, 나는 왜 자꾸만 보고 싶지. 이모들은 내 눈치를 봐가며 웃음을 참았다. 괜찮아요, 웃어요. 내 말이 끝나자마자 쌍둥이 이모 중 한 이모가 내 등을 쳐가며 큰 소리로 웃었다. 나는 피아노 학원에 등록했다. 학원은 가정집을 개조한 곳이었는데, 마당에 커다란 사과나무가 있었다. 그 사과나무 아래에 앉아서 피아노 소리를 듣고 있으면, 누군가 어깨에 날개라도 달아준 것처럼 몸이 가벼워졌다. 한 달이 지나자 어머니는 학원비를 들고 원장을 만났다. 이애처럼 소질이 없는 애는 처음이에요. 모든 게 왼손 때문이었다. 왼손으로 피아노 건반을 치는 일은 너무 어려웠다. 어머니는 들고 갔던 학원비를 도로 가방에 넣었다.

어디 보자. 사람들이 고개를 숙이네. 쌍둥이 이모들의 단골 점쟁이는 이렇게 말했다. 명료하게 이야기하지 않는 것이 그 점쟁이의 특징이었다. 쌍둥이 이모들은 그 점쟁이를 시인이라고 불렀다. 쌍둥이 이모들은 아이를 낳지 못한다는 이유로 이혼을 당했는데, 점괘에 의하면 그녀들의 어머니 묏자리에 수맥이 흐르기 때문이라고 했다. 그 말을 들은 이모들은 또 한번 술을 먹고 서로를 껴안으며 엉엉 울었다. 그 말은 곧, 어렸을 적에 자신들을 버리고 야반도주를 한 어머니가 죽었다는 뜻이었으므로. 사람들이 고개를 숙인다, 는 말을 놓고 이모들의 해석은 다양했다. 어떤 이모는 선생님이 된다는 뜻이라고 했고, 어떤 이모는 법관이 된다는 뜻이라고 했다. 뭐가 되든지 사람들이 고개를 숙일 정도가 되려면 공부를 잘해야 된다는 게 이모들의 생각이었다. 나는 일일학습지를 시작했다. 모르는 문제가 나오면 물어볼 사람이 없어서 그냥 답을 보고 외웠다. 막내 이모만이 이 모든 과정들을 덤덤하게 지켜보았다. 막내 이모의 단골 점쟁이는 말을 하기 전에 금을 씌운 어금니를 살짝 드러내며 웃었다. 마흔이 넘으면 손에 집는 모든 것들이 다 금으로 변할 테니 아무 걱정 하지 말라 그래. 그 말을 전해들은 어머니는 내 얼굴을 쓰다듬으면서 중얼거렸다. 니가 마흔이 될 때까지 죽지 말아야겠다. 일일학습지를 풀고 있는 나를 뿌듯한 얼굴로 바라보는 쌍둥이 이모들을 막내 이모는 한심하다는 듯이 쳐다보았다. 점쟁이의 말처럼 이모는 정말 아무 걱정도 하지 않았다. 걱정은 내가 마흔이 된 다음에 해도 늦지 않는다는 거였다. 새 학기가 시작되자, 담임선생님은 종이 한 장씩을 나누어주며 장래희망을 쓰라고 했다. 거기에 나는 이모들이 말한 직업들을 모두 적어넣었다.

운동회였다. 이모들은 챙이 넓은 모자를 쓰고 왔다. 운동회를 하기엔 더할 나위 없이 좋은 날씨였다. 높은 하늘은 선생님의 호루라기 소리를 운동장 구석까지 전달해주었고, 파란 하늘은 운동장에 서 있는 아이들을 건강하게 만들어주었다. 이모들은 눈이 부신지 얼굴을 찡그린 채 나를 찾기 위해 두리번거렸다. 매스게임을 하다 말고 나는 이모들에게 손을 흔들었다. 이어달리기가 시작되었다. 마지막 주자는 종이에 적힌 지시사항을 따라야 했다. 한 아이가 이모들이 앉아 있는 쪽으로 달려가더니 막내 이모의 손을 잡아끌기 시작했다. 다른 이모들이 막내 이모의 엉덩이를 밀었다. 다른 아이들도 저마다 뚱뚱한 사람을 찾아왔지만 우승은 이모를 찾아낸 아이가 했다. 우와, 하마다! 내 뒤에서 누군가 소리를 질렀다. 나는 손가락으로 바닥에 이모, 라고 낙서를 했다. 둘째 이모와 나는 서로 한쪽 다리를 묶고 달리기를 했다. 내가 오른발을 내밀면 이모도 오른발을 내밀었다. 그래서 우리는 자꾸 어긋났다. 사람들이 우리를 추월하자 이모는 나를 번쩍 들더니 옆구리에 끼고 달리기 시작했다.

이모들이 모두 앉기 위해 어머니는 돗자리를 두 개나 준비했다. 어머니와 이모들은 집에서 학교까지 오는 길에 보이는 식당에는 다 들렀다고 했다. 통닭, 김밥, 순대, 떡볶이, 만두, 갖은 튀김…… 우리들은 그 모든 것들을 하나도 남김없이 먹었다. 나는 이모들이 그러는 것처럼 통닭을 만졌던 손을 체육복 바지에 닦았다. 옷에는 손가락 모양으로 기름때가 묻었다. 언니, 이거 먹어. 쌍둥이 이모 중 한 이모가 다른 이모에게 말했다. 아냐, 언니가 먹어. 쌍둥이 이모들은 서로를 언니라고 부르면서 상대방의 입에 만두를 넣어주었다. 쌍둥이 이모들은 늘 서로가 자신이 언니라며 싸웠다. 나는 쌍둥이 이모들이 서로를 언니라고 부르는 것을 그날 처음 보았다. 쌍둥이 이모들은 누가 언니이고 누가 동생인지 몰랐다. 이모들을 받았던 산파는 먼저 나온 아이의 엉덩이에 커다란 점이 있었다고 말했으나, 두 이모의 엉덩이에는 똑같이 점이 있었다. 어쩌면 쌍둥이 이모들은 태어나면서부터 서로 싸우도록 운명지어진 모양이었다. 각자 사이다를 한 병씩 먹은 다음 우리는 서로 몸을 포개가며 돗자리에 누웠다. 첫째 이모는 어머니의 배를 베고 누웠고, 쌍둥이 이모들은 첫째 이모의 다리에 자신들의 다리를 올려놓았고, 둘째 이모는 나와 막내 이모에게 팔베개를 해주었다. 투명한 가을 하늘은 이모들의 눈 밑에 난 기미를 도드라지게 했고, 너무 오래되어서 옷의 무늬처럼 되어버린 얼룩들을 선명하게 드러냈다. 노래를 흥얼거리던 막내 이모가 눈물을 흘리기 시작했다. 미친년, 주책 맞게. 다른 이모들이 소리를 질렀다. 바람에 이모들의 모자가 나폴나폴 흔들렸고, 순간 이모들이 아주 작게 느껴져 모자를 타고 하늘 높이 날아갈 수 있을 것만 같았다.

　이모들은 차례로 동네를 떠났다. 둘째 이모는 애 딸린 남자와 결혼을 했다는 편지를 보내왔다. 점쟁이의 부적이 효과가 있었는지를 나는 묻지 않았다. 편지에 찍힌 소인은 P시였다. 쌍둥이 이모들은 동네 아주머니들의 곗돈을 들고 야반도주를 했다. 곗돈을 뜯긴 사람들은 어머니에게 화풀이를 해댔다. 막내 이모는 소리 소문도 없이 사라졌다. 단골 점집의 점쟁이와 눈이 맞았다는 소문이 돌기도 했다. 이모가 없어졌던 즈음, 금니를 드러내며 웃던 점쟁이도 사라졌던 것이다. 내가 마흔이 되면 막내 이모는 나를 찾아올 것이다. 어머니 곁에 가장 오래 남아 있었던 사람은 첫째 이모였다. 내가 고3이 되던 해, 첫째 이모는 비단 주머니에 담긴 부적을 보내주었다. 일 년 동안 이걸 지니고 있으면 대학에 붙는단다. 그 주머니를 삼 년 동안 지니고 있었더니 지방 전문대에 합격할 수 있었다.

어머니는 아침마다 화투로 하루 운수를 점치기 시작했고 나는 중학생
이 되었다. 학교 앞 사거리에서는 차를 조심해야 한다고, 작년에도 계절
마다 한 번씩 교통사고가 났다고 담임선생님은 말했다. 같은 반이었던
W가 봉고에 치인 순간, 나는 사거리에 있는 오락실에서 오락을 하고 있
었다. 적의 폭탄에 내 비행기가 폭발했을 때 급브레이크를 밟는 소리가
들렸다. 밖으로 나가보니 바닥에 W가 누워 있었다. 무슨 이유에서인지
체육시간에 늘 교실을 지키던 아이였다. W가 신고 있는 나이키 운동화
를 보자 당장이라도 벗겨서 내가 신었으면 좋겠다는 생각이 들었다. 누
워 있던 W가 엉덩이를 툴툴 털고 일어나더니 내게 다가왔다. 너 내 이름
이 뭔지 아니? W가 말했다. 나는 대답을 하지 못했다. W는 아무도 눈치
채지 못하게 웃었다. 얼굴에도, 몸에도, 어디에도 그림자가 지지 않았다.
햇빛이 투명한 그애의 몸을 통과했을 때 내 눈에선 눈물이 흘렀다. 그날
이후로, 깊은 잠을 자지 못하는 날이 많아졌다.

*

'혼자 쇼핑 온 사람들을 위한 밥집'이라는 긴 이름의 식당에 들어갔
다. 식당은 벽이 거울로 되어 있었고, 그 거울을 바라보고 식사를 하도록
식탁이 배열되어 있었다. 메뉴판에는 쇼핑한 시간에 따라 음식들이 추천
되어 있었다. 나는 네 시간 이상을 쇼핑한 사람에게 권하는 음식인 설렁
탕을 시켰다. 설렁탕을 먹으면서 거울에 비친 나를 바라보았다. 만사가

귀찮다는 표정으로 음식을 씹고 있었다. 이처럼 맛없게 밥을 먹는 나를 보면서 밥을 먹어야 했던 어머니를 생각하니 마음이 아려왔다. 내 옆에 앉은 여자는 거울에 비친 자신에게 밥을 먹이는 장난을 치고 있었다. 자 먹어봐, 생각보다 맛있다고. 여자가 입을 벌리자 거울 속의 입도 벌어졌다. 거울에 김치볶음밥이 묻었다. 김치볶음밥은 세 시간 이상 쇼핑한 사람에게 권하는 음식이었다.

원피스 상점들을 지나고, 구두 상점들을 지나자, 커다란 노천극장이 나타났다. 노천극장에 앉아 있는 사람들은 초조하게 시계를 보고 있었다. 두시가 되자 어디에선가 많이 본 듯한 얼굴의 남자가 마이크를 들고 무대에 섰다. 여러분들이 기다리시던 경매시간이 찾아왔습니다. 사회자가 말하자 사람들이 와! 하고 박수를 쳤다. 첫번째로 나온 물건은 DVD 플레이어였다. 경매는 천원에서부터 시작되었다. 만원, 오만원, 칠만칠천원, 십만원…… 여기저기에서 사람들이 손을 들었다 내렸다 했다. 더이상 없습니까. 백화점에서 사면 오십만원이 넘습니다. 사회자의 말에 사람들이 웅성거리기 시작했다. 결국 DVD 플레이어는 남매처럼 보이는 신혼부부에게 돌아갔다. 두번째로 나온 물건은 러닝머신이었다. 삼십만원, 삼십일만원, 삼십이만원, 삼십삼만원…… 두 여자가 러닝머신을 두고 신경전을 벌였다. 진주 귀고리를 한 중년 아주머니와 선글라스를 쓴 여자는 기필코 물건을 사야겠다는 의지에 차 있었다. 진주 귀고리를 한 아주머니가 사십오만원을 부르자 선글라스를 쓴 여자가 주춤했다. 사십오만……백원. 백원, 이라는 말이 나오자 사람들이 웃음을 터뜨렸다. 나는 목소리가 난 쪽을 돌아보았다. 식당에서 내 옆에 앉아 밥을 먹던 여자였다. 사십오만……이백원. 나는 한참을 뜸을 들인 다음 이백원을 말했다. 내 말이 끝나자마자, 여기저기에서 백원씩 추가된 금액을 외쳐대기 시작했다.

경매 중간에 '행운의 이벤트'가 진행되었다. 1.5리터 콜라를 가장 빨리 마신 사람에게 전기 다리미를 주었다. 다리미를 탄 아이는 1.5리터 콜라를 십 초 만에 마셨다. 사회자가 소감을 말해주세요, 라며 마이크를 내밀자 아이는 말 대신 트림을 해서 관중들을 웃겼다. C시에서 가장 높은 산의 이름과 고도를 맞힌 학생은 전자수첩을 받았다. 자, 오늘의 마지막 이벤트입니다! '365 쇼핑몰'에 있는 모든 상점을 이용할 수 있는 상품권을 선물로 드립니다. 사회자는 동그라미 다섯 개가 인쇄된 상품권을 보여주었다. 김치볶음밥을 먹던 여자가 내 어깨를 툭 치더니 앞으로 걸어나갔다. 서로 반반씩 나눠 가져도 오만원은 버는 거였다. 나는 여자를 따라 무대 위로 올라갔다. 한 사람이 문제를 내고 한 사람이 답을 맞히는 게임이었다. 여자와 나는 일 분 동안 열다섯 개의 단어를 맞히었다.

광장은 맨발로 걸어다녀도 될 만큼 깨끗했다. 하지만 어디를 둘러봐도 청소부들이 청소하는 모습은 보이질 않았다. 여긴 너무 깨끗해. 맨발로 걷고 싶어. 나는 여자의 뒤통수에 대고 혼잣말처럼 중얼거렸다. 그럼 맨발로 걸어. 여자는 신발을 벗고 양말을 벗기 시작했다. 여자는 기이할 정도로 목이 길었다. 고개를 조금만 기울여도 몸 전체가 휘청거리는 것 같았다. 나는 신발을 벗어 양손에 들고는 광장을 걸었다. 광장에 새겨진 그림들이 발바닥에 느껴졌다. 앞서 걸어가던 여자가 바닥에 새겨진 행복, 이라는 단어를 밟더니 그 자리에 서서 움직이질 않았다. 발바닥이 간지러워, 재채기가 날 것 같아. 말이 끝나자마자 여자는 재채기를 해댔다.

여자의 눈에 눈물이 조금 고였다.

　여자와 나는 구두가게에 들어갔다. 직원은 우리들의 발바닥을 물티슈로 닦아주었다. 너무나 친절했기 때문에, 우리는 할 수 없이 구두를 사야 했다. 구두를 신고 거울을 보니 다리가 조금 길어 보였다. 우리는 경품으로 받은 상품권을 냈다. 다시 광장을 거닐다, 우리는 꽃무늬가 새겨진 원피스가 진열된 상점 앞에 멈추었다. 그런데, 이 구두에 맞는 옷이 없어. 여자가 구두를 내려다보면서 말했다. 나도.

　원피스를 입으니 여자의 목이 더 길어 보였다. 여자는 약간 볼록하게 나온 아랫배를 두 손으로 가렸다. 나는 노란색 줄무늬가 들어간 원피스를 골랐다. 태어나서 처음으로 입어본 원피스였다. 생각보다, 잘 어울렸다. 적당히 나온 아랫배가 그다지 보기 흉하지 않았다. 여자가 카드를 긁었다. 원피스는 봄바람을 막아주지 못했다. 그래서 우리는 원피스에 어울리는 카디건을 한 벌씩 사서 입었다. 이번에는 내가 카드를 긁었다. 여자는 여행용 배낭을 갖고 싶다고 했다. 나는 여자에게 지퍼에 나침반이 달려 있는 여행용 배낭을 선물했다. 여자도 무언가를 선물하고 싶어했다. 나는 물고기 모양의 펜던트가 달려 있는 목걸이를 하는 게 소원이었다고 말했다. 쇼핑몰에 있는 목걸이 상점은 다 둘러보았지만 물고기 모양 펜던트는 없었다. 대신 여자는 물음표 모양을 한 펜던트를 사주었다. 거꾸로 보면 낚싯바늘처럼 보이잖아. 이걸로 물고기를 낚으라고.

　저건 어때? 응, 예뻐. 저건? 사고 싶은 것들이 너무 많았다. 그래서 여자와 나는 상점 안으로 들어갈 때마다 지갑을 꽉 움켜잡아야 했다. 나는 화장실에 가서 들고 있던 옷들을 버렸다. 쓰레기통에 버려진 옷은 내가 조금 전까지 입고 있었다는 것이 믿기지 않을 정도로 초라해 보였다. 나는 헌 가방에 들어 있는 물건들을 새 가방으로 옮겼다. 새 가방에도 역시 우산은 들어가지 않았다.

저거 예쁘다. 나는 팔짱을 끼고 있는 연인들이 쓴 선글라스를 가리켰다. 우리는 연인들에게 다가가 말을 건넸다. 저기요, 이 선글라스 어디에서 사셨어요? 나는 수첩에 선글라스의 상표 이름을 적어두었다. 처음 들어보는 이름이었는데, 연인들은 굉장히 뿌듯한 목소리로 대답해주었다. 광장에 서면 모든 것이 부풀려졌다. 조그만 소리로 웃어도 광장은 이내 웃음소리로 가득 찼다. 유모차를 끌고 다니는 어머니들은 모두 행복해 보였다. 이곳에서 살 수도 있을 것 같았다. 쇼핑몰 끝까지 걸어갔다가 그곳에서 낮잠을 자고, 다시 쇼핑몰 입구까지 걸어나오면 한나절이 금방 지나갈 것이다.

빗방울이 떨어지기 시작했다. 사람들은 비를 피하기 위해 상점 안으로 들어갔다. 나는 여자에게 우산을 씌워주었다. 빗방울이 거세어지더니 소나기로 변했다. 엄마 말이 맞았네. 여자는 내가 중얼거리는 소리를 듣지 못했다. 우산을 들고 광장에 서 있는 사람은 우리뿐이었다. 가로등이 일제히 켜졌다. 가로등이 상점들의 유리창에 여러 겹으로 반사되면서, 광장은 이제 막 출발을 기다리는 우주선 같은 느낌이 들었다. 우리는 그 우주선 한가운데 있었다. 너도 내 목을 쳐다보고 있으면, 목을 조르고 싶은 충동에 사로잡히니? 나는 한 손으로 여자의 목을 만져보았다. 정말로 두 손으로 여자의 목을 꽉 움켜잡고 싶은 충동이 생겼다. 이 우산을 들고 있지 않았다면 정말로 목을 졸랐을지도 모르지. 나는 우산을 흔들면서 말했다. 여자는 거울 속의 자신에게 장난을 쳤을 때처럼, 사십오만백원을 외쳤을 때처럼, 장난꾸러기 같은 표정을 지었다. 그리고는 우산 밖으로 걸어나갔다. 빗방울이 여자의 몸을 지웠다. 나는 점점 투명해지는 여자를 보면서 생각했다. 이젠 집에 돌아가야지. 내가 타고 온 버스 번호가 기억나질 않았다. 어디가 동쪽이고 어디가 서쪽인지 짐작할 수가 없었다. 하지만 광장 바닥에 새겨진 문구처럼 이곳에서는 길을 잃을 염려가 없었다.

봉자네 분식집

어디에도 아이의 사진은 보이지 않았다. 가게에 딸린 방은 애가 살기에는 너무 어두웠다.

『그런데…… 이젠 없어』

식당 여자의 말에 가게에 있는 모든 것들이 일제히 침묵했다.

카운터 위에 있는 시계의 초침이 멈추었고, 수도꼭지에서 한 방울씩 떨어지던 물소리도 멈추었다.

그녀는 여자의 등에 살며시 손을 올려놓았다.

모든 것을 과거형으로 말하는 것이 얼마나 슬픈 것인지 이제 그녀도 서서히 알 것 같았다.

P가 무단결근을 한 지 삼 일이 되었다. 사장이 전화를 걸어서는 그놈 아직 안 왔어? 라고 소리를 질렀다. 중이염을 앓은 후 소리에 민감해진 그녀는 전화를 끊고 나서 오랫동안 사장의 목소리가 귓속에서 울리는 것을 견뎌야 했다. 귀한 아들, 실종신고라도 해야 하는 거 아니야? 직원들이 빈정대듯 말했다. P는 사장의 외아들이었다. 올 여름이면 부장으로 진급한다는 소문이 회사 내에 돌았다. 회사 내에서 P의 별명은 무단결근이었다. P가 결근을 하는 이유는 다양했다. 봄바람이 너무 따뜻해서, 파도 소리가 듣고 싶어서, 일출을 보고 새로운 결심을 하기 위해서. 하지만 P가 어떤 이유로 결근을 하는지에 대해 관심을 가지는 직원들은 없었다. 그녀는 P에게 문자메시지를 보냈다. 이번엔 어디야?

어렸을 적에 P의 별명은 단무지였다. 그의 집이 단무지 공장을 했기 때문이었다. 말이 공장이지 직원이라고는 달랑 두 명뿐이었다. 그 두 명의 직원들을 P는 삼촌이라고 불렀다. 트럭을 몰고 다니던 삼촌들은 동네에서 아무도 건드릴 수 없을 정도로 덩치가 컸다고, 그래서 동네 깡패 중에서 자기를 건드리는 사람은 없었다고, 언젠가 P는 그녀에게 말했다. 아무도 자기를 건드리지 않았기 때문에 어린 시절의 P는 늘 외로웠다. 시무식 때, 사장은 단무지 공장으로 시작해 오늘날 번듯한 식품회사로 거듭나기까지의 과정을 구구절절 이야기했다. 물론 많은 이야기들이 부풀려졌지만, 남들보다 성실했었다는 이야기만은 맞는 말이었다. P의 아버지와 어머니는 빛이 들지 않는 공장에서 하루 종일 단무지를 만들었다. 아들이 무슨 생각을 하면서 어린 시절을 보냈는지 신경쓸 겨를이 없을 정도로. 이 손을 보세요. 사장은 직원들에게 자기의 누런 손바닥을 보여주곤 했다. 그때 하도 단무지를 만들어서 이렇게 됐습니다. 하지만 사장은 정작 자신의 아들이 김밥을 먹을 적에도 단무지를 빼고 먹을 정도로 단무지를 싫어하는 사실은 모르고 있었다.

삼 년 전, P는 트렁크 가득 짐을 싸서는 미국으로 떠났다. 그곳에서 그는 아버지의 평생 소원을 들어드리기 위해 경영학을 공부할 생각이었다. 그가 태평양 상공을 날고 있을 때 그녀는 횡단보도를 건너고 있었다. 가방 속에는 수십 통의 이력서가 있었다. 그걸 부치기 위해 그녀는 우체국에 가는 길이었다. 우회전을 하던 트럭이 그녀를 발견하고 브레이크를 밟았을 때는 이미 그녀의 몸이 공중으로 솟구친 뒤였다. 트럭 운전기사의 부인이 남루한 옷을 입고 병원에 찾아와 그녀의 손을 붙잡고 눈물을 흘렸다. 어찌나 서럽게 울었는지 부인이 떠나고 나서 그녀는 한동안 우울증에 시달려야 했다. 그녀는 말수가 줄어들었다. 병문안을 왔던 친구들이 그녀가 얼마나 수다쟁이였는지를 상기시켜주었다. 그럴수록 자신의 말 한마디 때문에 상처를 받았던 친구들이 떠올랐다. 운전기사가 다니는 회사의 관리과장이 꽃다발을 들고 찾아왔다. 소원이 있으면 말해보세요. 두꺼운 안경을 쓴 관리과장에게 그녀는 말했다. 취직을 하고 싶어요.

삼백 박스의 단무지를 실은 트럭이 그녀를 쳤을 때, P는 비행기에서 수면안대를 하고 잠을 자고 있었다. 꿈속에서 그는 아주 커다란 나무를 삽으로 파내고 있었다. 몇 시간 동안 삽질을 해도 얼굴에서 땀 한 방울 흐르지 않았다. 이윽고 나무가 뿌리를 드러냈다. 뿌리에는 이름을 알 수 없는 꽃들이 피어 있었고, 그는 가지고 갔던 트렁크 가득 꽃들을 채웠다. 잠에서 깨어났을 때 그의 눈에는 눈물이 고여 있었다. 공항에서 그는 아버지에게 전화를 걸었다. 경영학 공부는 하지 않겠다고 말하자 화가 난 아버지는 전화를 끊었다. 그는 아무도 대답하지 않는 전화기를 들고 계속 중얼거렸다. 생각해보니 지금까지 한 번도 행복한 적이 없었다고, 그래서 이제부터라도 행복한 일을 하고 싶다고.

그녀는 블라인드를 반쯤 내렸다. P의 책상이 어둠에 잠겼다. 그녀는 P의 책상을 아무도 모르게 살짝 만졌다. 책상 유리에 다섯 손가락이 흐릿하게 찍혔다가 이내 지워졌다. 다시 한번 사장이 전화를 걸었다.

"아직이야?"

아까보다 조금은 풀이 죽은 목소리였다. 지난 가을, 늦은 장마가 한창일 때 그는 일 주일을 무단결근했었다. 그는 휴대폰으로 여긴 밤하늘이 아름답군, 점심으로 매운탕을 먹었어, 따위의 문자메시지를 보내곤 했다. 그런 식으로 그는 아버지와 싸우고 있었다. 그녀는 다시 한번 문자메시지를 보냈다. 거긴 하늘이 맑니? 여긴 곧 비가 올 것 같아. 며칠이 지나면 조금은 헬쑥해진 얼굴로 그가 나타날 것이다. 그러면 그와 그녀는 회사 사람들 아무도 모르는 곳으로 가서 근사한 저녁을 먹을 것이다. 그녀는 그의 옷 사이에 배어 있는 바람 냄새를 맡을 것이다.

점심시간이 되자 여직원들은 도시락을 들고 회의실로 향했다. 여직원 중에서 도시락을 싸오지 않는 사람은 그녀뿐이었다. 오늘은 뭘 먹을까? 그녀의 맞은편에 앉은 T가 기지개를 켜며 자리에서 일어났다. 북엇국 어때? 저기 찻길 건너 새로 생긴 쌈밥집에나 가볼까? 난 뭐니 뭐니 해도 미가에서 파는 해물탕이 최고더라. 오랜만에 부추비빔밥이 생각나기도 하고. 직원들은 사무실을 나서면서 저마다 먹고 싶은 음식들을 말하기 시작했다. 아침을 거르고 온 직원들은 벌써부터 배가 고파 입맛을 다셨다. 그녀는 그 많은 음식 중에서 먹고 싶은 게 하나도 없었다. 작년에 입사를 한 K는 출근을 하면서부터 점심으로 무얼 먹을지 고민을 했다. K의 수첩에는 맛있는 식당들에 관한 정보가 가득했다. 부서가 달라 다행이야. 그녀는 K를 볼 때마다 그런 생각을 했다. 일 년이 넘도록 그녀는 K에게 안녕하세요, 안녕히 가세요, 이외의 말은 해본 적이 없었다.

그녀는 후문을 향해 걸었다. 아무도 그곳을 지나간 사람이 없었는지 어제의 그녀의 발자국이 그대로 남아 있었다. 절룩거리는 발걸음 때문에 오른발이 왼발보다 더 진하게 새겨진 자국을 되짚으며 그녀는 천천히 걸었다. 후문을 나서자 긴 골목길이 나왔다. 같은 페인트 공에게 칠을 맡겼는지 골목길에 있는 집들의 대문은 모두 똑같은 색으로 칠해져 있다. 그녀는 이 골목길을 걸을 때면 행복했다. 언젠가 P는 골목길을 걷고 있는 그녀의 뒷모습을 사진으로 찍어준 적이 있었다. 그녀는 그 사진을 화장대 거울 한쪽에 붙여놓았다. 파란색 대문들이 그녀를 여유 있고 평화로운 사람처럼 보이게 했다.

골목길 끝에는 작은 벤치가 하나 있었다. 골목길의 경사 때문에 벤치에 앉자 몸이 한쪽으로 기울었다. 그녀는 다친 다리에 힘을 준 채 몸을 반듯이 했다. 햇빛이 건물 사이를 비집고 들어와 벤치에 앉은 그녀를 비추어주었다. 맞은편 집에서 수염이 덥수룩한 남자가 나오더니 그녀를 힐끗 쳐다보았다. 그녀는 구부러진 골목길을 따라 걸어가는 남자의 뒷모습을 오랫동안 바라보았다. 남자가 사라지고, 또 남자의 그림자마저 사라지고 난 후에도 그녀는 눈길을 돌리지 못했다. 거기서 P가 나타날 것만 같았다. 주먹밥과 우유가 들어 있는 비닐봉지를 흔들고 P가 걸어올 것만 같았다. 점심시간이면 P와 그녀는 이 벤치에 앉아 편의점에서 파는 주먹밥을 먹었다. P는 참치가 들어간 주먹밥을 먹었고, 그녀는 멕시칸 샐러드가 들어간 주먹밥을 먹었다. 적당히 기울어진 벤치 때문에 가만히 있어도 P의 어깨에 몸이 기대졌다. 볕이 좋은 날이면 둘은 어깨를 맞대고 잠깐 낮잠을 자기도 했다. 자고 일어나 목이 마르면 그녀는 바나나우유를, 그는 딸기우유를 마셨다.

"여긴 내 자린데⋯⋯"

분홍색 원피스를 입은 여자아이가 다가와 그녀에게 말을 건넸다. 그녀는 엉덩이를 조금 움직여 아이가 앉을 자리를 만들어주었다. 자리에 앉은 아이는 재채기를 연거푸 해댔다. 바람이 열려 있는 대문들을 힘겹게 흔들어댔다. 어느 집 마당에서 개 짖는 소리가 들려왔다.

"이 동네는 먼지가 너무 많네."

그녀는 아이에게 손수건을 건네주며 혼잣말처럼 중얼거렸다.

"휴지는 없나요?"

아이는 코를 만지작거리면서 말했다. 코를 풀고 싶은 모양이었다. 그녀는 손수건을 펼쳐주었다.

"괜찮아."

"수건에서 딸기 냄새가 나요."

아이가 말했다. 앞니 두 개가 빠져 있었다. 아이의 눈빛이 너무 맑아서 그녀는 자기도 모르게 눈을 움찔 감았다. 손수건을 그녀에게 되돌려주면서 아이는 잇몸이 드러날 정도로 활짝 웃어 보였다. 그리고는 원피스의 끝자락을 끌어당기더니 거기에 코를 풀었다. 아이는 손목에 찬 시계를 들여다보았다. 그러고는 엄마 올 시간이네, 라고 중얼거리고는 자리에서 일어났다. 시계에는 얼마 전에 유행했던 토끼 모양의 캐릭터가 그려져 있었다. 아이의 가방에도 똑같은 토끼가 그려져 있었다. 아이는 골목길 반대편을 향해 뛰어갔다. 가방이 흔들릴 때마다 토끼 인형이 그녀에게 손을 흔들어주었다. 아이의 원피스가 바람에 뒤집혔다. 분홍색 팬티가 보였다.

그녀는 손수건을 코에 대보았다. 정말로 향긋한 딸기 냄새가 났다. 순간 배가 고파왔다. 오랜만에 무엇인가 먹고 싶다는 기분이 들었다. P가 이 사실을 알면 얼마나 좋아할까. 그녀는 휴대폰을 열고는 P에게 편지를 썼다. 나 배고파요. 하지만 그녀는 전송 버튼을 누르지 못했다. 지난 삼일 동안 답신이 오지 않았다는 사실이 새삼 떠올랐다. 그녀의 메시지에 이렇게 오랫동안 침묵한 적이 없었다. 그녀는 P가 자기와는 다른 세계로 가고 있음을 서서히 느끼고 있었다. P의 옷 사이에 밴 바람 냄새를 맡을 때마다 그녀는 해독할 수 없는 암호들을 읽고 있는 기분이 들었다. 어느 집에선가 생선을 굽는 냄새가 퍼져나왔다. 그녀는 자리에서 일어나 냄새가 나는 곳을 향해 걷기 시작했다. 생선 굽는 냄새와 진한 멸칫국물 냄새가 바람을 타고 골목길 사이사이로 퍼져나갔다.

골목을 돌아 조금 걸으니, 주택가 한가운데 허름한 분식집이 보였다. 냄새는 거기에서 나오는 듯했다. 간판은 없었다. 출입문 손잡이에 기름때가 잔뜩 묻어 있는 걸로 봐서 꽤 오래된 가게 같았다. 오른쪽 문에 봉자네, 라는 글이, 왼쪽 문에 분식집, 이라는 글이 새겨져 있었다. 가게 이름이 '봉자네 분식집'인 모양이었다. 테이블마다 조잡한 조화가 있었는데 원래 붉은색이었을 장미는 색이 바래 거의 흰색에 가까웠다. 그녀는 자리에 앉아 조화가 꽂혀 있는 꽃병을 옆으로 밀어놓았다. 벽에는 크리스마스 때 걸어두었을 장식물들이 여태껏 달려 있었다. 모두 여섯 개의 탁자가 있었지만 실제로 앉을 수 있는 탁자는 두 개밖에 되지 않았다. 구석에 있는 두 개의 탁자 위에는 정체를 알 수 없는 박스들이 잔뜩 쌓여 있었고, 부엌 쪽에 있는 두 개의 탁자 위에는 다듬다 만 채소들이 널려 있었다. 형광등이 켜져 있었지만 가게 안은 어둠침침했다. 맞은편 탁자에 작업복을 입은 두 명의 청년들이 갈치구이와 김치찌개를 먹고 있었다. 국그릇보다도 더 큰 그릇에 밥이 그득하게 담겨 있었다.

"뭐 드실래요?"

부엌에서 걸걸한 여자의 목소리가 들렸다.

"수제비 주세요."

부엌에서 물소리가 들렸다. 콧노래 소리도 들려왔다. 가게 안은 금세 고소한 냄새로 가득 찼다. 김치찌개를 먹던 청년들이 자리에서 일어났다. 그들은 불룩하게 솟은 배를 쓰다듬으면서 행복한 표정을 지었다. 식당 여자가 수제비를 그녀 앞에 내려놓았다. 수제비는 커다란 냉면 그릇에 국물이 넘칠 정도로 가득 담겨 있었다. 그녀는 고개를 숙이고 수제비를 먹기 시작했다. 따뜻한 국물이 몸 속으로 퍼져나갔다.

"며칠은 굶은 사람 같아요."

고개를 숙이고 수제비를 먹는 그녀에게 식당 여자가 말했다. 여자는 파를 다듬다 말고 옷소매로 눈을 닦았다. 파뿌리가 매웠다. 그 매운기가 그녀에게도 느껴져, 수제비를 먹다 말고 그녀도 눈물을 흘렸다. 그녀는 김이 서린 안경을 벗어 손수건으로 닦았다. 다시 식당에 있는 사물들이 환하게 눈에 들어왔다. 벽에 장식된 꼬마전구들에 쌓인 먼지들까지. 그녀는 빈 그릇을 내려다보았다. 자기가 이처럼 수제비를 좋아했다는 사실이 조금은 당황스러웠다.

계산을 하다 말고 가게 여자가 그녀를 뚫어지게 쳐다보았다. 그러더니 고개를 흔들면서 자신 없는 투로 말했다.

"혹시 K여중 안 나왔어요? 48회 졸업."

그녀는 식당 주인이 누구인지 알아보지 못했다. 하지만 여자는 그녀가 누구인지 생생하게 기억하고 있었다.

"왜, 우리 중학교 이학년 때 같은 반이었는데 기억 안 나니? 만우절에 책상을 돌려 앉자고 아이들에게 말한 게 너 아니었니?"

식당 여자의 말이 끝나자마자, 그녀의 머릿속에 어느 교실에서 있었던 풍경이 선명하게 떠올랐다. 반 아이들 모두가 옷을 거꾸로 입는 장면, 책상을 반대쪽으로 돌리는 장면, 그리고 당황하는 선생님을 보고 허리가 아플 때까지 웃던 장면이 영화처럼 눈앞에 그려졌다. 그녀의 얼굴에 희미한 미소가 번지자 그제서야 식당 여자는 그녀의 등을 한 대 치며 웃었다.

"반갑다. 그때 너한테 미안했다. 널 만나면 꼭 사과하려고 했어."

식당 여자는 그녀에게 손을 내밀면서 말했다. 그녀는 아직도 여자의 옛 모습이 기억나질 않았기에, 여자가 무엇 때문에 미안하다고 말을 하는지 물어볼 수 없었다. 그녀는 응, 다 잊은걸, 하고는 말끝을 흐렸다.

"내일 점심 먹으러 올래?"

식당 여자가 말했다. 내일이면 P가 출근을 할지 모른다. 그러면 삼각 주먹밥을 먹으며 그의 이야기를 들어주어야 할 텐데. 그녀는 식당 여자의 청을 어떻게 거절해야 할지 몰라 머뭇거렸다. 식당 여자가 그녀의 두 손을 꼭 잡았다. 손에서 파냄새가 났다.

"사과하는 의미에서 맛있는 점심 만들어주고 싶어."

"내일 점심 약속 있는데……"

"그럼, 그 사람들이랑 같이 와."

식당을 나설 때 그녀는 자신의 뒷모습을 유심히 쳐다보고 있는 여자의 시선을 느꼈다. 난 니가 정말 멋지게 살 줄 알았다. 그녀의 뒤통수에 대고 식당 여자가 한숨을 쉬었다. 그녀는 약간 쓸쓸해졌다. 하지만 배가 부르다고 생각하니 쓸쓸하다는 생각은 조금씩 옅어졌다. 사람들은 그래서 밥을 먹나봐. 그녀는 그런 생각들을 하면서 회사 후문을 향해 걸어갔다.

다음날도 P는 회사에 오지 않았다. 직원들은 이래가지고 어떻게 회사를 맡길 수 있겠냐고 숙덕거렸다. 부장이 서류를 찾기 위해 P의 책꽂이를 뒤지다가 사진 뭉치를 발견했다. 이건 뭐야! 부장의 말에 직원들이 모여들기 시작했다. 사람들의 뒷모습만 찍은 사진들이었다. 산을 오르는 사람의 뒷모습, 시장에서 물건을 사는 사람의 뒷모습, 버스를 타려는 사람의 뒷모습…… 사진들이 P의 책상에 펼쳐지기 시작했다. 직원들은 부주의하게 자신들의 지문을 사진에 묻혔다. 그녀는 마라톤 선수들의 뒷모습을 찍은 사진을 보았다. 지문이 묻을까봐 사진 끝을 살짝 집는 그녀의 모습을 눈여겨보는 직원은 없었다. 그가 마라톤 선수들의 뒷모습을 찍은 것은 작년 가을이었다. 그는 사진기를 들고 하프 마라톤 대회에 참가했었다. 그녀는 월차를 내고 그를 응원하러 갔었다. 참, 이상한 사진들만 모아두네. 누가 찍었는지 잘 찍긴 찍었네. 혹시 P가 찍은 건가. 설마. 직원들은 저마다 한마디씩 했지만 금방 자기 자리로 돌아가 하던 일을 하기 시작했다.

서류를 작성하다 말고 그녀는 배가 고프다는 생각을 했다. 시계를 보니 열두시가 가까워오고 있었다. 그녀는 초침이 12를 향해 가고 있는 것을 무료하게 지켜보았다. 그러다가 정확히 열두시가 되는 순간 자리에서 일어났다. 맞은편에 앉아 있던 T가 놀란 얼굴로 그녀를 보았다.

"점심시간이에요."

그녀가 박수를 치면서 말했다. 순간, 직원들이 하던 동작을 멈추고는 일제히 그녀 쪽으로 눈길을 돌렸다.

봉자네 분식집으로 가면서 그녀는 버섯전골이 먹고 싶다는 생각을 했다. 버섯전골과 방금 지은 쌀밥만 있으면 두 공기라도 비울 수 있을 것처럼 군침이 돌았다.

식당 여자는 문 앞에 서서 그녀를 기다리고 있었다.

"왔구나."

여자는 그녀의 두 손을 꼭 잡았다. 이번에는 손에서 간장 냄새가 났다. 둘은 식탁에 마주 앉았다. 식당 여자가 냄비 뚜껑을 열자 거기에는 버섯전골이 있었다.

"나 이거 정말 먹고 싶었는데."

그녀는 자기도 모르게 박수를 쳤다. 둘은 말없이 점심을 먹었다. 달래를 넣어 파래를 무쳤다. 냉이는 향긋했다. 식당 여자는 그녀의 밥그릇에 밥을 더 덜어주었다.

"많이 먹어. 넌 너무 말랐어."

그녀는 여자에게 버섯의 이름을 물었다.

"이건 양송이버섯이고, 이건 느타리버섯이야. 이건 너도 알겠지, 팽이버섯."

버섯전골에는 여덟 가지의 버섯이 들어가 있었다. 그녀는 버섯을 먹을 때마다 버섯의 이름을 중얼거렸다. 밥을 다 먹고 둘은 진하게 탄 커피를 마셨다.

"있잖아, 날 봉자 엄마라고 불러줘."

식당 여자가 그녀에게 말했다. 봉자는 다섯 살이라고, 두 살 때 한글을 깨칠 정도로 똑똑하다고, 자기를 닮지 않아서 얼굴도 예쁘다고, 여자는 허리를 곧추세우면서 말했다.

"봉자라니, 이름이 너무 촌스럽다."

그녀는 가게를 다시 한번 둘러보면서 말했다. 어디에도 아이의 사진은 보이지 않았다. 가게에 딸린 방은 애가 살기에는 너무 어두웠다.

"그런데…… 이젠 없어."

식당 여자의 말에 가게에 있는 모든 것들이 일제히 침묵했다. 카운터 위에 있는 시계의 초침이 멈추었고, 수도꼭지에서 한 방울씩 떨어지던 물소리도 멈추었다. 여자는 등을 돌렸다. 그녀는 여자의 등에 살며시 손을 올려놓았다. 모든 것을 과거형으로 말하는 것이 얼마나 슬픈 것인지 이제 그녀도 서서히 알 것 같았다. 그녀는 자신의 커피잔에 여자가 마시던 커피를 부었다. 식은 커피는 너무 썼다.

그 다음날에도 P는 출근하지 않았다. 그녀는 점심에 봉자네 분식집에서 된장찌개를 먹었다. 그녀가 맛있다고 말하자 봉자 엄마는 집에 가서 먹으라고 된장을 싸주었다. 그녀는 P에게 문자메시지를 보냈다. 오늘 점심엔 떡국을 먹었어. 오늘은 오징어덮밥을 먹었는데 어떻게 하는지 친구한테 배웠어. 오늘은 순두부찌개를 먹었어. 순두부찌개가 그렇게 맛있는지 오늘 처음 알았어…… 하지만 답신은 오지 않았다. P가 사라진 지 열흘째가 되던 날, 사장은 실종신고를 했다. 그녀는 잠을 잘 때도, 화장실에 갈 때도, 휴대폰을 손에서 놓지 않았다.

사장은 전국에 있는 병원 영안실을 돌아다녔다. 아들을 찾으러 다니는 동안 사장은 죽은 부인이 생각나서 종종 눈물을 흘렸다. P의 시체는 L시의 인근 야산에서 발견되었다. 사건은 아홉시 뉴스에 짤막하게 보도되었다. 기자가 P를 한 중소기업의 외아들이라고 소개할 때 화면에는 회사의 전경이 흐릿하게 비춰지기도 했다. 그는 카드 빚도 없었고 여자관계도 복잡하지 않았다. 한 회사 직원이 참 성실한 사람이었다고 인터뷰를 했다. 음성변조를 했지만 어느 직원인지 쉽게 짐작할 수가 있었다.

직원들은 검은 옷을 입고 회사에 출근을 했다. 아침에 옷을 입다 그녀는 바지가 맞지 않는다는 걸 알았다. 지퍼를 채우자 허벅지가 답답하게 죄어왔고 버튼을 채우기 위해선 숨을 들이쉬어야 했다. P의 관을 실은 영구차가 회사를 한 바퀴 돌았다. 그녀는 화장실 변기에 오랫동안 앉아 있었다. 밖에서 누군가 노크를 할 때마다 그녀는 변기의 물을 내렸다. 퇴근을 할 때, 그녀는 P의 책상에서 그가 찍었던 사진 뭉치들을 꺼내 가방에 넣었다.

버스는 밤길을 오랫동안 달렸다. 그녀는 맨 앞자리에 앉아서 앞서 달리고 있는 차들의 꽁무니를 노려보았다. 나중에는 눈이 아파 저도 모르게 눈물이 찔끔 흘렀다. 운전사는 자주 음료수를 마셨다. L시의 터미널은 공사중이었다. 터미널에 세워진 공사조감도에 의하면 터미널은 종합쇼핑몰로 다시 태어날 것이다. 그녀는 여관에 들어가 맨 꼭대기 층의 방을 원한다고 말했다.

"방이 없는데……"

여관 주인은 그녀를 위아래로 훑어보면서 말했다.

"걱정 마세요. 죽으려는 거 아니니까."

그녀는 침대를 끌어다가 창문 아래에 두었다. 그러고는 침대에 걸터앉은 채 L시의 야경을 바라보았다. 해가 너무 일찍 들어오는 바람에 늦잠을 잘 수가 없었다. 마치 이 도시에 정착하려는 사람처럼 그녀는 칫솔과 갈아입을 옷과 라디오와 주름살을 방지해준다는 로션을 샀다. 터미널 앞에서 구걸을 하는 부랑자의 뒷모습을 하염없이 바라보기도 했다. 부랑자가 들고 있는 깡통에 만원을 넣었다가 몇 분 지나지 않아 곧 후회를 했다. 그러다가 해가 지자 다시 여관으로 돌아왔다. 무심하게 L시의 야경을 내려다보다가 자기도 모르게 잠이 들었다. 그녀는 L시를 무작정 돌아다녔다. 카메라 전문점이 보이면 그녀는 가게 안으로 들어갔다. P의 카메라와 똑같은 카메라는 많았다. 하지만 P의 카메라처럼 셔터 옆에 작은 홈집이 나 있는 것은 없었다. P의 시체가 발견된 곳에서 카메라는 발견되지 않았다. 며칠이 지난 후, 그녀는 밤 버스를 타고 집으로 돌아왔다. 여관에 칫솔과 새로 산 옷과 한 번도 틀지 않은 라디오와 유명 연예인이 선전을 하는 로션을 버려둔 채.

그녀는 P가 찍었던 사진들을 거울에 붙였다. 거울에는 빈틈이 하나도 남지 않았다. 그래서 그녀는 작은 손거울을 들고 화장을 했다. 이제 그녀는 가장 먼저 출근을 해서 가장 나중에 퇴근을 했다. P의 책상에 앉아 텅 빈 사무실을 보고 있으면 그녀는 자신이 저수지 한가운데 서 있는 것 같은 기분이 들곤 했다. 그 저수지에 그대로 빠진다 해도 전혀 숨이 막힐 것 같지 않았다. 이제 P의 이야기를 하는 직원들은 아무도 없었다. 경찰은 범인이 누구인지 전혀 감도 잡지 못했다. 새로 만든 고추장 브랜드의 반응이 좋아서 회사 매출이 갑자기 늘어났다. 사장은 직원들에게 성과급을 지급했다.

P의 자리로 발령을 받은 직원은 진급을 했음에도 기쁜 표정을 짓지 않았다. P가 앉았던 책상에 앉기 싫다고, 자신은 올해가 나가는 삼재이기 때문에 조심을 해야 한다고, 직원은 말했다. 중고가구점에서 인부 두 명이 나왔다. 그들은 P의 책상을 가뿐히 들었다. 쉽게 들어올려진 책상을 보는 순간 그녀는 두 다리에 힘을 주었다. 그는 그렇게 가볍게 날아갈 사람이 아니었다. 오후가 되자 가구점에서 새 책상을 가져왔다. P가 썼던 책상보다 조금 더 묵직했고, 나뭇결도 고왔다. 열린 창 틈으로 라일락 향기가 들어왔다. 이곳으로 회사를 이전하면서 심었다는 라일락은 작년 봄부터 흐드러지게 피기 시작했다. 몇 명의 직원들이 일손을 놓고 꽃향기를 맡았다.

그녀는 밖으로 나가 라일락나무가 있는 곳으로 걸어갔다. 나무 아래에 앉아 그가 죽었을 그 시각 자신은 무엇을 했는지 생각해보았다. 그날 아침, 그녀는 미역국에 밥을 한 순가락 말아 먹었고 버스를 놓쳐서 지각을 했다. 저녁에 시골에 있는 어머니와 짧은 통화를 하고는 불을 켠 채 잠이 들었다. 잠결에 불이 켜진 걸 알았지만 잠에 취해서 일어날 수가 없었다. 잠을 자면서 그녀는 전기세가 많이 나오면 어쩌지, 고민을 했다. 그가 죽었을지도 모를 시간에 전기세 걱정을 하다니, 난 참 바보야. 그녀는 라일락나무에게 말을 건넸다. 그녀의 말에 대답하려는 듯 라일락은 흰 꽃잎을 사방에 날렸다.

P가 죽고 난 그 다음날은 점심시간에 책상에 엎드려 낮잠을 잤다. 이상하게도 몸이 노곤한 날이었다. 드라마를 보다가 혼자 웃었고, 그 바람

에 커피를 이불에 엎질렀다. 비디오를 두 편 보았고 자기 전에 생활정보지를 뒤적였다. 적금을 타면, 전망이 좋은 원룸을 얻을 작정이었다. 그의 영혼이 자신의 육체 곁을 서성일 때 그녀는 드라마를 보면서 아무 걱정 없이 웃고 있었다. 이제 다시는 드라마 따위는 보지 않을 거야. 이번에도 라일락나무는 그녀의 말에 고개를 끄덕였다. 꽃잎이 그녀의 머리 위로 떨어졌다.

벤치에 앉아서 손수건에 밴 딸기 냄새를 맡고 있었을 때, 어쩌면 그가 찾아왔을지도 모른다. 그런 생각이 들자 가슴이 두근거리기 시작했다. 손수건을 어쨌더라. 기억을 더듬어보려 했지만 기억이 나질 않았다. 내년 봄이면 라일락나무는 더 튼튼한 뿌리를 가질 것이다. 그녀는 자리에서 일어나 나무를 발로 툭 차보았다. 그러자 갑자기 대상을 알 수 없는 증오가 솟구쳤다. 라일락 향기는 너무 짙었다. 직원들은 달콤한 향기를 맡으며, 각자 품고 있던 행복했던 시절들을 떠올릴 것이다. 더이상 그의 죽음을 슬퍼할 사람들은 없을 것이다. 그녀는 두려웠다. 자신도 이미 라일락 향기가 좋아지기 시작하고 있었다. 그녀는 나뭇가지를 잘라서는 그 가지로 나무를 마구 내리치기 시작했다.

봉자네 분식집은 닫혀 있었다. 그녀는 문을 흔들었다. 봉자 엄마! 안쪽에서 방문 여는 소리에 이어 신발 끄는 소리가 들리더니 곧 문이 열렸다. 봉자 엄마는 빗지 않은 부스스한 머리를 손으로 쓸어넘기면서 문 밖으로 얼굴을 내밀었다. 그러다 그녀를 보고는 귀찮다는 표정을 거두고 얼른 가게 밖으로 나왔다.

"웬일이야. 왜 그 동안 안 왔어? 얼마나 기다렸는데."

봉자 엄마는 잠옷 바람이었다. 미키 마우스가 가슴에 새겨진 잠옷이었는데 얼마나 오래 입었는지 무릎과 엉덩이가 툭 불거져나와 있었다. 그녀는 그런 모습을 보고는 웃음을 터뜨렸다.

"그런데 웬 나뭇가지야?"

친구의 말에 그녀는 자신의 손을 내려다보았다. 그녀는 하루 종일 라일락 나뭇가지를 손에 쥐고 있었던 것이다. 나뭇가지는 껍질이 벗겨지고 끝도 여러 갈래로 갈라져 있었다. 그녀는 골목길을 향해 나뭇가지를 던졌다.

"아무것도 아냐!"

봉자 엄마는 그녀를 위해 근사한 안주를 만들어주겠다고 했다. 그녀는 돼지고기 두루치기와 시원한 홍합탕이 먹고 싶다고 말했다. 봉자 엄마는 방으로 들어가 옷을 갈아입고는 지갑을 옆구리에 낀 채 종종걸음을 하며 밖으로 나갔다. 한참이 지난 후, 비닐봉지를 들고 봉자 엄마가 돌아왔다.

"홍합은 없어. 대신 조개탕 끓여줄게."

도마 소리를 들으며 그녀는 철 지난 잡지를 읽었다. 그녀와 봉자 엄마는 소주를 한잔 마시고 돼지고기를 한 점 먹었다.

"음, 정말 맛있다."

둘은 음식을 먹을 때마다 그런 말을 해댔다. 그녀의 얼굴이 금방 벌게졌다. 그녀는 친구에게 조개탕 끓이는 법을 배웠다.

"마지막에 마늘하고 붉은 고추를 넣어주면 돼."

듣고 보니 그리 어려울 것 같지는 않았다.

갑자기 봉자 엄마가 가게 불을 껐다.

"잠깐만 기다려봐!"

어둠 속에서 봉자 엄마가 벽을 더듬는 것이 희미하게 보였다. 이윽고 색색의 꼬마전구들이 반짝거리기 시작했다.

"어때, 크리스마스 이브 같지?"

봉자 엄마가 나지막이 캐럴을 불렀다. 그녀도 따라 불렀다.

"외로우면 나는 저걸 켜놓고 불빛들을 봐."

그제서야 그녀는 왜 철 지난 크리스마스 장식물들이 아직까지 가게 벽에 달려 있는지를 알았다. 소주잔이 붉은빛으로 물들었다. 그녀는 그 빛이 없어지지 않도록 조심스럽게 잔을 들어올렸다. 그리고는 친구의 잔에 건배를 했다.

다음날 아침, 그녀는 출근을 하지 않았다. 친구가 끓여준 북엇국을 먹고는 창문이 없는 방에 누워서 낮잠을 잤다. 햇빛이 들지 않아서 낮잠을 자기에는 아주 좋은 방이었다. 근처 공장에서 칼국수 열 그릇을 배달해 달라는 전화가 왔다. 그녀는 봉자 엄마를 따라 칼국수 배달을 나갔다.

"일당이라도 줘야겠네."

봉자 엄마가 미안한 목소리로 말했다.

"그럼 대신 요리하는 거 가르쳐줘."

그녀는 오후 내내 봉자 엄마에게 맛있는 찌개를 끓이는 법을 배웠다. 김치찌개, 된장찌개, 청국장, 순두부찌개…… 그녀가 끓인 김치찌개를 맛있게 먹어준 손님도 있었다. 저녁이 되자 그녀는 '오늘의 요리'라는 텔레비전 프로그램을 보았다. 요리사가 말해준 비법을 수첩에 적어두었다.

마지막 손님이 가고 난 뒤 그녀가 친구에게 조심스럽게 말했다.

"너만 괜찮다면…… 우리 같이 동업하지 않을래?"

둘은 인테리어 사무실을 찾아갔다. 인테리어 사장은 가게에 딸려 있는 방을 터서 탁자를 여덟 개로 늘릴 것을 제안했다. 그녀는 적금을 해약했다. 봉자 엄마는 옷 몇 가지를 챙겨 그녀의 집으로 이사를 왔다. 반지하이긴 하지만, 다행히 그녀의 집은 방이 두 칸이었다. 그녀는 쓰지 않는 방에 쌓아두었던 물건들을 버렸다. 유행이 지난 옷가지들과 방문판매원에게 속아서 산 영어교재 따위를 그녀는 몇 년 동안 쌓아두고 있었다. 둘은 가게로 가서 라면 박스에 주방기구들을 챙겨넣었다. 봉자가 살아 있을 때 그애를 예뻐했다는 옆집 할머니가 박스들을 맡아주었다. 인부들은 벽에 붙어 있는 장식들을 뜯어냈다. 그리고 조잡한 조화가 꽂혀 있던 꽃병들과 김칫국물이 묻어 있는 스포츠신문들을 자루에 집어넣었다. 탁자를 들어내자 구석에서 먼지들이 뽀얗게 일어났다. 인부들이 기침을 했다. 그날 가게에서 나온 쓰레기가 일 톤 트럭으로 한가득이었다.

가게 이름을 '봉자네 분식집'에서 '봉자네 백반집'으로 바꾸었다. 하루에 한 가지 음식만 팔기로 했다. 월요일에는 북어찜, 화요일에는 돼지고기 두루치기, 수요일에는 해물뚝배기, 목요일에는 된장찌개와 누룽지 끓인 밥, 금요일에는 병어찜, 토요일에는 순두부찌개로 결정됐다. 봉자 엄마는 어떤 일이 있어도 일요일에는 일을 하지 않을 것이라고 우겼다. 일요일은 쉬라고 만들어진 날이라고 했다. 그녀는 전날 과음을 했을지도 모를 직장인들을 위해 일 주일 내내 북엇국을 함께 팔자고 제안했다. 봉자 엄마는 곰곰이 생각하더니, 북엇국은 원하는 손님들에게 무료로 제공하는 게 좋을 것 같다고 말했다. 가게는 예전에 어떤 모습이었는지 짐작을 할 수 없을 정도로 바뀌었다. 수십 개의 전구가 가게를 환히 비추었다. 벽과 식탁은 은은한 분홍색이었다. 약간 붉은빛이 식욕을 돋운다고 인테리어 사장이 말했다. 그녀는 간판 스위치를 올렸다. 가게 밖에서 봉자 엄마가 소리를 질렀다.

"들어온다 들어와!"

봉자 엄마가 눈물을 흘렸다. 봉자네, 라는 이름을 그대로 써줘서 고맙다고 훌쩍이며 말했다. 그제서야 그녀는 봉자 엄마가 누구인지 선명하게 기억이 났다. 키가 작아서 맨 앞줄에 앉던 아이였다. 붉게 충혈된 눈으로 학교에 오곤 했었다.

"학교 다닐 적에 너랑 친하게 지냈으면 좋았을걸."

그녀의 말에 봉자 엄마가 행복한 웃음을 지어 보였다. 눈동자에 고여 있던 눈물이 주르륵 흘러내렸다.

손님들이 서서히 늘기 시작했다. 그녀의 직장 동료들이 소문을 듣고 찾아왔다. 입맛이 까다로운 K가 맛있다는 말을 그녀에게 두 번이나 했다.

"고마워요. 다음에 또 들러주세요."

그녀는 상냥하게 말했다. 옛 동료들은 몰라보게 상냥해진 그녀의 태도에 조금 당황하기도 했다. K는 맛있는 식당을 적어놓은 수첩에 봉자네 백반집을 적었다. 몇 가지 조언도 해주었다. K의 말에 의하면 해물뚝배기는 회사 앞에 있는 식당이 더 맛있어서 경쟁력이 없고, 병어찜은 너무 짜서 하루 종일 갈증이 난다고 했다. 그들은 수요일 식단을 낙지덮밥으로 바꾸었고 병어찜을 할 때 짜지 않도록 신경을 썼다. 한번은 사장이 비서와 함께 식당을 찾았다. 사장은 누룽지 끓인 밥을 달게 먹었다. 비서는 그녀에게 흰 봉투를 건네주었다. 어디에서나 늘 열심히 사세요. 봉투에는 사장이 직접 쓴 카드와 함께 꽤 많은 돈이 들어 있었다. 어쨌거나, 직원들의 존경을 받는 좋은 사장이었다.

그녀는 카운터에 앉아 밥을 먹고 있는 사람들의 뒷모습을 바라보았다. 구부정한 등들은 그녀에게 다양한 이야기를 해주었다. 밥을 먹는 동안은 많은 것들이 잊혀졌다. 부엌에서 봉자 엄마가 노래를 불렀다. 음정이 하나도 맞지 않았다. 그 노랫소리가 익숙한 단골손님들은 밥을 먹으면서 속으로 노래를 따라 불렀다. 이제 그녀는 요리책 두 권 정도는 만들 수 있을 만큼의 음식을 할 줄 알았다.

고독의 의무

내가 태어난 날, 아버지는 출장중이었다.

외할머니는 M시로 출장을 간 아버지에게 전화를 걸어 내가 태어났다는 사실을 알렸다.

감은 그다지 좋지 않았다고 한다.

예정일을 한 달이나 남겨두었기에 아버지는 외할머니의 말을 믿지 않았다.

때마침 그날은 4월 1일, 만우절이었다.

1

    내가 태어난 날, 아버지는 출장중이었다. 외할머니는 M시로 출장을
간 아버지에게 전화를 걸어 내가 태어났다는 사실을 알렸다. 감은 그다
지 좋지 않았다고 한다. 예정일을 한 달이나 남겨두었기에 아버지는 외
할머니의 말을 믿지 않았다. 때마침 그날은 4월 1일, 만우절이었다. 외할
머니는 웃음이 많은 분이었다. 전쟁 통에 부모를 잃고 두 동생을 키워야
했는데, 그때 어린 동생들이 슬프지 않도록 사소한 것에도 기쁘게 웃어
야 했다. 그래서 웃는 게 버릇이 되어버렸다고 언젠가 외할머니는 내게
말해주었다. 외할머니는 당신의 딸이 결혼을 하고 난 뒤에는 그 사위를
골려먹는 걸 가장 큰 재미로 알았다. 아버지는 번번이 속았다. 터미널에
서 몇 시간 동안 외할머니를 기다리거나, 먹지 못하는 음식을 속아서 먹
는 날이 많았다. 한번은 옆집에 사는 뚱뚱한 아주머니에게 임신을 축하

드립니다, 라고 말해서 봉변을 당한 적도 있었다. 물론, 그 축 늘어진 뱃살을 임신한 배라고 속인 것은 외할머니였다. 그러니 아버지가 내가 태어났다는 말을 믿지 않은 것은 당연한 일이었다. 정말입니까, 장모님? 아버지는 몇 번이나 이렇게 되물은 다음에야 말했다. 근데 딸이에요, 아들이에요? 그래도 명색이 만우절인데 외할머니는 모든 것을 진짜로 알려줄 수 없었다. 딸이네, 아주 예쁘게 생겼어. 외할머니는 이렇게 거짓말을 했다. 아버지는 그날 밤 M시의 역 앞에 있는 허름한 술집에서 새벽까지 홀로 술을 마셨다.

내가 초등학교 삼학년 때, 아버지는 직장을 그만두었다. 의사는 간암이라고 했다. 길어야 육 개월이라고 의사는 너무도 덤덤하게 말했다. 내가 태어난 날 술을 마신 이후로 술이라곤 입에 대본 적이 없는 아버지였다. 나는 다니던 주산학원을 그만두었고, 두 살 어린 여동생은 서예학원을 그만두었다. 아버지의 얼굴이 검게 변할수록 어머니의 눈 밑 기미도 짙어졌다. 부모님은 시골로 집을 옮겼다. 나와 동생은 이불을 뒤집어쓴 채 트럭 뒤에 앉았다. 봄이었지만 이불 틈으로 찬바람이 들어왔다. 마을로 들어서자 분홍색의 꽃잎들이 나비처럼 동네를 날아다니고 있었다. 그 작은 꽃나비들은 동생의 머리에 앉고, 어머니의 머리에도 앉았다. 그리고 아버지의 가슴에도 사뿐히 내려앉았다. 이삿짐을 나르는 동안 다른 꽃잎들은 다 떨어졌는데, 아버지의 가슴에 매달린 꽃잎만은 그대로 있었다. 아버지는 그 꽃잎을 떼어다가 입에 넣고는 조심스럽게 씹었다. 어! 맛있네. 아버지의 말에 나도 바닥에 떨어진 꽃잎을 주워 먹었다. 썼다.

184

정말, 맛있네. 나는 나와 아버지를 유심히 쳐다보고 있던 동생에게 말했다. 동생은 집 뒤로 가서는 나무에 매달린 꽃잎을 떼어다가 한줌 듬뿍 먹었다. 얼굴이 이내 울상으로 변했다. 하지만 속았다는 걸 인정하기 싫은지 동생은 그 많은 꽃잎들을 꿀꺽 삼켜버렸다. 새로 이사한 집 마당에 서서 우리 가족은 모처럼 신나게 웃었다.

아버지는 자주 산으로 올라갔다. 등에 짊어진 커다란 배낭에는 산나물들이 가득했다. 도시에서 태어난 아버지에게는 그 모든 것들이 이름 모를 풀들이었다. 아버지가 산을 헤매는 동안 어머니는 버스로 사십 분 거리에 있는 한 지방 대학의 구내식당에서 일을 했다. 나는 흙이 잔뜩 묻은 아버지의 운동화를 빨았다. 아버지가 아프다는 말을 들은 후부터 동생은 자주 울었다. 나는 코미디 프로그램을 빠짐없이 보았고, 코미디언들의 우스꽝스런 행동을 흉내내기 시작했다. 하루 종일 말이 없던 동생은 그런 나를 보고 웃었다. 특히 지구를 떠나거라~ 라고 약간 콧소리를 섞어 말하면 허리를 붙잡고는 깔깔거렸다. 동생 덕분에 나는 구봉서부터 김형곤까지 모든 코미디언들의 성대모사를 할 줄 알게 되었고, 학교에서는 언제나 오락부장을 했다.

아버지는 그 수많은 풀과 뿌리들의 즙을 내서 물 대신 마셨다. 의사가 말한 육 개월이 지났다. 아버지는 아침에 일어나 된장국에 밥을 말아 한 그릇을 다 먹었다. 아버지가 뜯어온 풀 중 어떤 것들은 꽤 비싼 가격에 팔 수 있다는 걸 알게 되었다. 그래서 아버지는 더욱 자주 산속으로 들어갔다. 어떤 때는 며칠씩 내려오지 않는 날도 있었다. 산속에 있으면 배가 고프지 않느냐고 물었더니 아버지는 대답했다. 산속에는 먹을 게 참 많다고. 그리고 또 일 년이 지났다. 아버지는 새벽 다섯시면 어김없이 눈을 떴고 마당을 깨끗이 쓸었다. 내가 중학교에 입학할 무렵 아버지의 얼굴에서 검은 그늘이 완전히 사라졌다. 아버지를 처음 진찰했던 의사는 믿어지지 않는 일이라고 했다.

어머니는 식당 일을 그만두었다. 아버지의 소문을 듣고 찾아오는 사람들이 점점 늘어난 것이다. 아버지가 산속을 헤매는 동안, 어머니는 아버지가 캐온 약초들을 정성스럽게 갈아서 즙을 냈다. 그 즙들은 먹기 좋게 포장되었다. 사람들은 가격이 얼마인지 상관하지 않았다. 나와 동생은 시골 학교에서는 드물게 햄이 들어간 반찬을 싸가지고 다녔다. 부모님은 집 앞에 있는 작은 텃밭을 시작으로 동네 사람들이 내놓은 논들을 조금씩 사기 시작했다. 외할머니에게도 정기적으로 용돈을 보내드렸는데, 외할머니는 그때마다 전화를 걸어서는 그 돈으로 무엇을 했는지 말해주었다. 외할머니의 말에 의하면 보일러도 새로 놓았고 다른 집들처럼 컬러 텔레비전도 샀다고 했다. 어머니와 아버지는 질 좋은 약초들로만 약을 만들었다. 부모님은 그 약을 사간 모든 사람들의 병이 낫길 기원하며 정성을 다했다. 그래서 뿌리가 잘리거나 상처가 난 것들은 나와 동생이 먹어야 했다.

검은색 자동차가 마당에 들어섰다. 검은색 양복을 입고 검은색 선글라스를 쓴 남자가 자동차에서 내렸다. 이봐 학생! 여기가 약 파는 집이니? 아니요. 나는 고개를 흔들었다. 남자는 사람들이 이곳이라 그랬는데…… 라며 말끝을 흐렸다. 아저씨! 그 약 사러 오신 거죠? 나는 순간 남자의 눈이 반짝이는 것을 보았다. 나는 남자의 귀에 대고 이렇게 소곤거렸다. 맨입으로 어떻게 알려드려요? 남자는 지갑에서 만원짜리 하나를 꺼냈다. 지갑은 두툼했다. 그 집이 바로 여기예요. 선글라스를 쓴 남자는 내게 속은 걸 알고는, 그래도 그 정도의 장난은 봐줄 수 있다는 듯 호탕하게 웃었다. 나는 어머니에게 남자의 지갑이 두툼했다는 걸 이야기했고 어머니는 다른 사람들에게보다 조금 더 비싸게 약을 팔았다. 검은색 중형 자동차는 후진을 하다가 마당에 심어져 있는 진달래나무를 박았다.

선글라스를 쓴 남자가 다녀간 며칠 뒤 경찰들이 집에 들이닥쳤다. 아버지는 불법의약품을 제조했다는 이유로 구속되었다. 중형차를 타고 왔던 사람은 꽤 유명한 국회의원의 비서였다. 국회의원의 아버지는 간암 말기였는데 우리집에서 사간 약을 먹고는 며칠 못 가 죽고 말았다는 것이다. 아버지를 빼내기 위해 어머니는 집 앞의 텃밭을 팔았다. 비옥해서 무얼 심어도 잘 자라던 땅이었다. 변호사는 법정에서 이렇게 말했다. 환자는 한 달을 넘기기 힘든 사람이었습니다. 살 수 있는 사람을 죽인 것도 아닌데 무슨 죄가 있습니까? 물론 맞는 말이었지만, 그래도 재판에서는 그렇게 말해선 안 되었다. 어머니는 유능하다고 소문이 난 변호사를 찾아갔다. 그 변호사는 터무니없이 비싼 수임료를 요구했다. 할 수 없이 가지고 있는 논들을 전부 팔아야 했다.

이 년 후, 아버지는 집으로 돌아왔다. 상업고등학교에 가겠다던 동생이 갑자기 진로를 바꿔 인문계 고등학교를 가겠다고 했다. 동생은 약간 마른 아버지의 두 손을 잡고 말했다. 아버지, 전 약대에 가겠어요. 아버지의 눈이 촉촉해졌다. 하지만, 간암 말기 판정을 받았을 적에도 울지 않았던 아버지였기에 눈물은 아주 조금 눈가에 맺혔다가 이내 사라졌다. 그후로도 아버지는 계속 약을 만들어야 했다. 처음에는 내 대학 등록금을 위해, 그리고 나중에는 동생의 대학 등록금을 위해. 하지만 약을 사러 오는 사람들은 그다지 많지 않았다. 동생은 약대에 들어갔다. 자식이 모두 떠난 시골집에서 부모님은 텔레비전 연속극을 보며 무료한 저녁을 보내곤 했다.

대학을 졸업하던 해 방송국 공채 시험을 봤다. 코미디 프로그램의 PD가 되어서 〈웃으면 복이 와요〉라든지 〈유머 1번지〉 같은 프로그램을 만드는 게 꿈이었다. 합격자 명단에 이름이 없는 것을 확인한 순간, 대학 입학하던 해에 부모님이 사주셨던 구두가 문득 생각났다. 이 구두를 신고 니가 가고 싶은 곳으로 마음껏 가거라. 아버지는 구두를 닦아주면서 말했다. 나는 그 구두를 할머니의 장례식장에서 잃어버렸다. 할머니가 내 구두를 신고 하늘로 날아갔을 거야. 그렇게 생각하자 새 구두를 잃어버린 것이 그다지 속상하지 않았다.

졸업식 날, 나는 서울에서 가장 맛있다는 한정식집을 예약했다. 참 맛나다. 어머니는 젓가락질을 할 때마다 말했다. 과식을 한 탓인지 어머니는 집에 가서 며칠 동안 소화제를 먹어야 했다. 그날 이후, 어머니는 습관적으로 체하기 시작했다. 소화제를 먹어도 속이 가라앉지 않자 어머니는 태어나서 처음으로 종합병원을 찾았다. 의사는 위암 말기라고 했다. 수술을 하자는 의사의 말을 어머니는 듣지 않았다. 어머니는 아버지를 믿었다. 아버지는 예전처럼 다시 산속을 헤매기 시작했다. 의사가 말한 삼 개월은 금방 지나갔다. 어머니는 아무도 몰래 눈을 감았다. 그 시간, 나는 수많은 회사들의 입사원서를 구하러 다녔고, 여동생은 만성 위염 환자를 상담하고 있었고, 아버지는 혹시 산삼이라도 발견할 수 있을지 모른다는 희망을 품고 산속을 헤매고 있었다.

나는 은행원이 되었다. 동생은 멋진 넥타이를 다섯 개나 사주었고, 이름조차 기억나지 않는 동창들이 찾아와 대출을 부탁했다. 대학을 다닐 적에 친했던 친구들과 매달 마지막 주 금요일에 모여 술을 마셨다. 술을 마시고 친구들과 헤어지는 길에 공중전화가 보이면 집에 전화를 걸었다.

아버지, 뭐 하세요?

그냥 있다.

일 년이 지나자 한 달에 한 번씩 모이는 게 얼마나 힘든 일인지 다들 알게 되었다. 그래서 모임은 홀수 달에 한 번씩으로 바뀌었다. 나는 여전히 술을 마시고 집에 가는 길이면 아버지에게 전화를 걸었다.

아버지, 오늘 낮에 뭐 하셨어요?

산에 갔었다.

또, 일 년이 지나자 누군가 한 계절에 한 번씩 만나자는 의견을 내놓았다. 점점 나오지 않는 친구들이 늘어나더니 그나마 가을 모임에는 한 명도 나오질 않았다. 나는 늘 앉는 그 자리에 앉아 홀로 술을 마셨다. 안주로 달걀말이를 시켰는데, 너무 짜서 반이나 남겨야 했다. 전화를 받은 친구들은 하나같이 미안하다는 말만 되풀이했다. 모두들 회사 일이 너무 바쁘다는 거였다. 나는 화를 내고 싶었는데 이상하게 화가 나지 않았다. 집으로 돌아가는 길에 아버지에게 전화를 걸었다.

아버지, 오늘은 뭐 하셨어요?

산에 갔었다.

뭐 하러요?

니 엄마 줄 약초 캐러.

공중전화에서 오줌 지린내가 났다. 나는 공중전화 부스의 유리를 발로 툭툭 차면서 대꾸했다.

엄만 쓴 거 싫어하니까 단맛 나는 약초 좀 캐주세요.

인석아, 그런 약초가 어딨냐!

아버지는 잘 있으라는 말도 없이 덜컥 전화를 끊었다. 나는 수화기를 들고는 찻길 건너편에 있는 편의점을 무심히 바라보았다. 주황색 티셔츠를 입은 남자가 들어갔고, 교복을 입은 여학생 세 명이 밖으로 나왔다. 머릿속에 시계라도 들어간 듯, 시계 초침 소리가 아주 커다랗게 울렸다. 아버지는 산에 올라간 뒤 영영 내려오지 않았다. 아마도 단맛 나는 약초를 구하지 못한 것 같았다.

2

회사에서 집까지는 지하철로 오십 분이 걸렸다. 출근 전에 만화책 네 권을 가방에 넣었다. 출근하면서 두 권을 읽고, 퇴근하면서 두 권을 읽으면 딱 맞았다. 오랫동안 연락이 없던 친구들에게서 서서히 연락이 오기 시작했다. 친구들은 결혼을 했고, 아이를 낳아 돌잔치를 했다. 거의 주말마다 뷔페에서 점심을 먹게 되었다. 뷔페에 초밥이 없거나, 국수의 육수가 너무 비리거나, 갈비탕에 갈비가 없으면 약간 우울해지기도 했다. 그런 날은 행복하게 살아라, 라는 말이 도통 나오지 않았다. 동생은 같은 약국에서 일하는 남자와 결혼을 했다. 웃을 때면 눈이 작아지는 게 흠이었지만 그럭저럭 선량하게 보였다. 약국을 차리면 손님들에게 많은 신용을 얻을 것 같은 인상이었다. 부모님이 살았던 시골의 작은 집을 팔고, 나와 동생과 동생의 남편이 붓고 있던 적금을 모두 해약했다. 그 돈으로 서울 변두리지만 그럭저럭 번듯한 약국을 차릴 수가 있었다.

　퇴근을 하는 길에 만화 대여점에 들렀다. 대여점 사장은 나보다 두세 살이 더 많았는데, 카운터 밑에 술을 숨겨놓고는 손님이 보지 않는 틈을 타 몰래 마시곤 했다. 손님이 없는 날이면 나를 붙잡고 오랫동안 수다를 떨었다. 대여점에는 늘 손님이 없었다. 그도 그럴 것이 맞은편에 세 배는 더 큰 대여점이 생긴 것이다. 사장이 만화 대여점을 차리기 전에 했던 가게는 김밥 전문점이었다. 한 달이 지나자, 옆 건물에 김밥 전문점이 생겼다. 전국에 수없이 퍼져 있는 유명한 체인점이었다. 손님들은 곧 옆집으로 옮겨갔다. 사장은 자신의 불운에 대해 몇 시간이고 이야기할 수 있는 사람이었다. 어쩌다 만원짜리 복권이라도 당첨되는 날이면 겁이 덜컥 난다고 했다. 그런 행운 끝에 더 큰 불행이 찾아올까봐 자기도 모르게 몸이 움츠러든다고 사장은 말했다. 나는 엉덩이를 실룩거리며 짱구 흉내를 내주었고, 그러자 사장은 새로 한 금니가 드러나도록 시원하게 웃었다.

　대리로 진급한 후로는 퇴근길에 언제나 피로를 느꼈다. 결혼식이나 돌잔치에 가지 않아도 되는 그런 친구들을 만나고 싶다는 생각이 불쑥 들었다. 그래서 나는 '만우절이 생일인 사람들의 모임'이라는 인터넷 동호회에 가입했다. 회원들은 자신의 생일날 일어났던 수많은 거짓말 같은 이야기를 해가며 서로를 위로했다. 그 이야기들이 진짜인지 가짜인지에 대해서는 아무도 중요하게 생각하지 않았다. 나는 생일날 부모님이 연탄가스로 돌아가신 이야기를 올린 사람에게 위로의 글을 담아 카드를 보내주었다. 형제 세 명이 모두 만우절에 태어난 사람도 있었다. 어떤 사람이 혹시 일부러 생일을 같은 날에 맞추려고 제왕절개를 한 게 아니냐는 의문을 제기했다. 어쨌거나 어머님은 편하겠네요. 생일상을 한 번만 차리면 되니까, 라고 나는 글을 남겨놓았다. 잠이 오지 않는 날이면 얼굴도 모르는 그들과 수다를 떨었다. 만화 대여점 사장이 전화를 했다. 혹시, 이사를 가셨나 해서요. 하도 안 오시길래. 전화를 받았을 뿐인데도 어디선가 술냄새가 나는 듯했다. 하하, 고맙습니다. 요즘에 회사 일이 바빠서요. 나는 꾹 참고 아주 예절 바르게 전화를 받았다. 너 다음주 일요일에 시간 있냐? 친구들에게서도 전화가 왔다. 어쩌냐! 그날 어머니 제삿날인데. 나는 아주 많이 미안한 목소리로 말하고는 전화를 끊었다.

4월 1일이 되자 '만우절이 생일인 사람들의 모임'에서 정기모임을 열었다. 카페 벽에는 커다란 케이크가 그려진 현수막이 걸려 있었다. 누군가 불을 끄자 가짜 케이크에서 초들이 환하게 타올랐다. 케이크는 야광펜으로 그려져 있었다. 회원들은 생일 축하 노래를 불렀다. 마치 자기에게 그런 축복을 처음 내리는 사람처럼 회원들의 목소리는 나지막하면서도 따뜻했다. 나는 노래를 부르는 사람들을 둘러보았다. 모두들 하나같이 눈을 감고는 고개를 좌우로 흔들고 있었다.

아이디가 '머털도사'인 회장이 나와서 인사를 했다. 회장은 내가 상상했던 그대로의 인상을 지니고 있었다. 회장이 카페에 남긴 글을 읽을 때마다 나는 조금 아래로 처진 눈썹에, 웃을 때마다 눈 밑에 주름이 지는 그런 얼굴을 상상했었다. 자! 왼쪽 테이블 끝부터 돌아가면서 자기 소개를 합시다. 회장의 말이 끝나자마자 카페 벽을 비추는 조도가 낮은 조명을 제외하고 모든 불이 꺼졌다. 사람들의 얼굴 위로 그림자가 졌다. 동호회에서 사용되는 자신의 아이디를 말할 때마다 아! 하는 소리가 여기저기에서 들려왔다. 생일이 같다는 삼형제는 막내동생만이 참석했다. 큰형은 현재 한국에 없고, 둘째형은 어제 저녁에 맹장수술을 해서 병원에 있다는 이야기를 하자 사람들이 아쉬워했다.

내가 앉은 테이블에는 네 명의 사람들이 있었다. 맞은편에 앉은 여자는 자신을 '돋보기'라고 소개했다. 내 기억에 의하면 가입인사를 한 뒤한 번도 동호회에 글을 남긴 적이 없는 사람이었다. '돋보기' 옆에는 '세모'라는 아이디를 가진 여자가, 내 옆에는 '연탄집게'라는 아이디를 가진 남자가 앉았다. 맞은편에 앉은 여자는 모임에 나온 어떤 사람들보다도 키가 컸다. 약간 위로 치켜올라간 눈하고 두툼한 입술이 너무나 묘하게도 잘 어울리는 여자였는데, 화장이 짙어서 그런지 약간 천박해 보였다. 우리는 모두 동갑이었다. 멋진 일이네요. '세모'가 말을 했다. 뭐가요? '돋보기'가 잠시도 뜸을 들이지 않고 바로 되물었다. 지금으로부터꼭 삼십 년 전 오늘 우리의 어머니들이 서로 똑같이 배를 움켜잡으며 새로 태어날 아이가 어떤 모습일까 행복하게 상상했을 게 아니에요. '세모'

의 말에 우리는 고개를 끄덕였다.

　우리는 자주 건배를 했다. 맥주 안주로 팝콘을 가장 싫어한다는 공통점이 있었지만 좋아하는 안주는 서로 달랐다. 다행히 테이블마다 똑같은 안주가 나오게 되어 있어서, 서로 무엇을 먹을지 고민할 필요는 없었다. '연탄집게' 는 만우절날 결석했던 이야기를 해주었다. 학교에 가려는데 옆집에 살던 형이 이렇게 말하는 거야. 올해부터 만우절이 공휴일이 되었다고. 난 그 말을 믿고는 바로 집으로 와서 하루 종일 낮잠을 잤지. '연탄집게' 가 말을 마치자 옆에 앉은 '세모' 가 그 말을 받아 다른 이야기를 하기 시작했다. 한번은 엄마가 자고 있는 나를 흔들어 깨우는 거야. 얘야! 생일 축하한다. 엄마 말에 시계를 보니 아침 일곱시더라구. 그런데 이상하게도 너무 졸린 거야. 알고 봤더니 엄마가 시계를 앞으로 돌려놓은 거였어. 그날 난 새벽 세시에 미역국을 먹었지. 엄마 말에 의하면 그게 내가 태어난 시간이라나. 카페 안은 이내 서로 속이고 속았던 이야기들로 가득 찼다. 나는 '세모' 나 '연탄집게' 가 이야기를 할 때면, 한쪽으로는 이야기를 들으면서 다른 한쪽으로는 다음에 내가 할 이야기들을 미리 생각해놓아야 했다. '돋보기' 는 자기 차례가 되어도 아무 말도 하지 않았다. 어깨를 으쓱거리며 할말 없다는 표정을 지을 뿐이었다. 그래서 내 차례는 더 자주 돌아왔다. 가짜 미역국을 먹은 이야기, 싫어하는 여자에게 만우절에 사랑 고백을 한 이야기, 사귀던 여자에게 만우절에 장난으로 헤어지자고 말했다가 영영 헤어진 이야기들을 나는 즉석에서 만들어냈다. 아무도 정말이야? 라고 묻지 않았다. 그건 모든 동호회 회원들이 지켜야 할 첫번째 규칙이었다.

잠시 할말이 있습니다. 회장이 자리에서 일어나더니 주변을 한 바퀴 둘러보며 말했다. 테이블을 옮겨다니며 술을 마셨는데도 전혀 취한 얼굴이 아니었다. 한 가지 고백할 게 있습니다. 사실 전 생일이 4월 1일이 아닙니다. 사람들이 웅성거리기 시작했다. 그게 무슨 말이야. 그럼, 왜 이 모임을 만들었지? 회장은 이렇게 숙덕거리는 사람들을 바라보면서 웃는 건지 우는 건지 짐작할 수 없는 표정을 지었다. 전 생일을 모릅니다. 그건 절 버린 부모님만이 알겠죠. 그래서 전 스스로 4월 1일을 생일로 정했어요. 제가 태어났다는 사실을 믿고 싶지 않아했던 부모님을 위해서. 그렇게 말하고 회장은 자리에 앉았다. 술에 취해 회장의 말을 듣지 못한 누군가가 혀 꼬부라진 소리로 건배, 라고 소리를 질렀다. 동호회의 규칙상, 우리는 회장에게 정말이냐고 물을 수 없어요. 그러니 회장의 말이 진짜인지 가짜인지 우리는 영영 모르는 거죠. 여자는 두툼한 입술에 침을 한 번 바르고는 자리에 앉았다. 그러더니 고개를 돌려 회장을 오랫동안 바라보았다. 나는 여자의 옆모습을 보면서 턱 선이 참 예쁘다는 생각을 했다. 나는 잔을 들고 큰 소리로 외쳤다. 머털도사를 위해!

모두들 아주 기분 좋게 마지막 잔을 들이켰다. 헤어지기 전에 사람들은 서로 어깨동무를 하고는 생일 축하 노래를 한번 더 불렀다. 나는 '돌보기'의 어깨에 손을 얹으면서 귓속말로 말했다. 이차 가실래요?

내가 태어나자마자, 아버지는 고향 마을로 전화를 걸었지. 할머니는 저녁밥을 먹다 말고, 마을에서 유일하게 전화기가 있는 이장 집으로 뛰어갔다고 해. 어머니, 집사람이 애를 낳았어요. 딸이에요. 감이 좋지 않아서인지, 할머니의 귀가 어두워서인지, 할머니는 아버지의 말을 잘 알아듣지 못했어. 뭐라고? 아들이라고? 할머니는 자꾸만 그렇게 되물었지. 통화가 길어지자 아버지는 그냥 네, 라고 대답해버렸대. 전화요금이 너무 많이 나오면 안 되니까. 아버지의 말을 믿고 할머니는 소 한 마리를 잡아 동네 잔치를 했지. 하마터면 난 사대 독자가 될 뻔했어.

말을 마치자, '돋보기'는 안주도 없이 연거푸 소주 두 잔을 마셨다. 그리고 회를 치고 있는 식당 주인의 손놀림을 힐끗 훔쳐보았다. 주인은 수족관에서 고기를 잡는 것에서부터 회를 치는 것까지 모든 게 서툴렀다. 가게 입구에는 '신장개업'이라고 붙어 있었다. 여자는 처음 만난 날이니까 처음 여는 가게에서 마셔주는 게 더 큰 의미가 있다고 말했다. 횟집 주인은 구십 도 이상 허리를 굽혀 인사를 하며 우리를 반겼다. 나도 여자에게 내가 태어났을 때 이야기를 해주었다. 지방 도시에서 홀로 술을 마셨던 아버지의 이야기를 해주자 여자는 허리를 붙잡고 웃었다. 우리는 잔이 부서질 정도로 세게 건배를 했다. 회가 나오기 전에 소주 한 병이 바닥을 드러냈다.

여자는 내가 태어나고 삼십 분 후에 태어났다. 겨우 삼십 분 차이인데 많은 것이 달랐다. 여자는 혼자 맥주를 마시며 드라마 보는 것을 좋아했다. 코미디 프로그램은 전혀 보지 않는다고 했다. 그래서 내가 코미디언 흉내를 내도 전혀 웃지 않았다. 서울 외곽에 있는 작은 학원에서 수학을 가르치고 있는데, 수강생이 자꾸 줄어서 고민이라고 했다. 이것 봐! 그거 고민하다가 원형 탈모증까지 생겼다니까. 여자의 정수리 부근에는 머리카락이 둥그렇게 빠져 있었다. 그래도 그렇게 번 돈으로 시골에 있는 할머니에게 소 두 마리를 사드렸다. 할머니가 치매에 걸렸는데 여자를 볼 때마다 '소 잡아먹은 년'이라고 욕을 했기 때문이다. 그 이야기를 들었을 때 나는 마음속으로 이런 생각을 했다. 어쨌든 갚을 건 갚는 성격이군. 여자를 만나면서 나는 여러 가지 사실을 알게 되었다. 누군가 나에 대해 단정적으로 말을 하면 나도 모르게 이마를 찌푸리는 버릇이 있었다. 붉은 계통 넥타이가 그다지 잘 어울리지 않았고, 왼손보다 오른손에서 더 많이 땀이 났고, 고추냉이를 너무 많이 먹으면 딸꾹질을 한다는 것도 알았다. 그런 발견들이 그리 나쁘지만은 않았다.

나는 일 주일에 한 번씩 여자를 만났다. 어떤 달은 휴대폰 요금이 십만 원이 넘게 나오기도 했다. 몇 달이 지나자, 일요일이면 늦게까지 낮잠을 자던 옛날이 그리워졌다. 영화 표를 예매하고 극장 근처에 있는 맛있는 식당을 알아내는 일은 생각보다 번거로웠다. 그래서 나는 땀이 덜 나는 왼손으로 여자의 오른손을 잡으면서 말했다. 우리 아이도 생일이 4월 1일 이면 좋겠다. 지금, 그거, 나한테 청혼하는 거야? 여자의 목소리가 약간 떨리는 듯했다. 너무 추워서 그랬는지도 모른다. 첫눈이 내린 날이었는데, 얇은 가을 코트를 입고 있었던 것이다. 응. 내 대답은 짧았다. 내가 듣기에도 무뚝뚝했는데, 이상하게 여자에게 청혼을 하는 순간 가슴이 하나도 떨리지 않았다.

3

우리는 4월 1일에 결혼을 했다. 결혼기념일이 생일하고 같으니 죽었다 깨어나도 잊을 리 없을 거라고 여자가 말했다. 4월 1일에는 결혼하는 사람이 많지 않았다. 우리는 20퍼센트 할인된 가격으로 예식장을 잡을 수 있었고, 마음에 드는 웨딩드레스도 쉽게 고를 수 있었다. 동생은 여자를 마음에 들어하지 않았다. 지나치게 고집이 셀 것 같다는 게 이유였다. 동생 부부와 저녁을 먹은 다음날, 동생은 전화를 걸어서는 내가 좋아했던 연예인들의 이름을 나열하기 시작했다. 오빠, 키가 작고 귀여운 여자들을 좋아했어. 설마 잊은 건 아니겠지. 동생의 말끝에 딸랑, 하는 종소리가 들렸다. 약국에 손님이 들어왔다는 소리다. 손님 왔나보다. 끊자. 나는 동생의 대답도 듣지 않고 전화를 끊었다.

동호회 회원들이 돈을 모아 냉장고를 사주었다. 결혼식에 참석한 '연탄집게'와 '세모'는 자주 귓속말을 했고, 그럴 때마다 다른 회원들이 놀려댔다. 여자는 친구들이 많지 않았다. 나는 속으로 생각했다. 미안하다는 말을 하기 싫어하는 성격의 사람들은 친구 사귀기가 그리 쉽지 않을 거라고. 치매에 걸렸다는 여자의 할머니는 결혼식에 참석하지 못했다. 결혼식이 끝나갈 무렵, 사회자가 만세 삼창을 시켰다. 내 아를 낳아도~ 나는 두 팔을 높이 들고는 큰 소리로 외쳤다. 하객들이 일제히 웃었다. 결혼식을 무사히 치렀다는 안도감보다는 내가 수많은 사람들을 웃겼다는 자부심이 더 크게 느껴졌다.

음식이 너무 형편없어. 그래도, 해파리무침은 먹을 만하던데. 갈비가 어찌나 질기던지…… 식당에서 내려오는 손님 둘이 나누는 이야기를 듣다가 나도 모르게 얼굴이 화끈 달아올랐다. 차라리, 신부가 박복하게 생겼다거나 신랑이 좀스럽게 생겼다는 말을 듣는 게 덜 부끄러울 것 같았다. 곱게 한복을 차려 입은 동생은 자주 눈가에 고인 눈물을 닦아냈다. 조카는 엄마가 눈물을 흘리자 자기도 따라서 울어댔다. 어찌나 서럽게 우는지, 마치 내가 영영 돌아오지 못할 곳으로 떠나는 사람 같았다.

공항에는 신혼부부들이 너무 많았다. 모두들 똑같은 티셔츠를 입고 있었다. 비행기를 기다리는데, 누군가 내 등을 쳤다. 자기야! 어디 갔었어. 돌아보니 그 사람은 나와 똑같은 티셔츠를 입고 있었다. 여자가 입은 것보다 훨씬 잘 어울렸다. 우리와 똑같은 티셔츠를 입은 커플은 우리와 같은 비행기를 탔다. 여자는 비행기에서 내리자마자 옷을 갈아입자고 했다. 뭐 어때, 내가 보기엔 당신이 훨씬 예쁜걸. 내 말에 여자는 입을 삐죽거렸다. 그 말이 아니야. 이 옷이 저 남자에게 훨씬 잘 어울리는 것 같아, 당신보다. 비행기가 출발해서 내릴 때까지 우리는 말을 한마디도 안 했다. 승무원이 주는 음료수도 마시지 못하고, 우리는 짧지만 아주 평온한 단잠을 잤다.

우리는 태어나서 처음으로 유채꽃을 보았다. 꽃밭 사이에서 사진을 찍으려 줄을 서 있는 신혼부부들을 보는 순간 사진을 찍고 싶은 마음이 사라졌다. 가자! 내가 이렇게 말했을 때 여자는 이미 꽃밭 사이로 걸어가고 있었다. 나는 그 뒷모습을 사진으로 찍었다. 저녁에는 제주 시내에서 유명하다는 갈치구이집에 가기로 했다. 여자는 어느 신문에서 오려낸 음식

점 기사를 내게 보여주었다. 신문에 그려진 지도는 너무 복잡했고, 신혼여행을 가기 위해 얼마 전에 배운 내 운전은 너무 서툴렀다. 한 시간 이상을 헤매고 나자 배가 고파서 더이상 운전을 할 수가 없었다. 할 수 없이 우리는 아무 식당에나 들어갔다. 제주도는 갈치가 유명하니까 어느 식당이나 갈치구이가 맛있을 거야. 내가 그렇게 말하자 어느 순간이나 긍정적으로 말하려고 노력하는 내가 때론 답답하다고 여자가 대꾸했다. 우리는 자리에 앉자마자 물을 세 컵이나 마셨다. 갈치구이는 생각보다 맛있었다. 밥 한 공기를 더 시켜서 사이 좋게 나눠먹었다.

다음날, 우리는 새로운 티셔츠를 입었다. 카키색 티셔츠였다. 유명 메이커 할인매장에서 50퍼센트 할인된 가격에 산 거라고 여자는 말했다. 옷장을 보니 똑같은 티셔츠들이 모두 네 장씩 있었다. 신혼여행은 이박 삼일인데 여자는 어쩌자고 다섯 장의 티셔츠를 가지고 왔을까? 나는 궁금했지만 묻지 않았다. 산굼부리에서 우리와 똑같은 티셔츠를 입은 커플을 만났다. 그들은 우리를 보자 멋쩍게 웃으며 손을 흔들었다. 우리도 그들에게 손을 흔들어주었다. 점심을 먹는데 식당 맞은편에서 또 똑같은 티셔츠를 입은 커플을 만났다. 호텔로 돌아가서 옷 갈아입을까? 한치덮밥을 먹다 말고 여자가 조심스럽게 말했다. 나는 카키색 티셔츠를 입은 커플이 카운터에서 계산하는 모습을 힐끔 훔쳐보았다. 자세히 보니까 우리 티셔츠랑 다르네. 색도 더 짙고.

아름다운 길들이 많았다. 우리는 아무 곳에나 차를 세워두고 아스팔트길을 하염없이 걷다가 되돌아오곤 했다. 길을 걸으면서 자기의 비밀을 하나씩 이야기했다. 난 잠을 잘 때 침을 흘려. 나는 코를 고는데. 난 초등학교 때 도둑질을 한 적이 있어. 나도 초등학교 때 슈퍼마켓에서 껌을 훔친 적 있는데. 그러다 갑자기 여자가 뛰기 시작했다. 나도 따라 뛰었다. 이건 진짜 처음 고백하는 건데, 나 수술한 적 있어. 여자가 달리기를 하면서 말했다. 뭐야! 성형수술? 그럼 내가 속은 거네. 오랜만에 달리기를 해서 그런지 숨이 턱까지 차올랐다. 여자가 제자리에 멈추더니 낄낄거리며 웃었다. 그리고는 자기 눈을 손가락으로 가리키며 말했다. 전엔 돋보기 같은 안경을 꼈었거든.

호텔로 돌아오는 길에 이상하게 만화 대여점 사장의 얼굴이 떠올랐다. 나는 조수석에 앉아 있는 여자를 보았다. 여자는 잠들어 있었다. 나는 오른손을 뻗어 여자의 이마를 살짝 만져보았다. 여자의 이마에서 어떤 온도도 느껴지지 않았다. 있잖아, 내가 아는 어떤 사람은 만원짜리 복권에만 당첨돼도 겁이 난대. 그런 사소한 행운까지도 자기 몫이 아니라는 생각이 든다나. 정말 바보 같은 사람이지. 여자는 잠결에 내 이야기를 들었는지 몸을 뒤척이며 응, 바보 같아, 라고 대답했다. 액셀러레이터를 밟는데, 어디선가 숨이 턱 막힐 정도로 진한 꽃향기가 났다. 나는 창문을 열고 심호흡을 크게 했다. 그리고는 잠들어 있는 여자를 깨웠다. 일어나. 이 냄새 좀 맡아봐. 내 말이 끝나기도 전에 맞은편에서 트럭이 라이트를 환하게 켠 채 우리를 향해 달려오고 있었다. 여자는 눈을 감은 채 야! 향기 좋다, 라고 중얼거렸다.

우리는 T시로 이사를 왔다. 서울의 18평 아파트 전세금으로 이곳에서는 34평 아파트를 얻을 수가 있었다. 아침마다 나는 달리기를 했다. 처음에는 5킬로미터도 뛸 수가 없더니 지금은 10킬로미터를 뛰어도 그다지 힘들지 않았다. 아파트 입구에서부터 T시에 유일하게 있는 대학의 정문까지가 딱 10킬로미터였다. 아내와 싸운 날에는 그 길을 두 번 왕복하기도 했다. 아내의 몸무게가 80킬로그램을 넘어가면서 나는 운동의 강도를 조금 높여야 했다. 팔 힘을 기르기 위해 밤마다 팔굽혀펴기를 했다. 나는 어느 CF에서 본 팔굽혀펴기를 하는 건전지 흉내를 내었다. 팔굽혀펴기를 하는 나를 보면서 아내는 말했다. 나보다 오래 살아야 해. 아내의 말처럼 나는 정말 오래가는 건전지가 되어야 했다. 그래도 아내를 안아올릴 때면 두 팔이 저절로 떨렸다. 휠체어를 몰고 갈 수 있는 곳은 많지 않았다. 어느 곳을 가나 늘 계단이 있었다. 그럴 때면 나는 아내를 안고 계단을 올라가야 했다. 땀이 하도 많이 나서 나는 땀 흡수가 잘 되는 면 티셔츠를 주로 입었다.

우리는 주말마다 극장에 갔다. 아내는 내가 운전하는 차는 타지 않았다. 내 잘못이 아니라 중앙선을 넘어온 트럭의 잘못이라고 아무리 말해도 아내는 믿지 않았다. 그래서 할 수 없이 극장까지 걸어가야 했다. 다행히 집에서 그리 멀지 않은 곳에 극장이 하나 있었다. 오래된 극장이었는데, 요즘 유행하는 복합상영관에 밀려 손님이 그다지 많지 않았다. 문제는 엘리베이터가 없다는 거였는데, 아내는 그 문제에 대해 그다지 신경쓰지 않았다. 영화를 보는 동안 아내는 내게 친절했다. 팝콘을 입에 넣어주기도 했다. 나는 모이를 받아먹는 어린 새처럼 아내 쪽으로 입을 벌리며 영화를 보았다.

어느 날, 영화를 보고 난 후였다. 계단을 내려오는데 아내가 이마에 맺힌 땀을 닦아주면서 말했다. 우리 다음주부터 비디오 볼까? 나는 너무 힘들어서 대답할 기운도 없었다. 그래서 대답 대신 고개만 끄덕였다. 휠체어를 밀고 집으로 오면서 아내는 자꾸만 주변을 두리번거렸다. 왜? 내가 물었다. 그거 알아? 일 주일 만에 세상은 몰라보게 변해. 당신 눈엔 늘 똑같아 보이지. 그런데 지난주에 눈에 담아두었던 풍경들이 지금 내 눈엔 하나도 보이지 않아. 보도블록이 고르지 않아 나는 휠체어를 미는 두 손에 힘을 꽉 주어야 했다. 다음주에도 영화 보러 나오자. 난, 하나도 안 힘들어. 아내가 두 손을 뒤로 뻗어서 휠체어를 미는 내 손을 살짝 만져주었다.

아내는 다이어트를 시작했다. 간식으로 먹던 슈크림빵을 모조리 버렸고, 허기가 느껴질 때마다 칼로리가 없다는 뻥튀기를 먹기 시작했다. 아내가 아홉 개까지 모은 피자 쿠폰을 버리는 걸 보고 난 다음, 나는 아내를 위해 싱크대를 새로 맞추어주었다.

나는 아파트 뒷산을 자주 산책했다. 비가 오고 난 다음날이었다. 작고 통통한 발자국이 길가에 보였다. 발가락까지 선명한 걸로 보아 누가 맨발로 걸은 모양이었다. 어떤 발자국은 발바닥에 난 주름까지 보이는 듯했다. 나는 신발을 벗었다. 그리고 그 발자국 위에 내 발을 대보았다. 나보다 작은 발이었다. 그 위에 내 발을 포개가며 길을 걸었다. 발자국은 아주 길게 이어졌다. 산길을 걸으면서 나는 아버지를 생각했다. 단맛 나는 약초를 구했을까? 길가에 난 민들레를 뽑아 그 뿌리를 씹었다. 썼다. 이거 참 맛있네. 나는 큰 소리로 말했다. 내 목소리가 이제 막 어둠에 잠기려는 나무들 사이로 사라졌다. 발자국은 어느 순간 뚝 끊어졌다. 그리고 그 발자국을 끝으로 어떤 발자국도 보이지 않았다.

아내는 소파에 앉아서 잠이 들었다. 나는 아내 옆에 앉아서, 아내가 보던 드라마를 마저 보았다. 참, 나 드라마 봐야 하는데. 한참 만에 잠에서 깬 아내가 말했다. 나는 아내에게 드라마의 줄거리를 이야기해주었다. 남자 주인공이 너무 매력 없다는 말도 해주었다. 아내가 좋아하는 탤런트였다. 우리는 중국에서 인기가 있다는 가수들이 나오는 토크쇼와 시사 다큐 프로그램과 시트콤을 번갈아가면서 보았다. 리모컨을 누르는 사람은 주로 아내였다. 텔레비전 정규방송이 모두 끝나자 나는 아내를 안아 침대에 뉘어주었다. 당신, 아까 산책하러 가서 왜 그렇게 늦었어? 졸린 목소리로 아내가 물었다. 응, 뒷산을 산책하다가 호랑이를 만났어. 역시 졸린 목소리로 내가 대답했다. 정말이야? 나는 아내의 말에 대답하지 않았다. 아내와 내가 가입한 인터넷 동호회의 첫번째 규칙을 나는 잊지 않고 있었다.

만년 소년

그는 아이를 안았다. 그리고 달리기 시작했다.

아이의 귀에 대고 이렇게 속삭였다. 난 나쁜 아저씨가 아니야.

아이가 울음을 터뜨렸다. 아이의 눈물에 그의 어깨가 젖기 시작했다.

눈물은 따뜻했다.

그는 계약서에 도장을 찍었다. 이날을 위해 새로 판 도장이었다. 서른 셋에 집을 산다는 것은 쉬운 일이 아니었다. 그는 계약서에 선명하게 찍힌 이름을 들여다보았다. 정우연. 처음으로 자신의 이름이 자랑스럽게 느껴졌다. 우연은 그가 살던 동네에 있던 의상실 이름이었다. 그의 어머니는 이름 따위에 큰 의미를 두는 사람이 아니었다. 그가 어머니를 만난 것은 네 살 때였다. 다른 아이들보다 키가 워낙 작아서 나이를 짐작하기 힘들었으므로 어쩌면 다섯 살이었는지도 모른다. 그는 버스정류장에 쪼그리고 앉아 울고 있었다. 하루 종일 비가 오던 날이었다. 옷이 비에 젖어서, 바람이 불 때마다 서늘한 기운이 몸 속으로 스며들었다. 버스를 기다리던 아주머니가 손수건을 꺼내 그의 젖은 머리를 닦아주었다. 이름이 뭐니? 아주머니가 물었지만 그는 대답하지 못했다. 비가 머릿속에 있는 기억들을 다 지워버린 듯했다. 아주머니가 그의 손을 잡으며 말했다. 나랑 같이 가자. 맞잡은 손은 따뜻했다. 덜덜 떨리던 입술이 멈췄다. 버스를 두 번 갈아탄 뒤에 그는 낯선 동네에 도착했다. 우산이 뒤집힐 정도로 세찬 바람이 불었고, 그 바람에 길가에 세워져 있던 입간판이 그의 다리를 스치며 넘어졌다. 간판에는 '우연의상실'이라고 적혀 있었다. 그렇게 해서 그의 이름이 지어졌다. 일 년 후, 의상실 주인은 동네 사람들의 곗돈을 가지고 야반도주를 했다. 돈을 떼인 사람들이 간판을 발로 걷어차며 화풀이를 했다. 축하합니다. 부동산 중개인이 계약서를 봉투에 담아 그에게 건네주었다. 그는 성실했다. 이건 우연히 일어난 일이 아니었다.

집은 변하지 않았다. 다만 집 주변이 변했을 뿐이다. 논과 밭이었던 아랫동네는 아파트 단지가 되었다. 우연의상실이 있던 건물은 도로에 편입되면서 반쪽만 남았고, 주인이 늘 파리채를 들고 있었던 구멍가게는 빌라가 되었다. 옆집도 또 그 옆집도 모두 다세대주택으로 변했다. 옛날에는 모두 비슷한 모양의 집들이었다. 건축업자가 같았기 때문이었다. 술에 취한 남편들이 자기 집을 잘못 찾아 들어가는 일도 있었다. 하지만 지금은 그의 집만 옛 모습을 그대로 유지하고 있었다. 낡은 농이 마당 한쪽에 버려져 있었다. 그는 반쯤 열린 농 문을 열어보았다. 농 안에는 낡은 담요가 한 장 깔려 있었다. 먼저 살던 사람이 개집으로 썼던 모양이었다. 그는 길쭉하게 올라와 있는 달맞이꽃대를 밟으면서 마당을 둘러보았다. 예전에 사과나무가 있던 자리가 어디였는지 잘 기억나지 않았다.

늘 술을 마시는 남자가 있었다. 그가 집주인이었다. 그는 어머니와 함께 작은 방에서 세를 살았다. 어머니는 갈빗집에서 일을 했다. 집에 돌아온 어머니를 안고 자면 고기 냄새가 났고 그 냄새만 맡아도 배가 고프지 않았다. 그는 현관문을 열고 집 안으로 들어갔다. 커튼을 열자 나뭇결을 따라 벗겨진 니스 칠의 흔적이 햇빛에 드러났다. 작은방 문을 열자, 삭을 대로 삭은 눅눅한 곰팡이 냄새가 재빨리 그에게로 옮겨왔다. 스스로 세월의 한숨을 받아들이는 자에게서 나는 그런 냄새였다. 그는 입을 틀어막고 기침을 했다. 바닥 하나는 끝내주게 따뜻했던 방이었다. 잔뜩 비를 맞은 그는 이 방에서 이불을 뒤집어쓴 채 어머니가 갓 지어준 밥을 먹었다. 맞는 옷이 없었으므로 벌거벗은 채였다. 맨살에 느껴지는 방바닥의 열기. 살이 델 듯 아파 자주 엉덩이를 들썩거렸던 기억이 지금도 생생했다. 조금만 수리를 하면 될 거야. 그는 상상했던 것보다 훨씬 작은 방을 보면서 중얼거렸다. 며칠만 지나면 조금씩 번져가는 곰팡이도 사라질 것이고, 방바닥도 금방 따뜻해질 것이다.

수리업자는 집을 둘러보고 난 다음 고개를 흔들었다.

"손보려면 끝도 없어. 이 참에 새로 짓지?"

업자는 문을 열었다 닫았다를 반복했다. 그리고는 이쪽 끝에서 저쪽 끝까지 마루 위를 걸어보았다. 뒤틀린 나무들이 부딪치면서 괴상한 울음소리를 만들어냈다. 업자는 그를 알아보지 못했지만 그는 업자가 누구인지 단박에 알았다. 옛날, 그가 어렸을 적에 보일러를 고치러 왔던 사내였다. 그때 사내는 아버지 밑에서 일을 배우는 건실한 청년이었다. 턱 밑에 깊은 상처가 있었는데, 무슨 일을 심각하게 생각할 때면 그 상처를 긁는 버릇이 있었다. 시멘트 반죽을 하다 말고, 보일러 관을 깔다 말고 사내는 턱을 자주 긁었다. 평생 보일러를 고쳐왔다는 사내의 아버지는 사내에게 자주 이런 말을 했다. 기술을 배워야 해. 그게 최고야. 아버지의 말대로 사내는 기술자가 되었다.

그는 연한 분홍색이 감도는 벽지를 골랐다. 천장은 벽보다 조금 더 짙은 색으로 골라 배색을 맞추었다. 도배는 사내의 부인이 와서 했다. 사내는 마루를 뜯어내고 보일러를 깔았다. 체리색 원목으로 바닥을 깔고, 벽은 석고 보드를 댄 다음 그 위에 실크벽지로 도배를 했다. 그러자 거실이 환하게 되살아났다. 가장 신경을 쓴 곳은 부엌이었다. 어머니의 키에 맞춰 다소 낮게 제작된 싱크대를 들여오고, 식기세척기와 도마살균기까지 설치했다. 화장실엔 미끄러지지 않는 타일을 깔았다. 욕조는 안마 기능을 갖춘 것으로 골랐다. 아버지는 보일러 수리공이었지만 사내는 종합 인테리어를 할 줄 아는 실력 있는 기술자로 거듭났다. 그는 집을 수리하는 동안 마당에 텐트를 치고 그곳에서 잠을 잤다. 식사 때가 되면 코펠을 꺼내 밥을 하기도 하고, 인근 중국집에서 배달을 시켜 먹기도 했다. 잠이 오지 않는 밤이면 텐트 밖으로 머리를 내밀어 별을 헤아리기도 했다. 마당에 쌓인 쓰레기들을 태워 불을 쬐면, 연기가 바람을 타고 다세대주택들 사이를 돌고 돌았다. 집을 다 수리하고 나자 사내는 처음 약속한 것보다 많은 액수의 돈을 요구했다.

"생각보다 손볼 곳이 많았어."

사내는 하나마나 한 변명을 했다.

"언제 한번 보신탕에 술 한잔 거하게 사죠."

그는 원래 약속한 돈을 그에게 내밀었다. 사내는 봉투를 받으면서 탐탁지 않은 목소리로 대꾸했다.

"난 보신탕 안 먹네."

그는 장갑을 꼈다. 최고급 브랜드의 가죽장갑이었다. 장갑을 코에 대고 숨을 한 번 들이마시자 마음이 차분해졌다. 그 기분이 사라지기 전에 재빨리 문을 땄다. 오 초가 걸리지 않았다. 옆에 있던 장이 하! 하고 나지막하게 소리를 냈다. 현관 앞에 전신거울이 놓여 있었다. 때문에 집 안으로 들어서면서 그는 제일 먼저 자신의 모습을 정면으로 보았다. 그와 장이 가장 싫어하는 것이 바로 이 전신거울이었다. 그의 뒤를 따라 들어왔던 장이 거울을 뒤집어 벽을 향하게 했다. 사소한 단서 하나에서도 의미를 찾는 형사가 있다면, 매번 거울을 뒤집어놓는 범인의 심리에 대해서는 뭐라고 추리를 할까? 그는 장이 거울을 뒤집는 모습을 보면서 그런 생각을 잠깐 했다.

　거실 중앙에 웨딩 사진이 걸려 있었다. 신부가 예쁘구만. 사진을 보던 장이 말했다. 안방에는 새 가구 냄새가 은은하게 배어 있었다. 신혼 살림은 구질구질한 물건이 없어서 좋았다. 그는 아직 손때가 묻지 않은 농 손잡이를 만져보았다. 요즘 신혼집들엔 체리색의 농과 '여자라서 행복해요'라고 선전을 해대는 커다란 냉장고가 있었다. 그는 농 안쪽에서 패물함을 찾아냈다. 다이아몬드, 진주, 사파이어 세트가 있었다. 그는 그중에서 진주 세트를 남겨두고 나머지를 가방에 담았다. 화장대를 열어보니 백금으로 만든 팔찌가 두 개 있었는데 그 가운데서 한 개만을 꺼냈다. 전부 훔치지 않는 것은 일종의 작업원칙이었다. 그래야 마음이 편안했다. 다른 방으로 건너간 장이 흰 봉투를 흔들면서 나왔다. 오십만원은 되는 듯했다. 그는 보석들을 얼마에 팔 수 있을지 가늠해보았다.

"됐다, 그만 하자."

그의 말에 장이 고개를 끄덕였다.

그는 소파에 앉아 텔레비전을 보았다. 수십 개의 채널이 나온다고 선전을 하는 위성 채널이 달린 텔레비전이었다. 다섯 명의 여자가 러닝머신 위를 달리고 있었다. 화면 왼편에 가격을 알리는 숫자가 깜빡거렸다. 그에게 최고급 가죽장갑을 사준 여자의 소원은 살을 빼는 거였다. 물만 먹어도 자꾸 살이 쪄. 여자는 음식을 먹기 전에 항상 똑같은 말을 했다. 여자가 그 말을 할 때마다 그는 이렇게 대꾸했다. 진짜 그런 것 같아. 도대체 지금 몸무게가 얼마야? 여자가 사준 가죽장갑을 끼고 일을 할 때면 그는 여자가 자기와 공범이라는 느낌이 들곤 했다. 그 기분이 그리 나쁘지는 않았다. 그는 가방에서 다이아몬드 반지를 꺼냈다. 여자의 손가락에는 맞지 않을 듯싶었다. 어쩌면 새끼손가락에는 들어갈지 몰라. 그렇게 생각하며 그는 다이아몬드 반지를 바지주머니에 넣었다. 러닝머신 위를 달리고 있는 여자들을 보고 있자니 졸음이 몰려왔다. 그는 졸린 눈을 비비며 하품을 했다.

장은 식탁에 앉아서 오렌지주스와 도넛을 먹고 있었다. 냉장고에 별로 먹을 게 없어. 장이 투덜댔다. 다른 사람들 집에 들어오면, 그는 언제나 졸렸고 장은 언제나 허기가 졌다. 장의 목표는 큰아버지의 집을 터는 거였다. 부모님의 유산을 고스란히 물려받은 장의 큰아버지는 서울 강남에 빌딩을 다섯 채나 가지고 있는 부자였다. 장의 아버지가 교통사고로 뇌사 판정을 받았을 때, 장은 큰아버지를 찾아가 큰절을 하고 처음이자 마지막으로 부탁을 했다. 하지만 큰아버지의 거절은 단호했다. 어차피 살지 못할 운명이다. 난 확실하지 못한 곳에 돈을 쏟아붓는 짓은 안 한다. 결국 장은 아버지의 산소호흡기를 떼어냈다. 장의 큰아버지 집은 최신 경비장치로 둘러싸여 있었다. 장은 그 경비를 뚫고 유유히 집으로 걸어 들어가 안방에 감춰져 있는 금고 두 개를 터는 꿈을 매일 꾸었다. 하지만 이제 장은 더이상 그런 꿈을 꿀 수가 없다. 장의 큰아버지 회사가 부도로 넘어갔고, 장이 훔쳐야 할 모든 물건들에는 붉은 딱지가 붙어버렸다.

"그래, 내가 부탁한 거는 알아봤어?"

그는 냉장고 쪽으로 걸어가면서 말했다. 도넛을 다 먹은 장이 냉장고 에서 다른 먹을 것들을 뒤지고 있는 중이었다.

"조금만 기다려. 곧 연락이 올 것 같아."

냉장고에 얼굴을 박고 장이 대답했다. 장은 바나나우유를 꺼내더니 문을 신경질적으로 세게 닫았다. 먹을 거 드럽게 없네. 냉장고 문에 붙어 있던 사진이 바닥으로 떨어졌다. 이국적인 바다를 배경으로 젊은 남녀가 어깨동무를 하고 있는 사진이었다. 그는 사진을 집어들었다. 장의 말대로 신부가 꽤 미인이었다. 몇 년 후면 그 사진 속의 인물이 자신이었다는 사실이 믿기 힘들어질 테지만. 그는 사진을 안주머니에 넣었다. 어느 나라인지 모르겠지만 바다 색이 마음에 들었다. 가게 되면 이곳으로 신혼 여행을 가야지. 수영복을 입기에 여자는 너무 뚱뚱했다. 다이어트를 시켜야겠어. 그는 그렇게 중얼거렸다.

그는 여자와 함께 오피스텔 기공식에 참석했다. 삼층과 사층 건물 사이, 100평이 조금 넘을 듯한 공간에 서른 개의 테이블이 놓여 있었다. 테이블 위에는 풍선이 장식되어 있고, 입구에는 '다이아 건설회사 오피스텔 기공식'이라는 플래카드가 붙어 있었다. 말이 건설회사지 원래는 고리대금업으로 악명 높은 곳이었다. 집을 담보로 돈을 빌려준 뒤, 돈을 못 갚는 사람들을 협박해서 거의 헐값에 담보로 잡힌 집을 넘겨받는 식이었다. 여자는 사장의 비서였다. 사장은 소문난 바람둥이였다. 여자가 비서가 될 수 있었던 것은 사장의 바람기 덕분이었다. 비서들을 음흉한 눈길로 바라보는 남편을 못마땅하게 여긴 사장의 부인이 경리과에 있던 여자를 비서로 뽑았다. 사장 부인은 뚱뚱하고 눈이 작은 여자를 아주 마음에 들어했다.

그는 여자에게 다이아몬드 반지를 내밀었다. 예상했던 대로 반지는 손가락에 맞지 않았다.

"다이어트해서 껴."

여자는 조금도 감동하지 않는 눈치였다. 커피는 밍밍했고, 케이크는 너무 달았다. 테이블에는 해를 가리는 파라솔이 없어서 가만있어도 저절로 얼굴이 찡그려졌다. 게다가 사장은 말이 많았다. 프러포즈를 하기에는 적절하지 않았다. 여자는 다섯 조각째 케이크를 먹으면서 물었다.

"그래, 이 반지의 의미가 뭐야?"

그는 지난번 신혼집에서 훔쳐온 사진을 보여주었다.

"이런 바닷가로 신혼여행 가면 좋지 않을까?"

여자는 손을 들어 종업원을 부르더니 커피와 케이크를 더 부탁했다.

"다이어트를 할 생각이야."

종업원의 뒷모습을 보면서 여자가 말했다. 그는 크림이 묻은 여자의

214

입술을 보면서 생각했다. 니가 다이어트를 하는 것보다 새 반지를 훔치는 게 더 쉽겠다!

"그럼, 더 멋진 반지를 선물해줄게."

그는 반쯤 마신 커피잔에 설탕을 넣으면서 웃었다. 긴장을 하면 단 음식을 먹어야 진정이 되었다. 그래도 떨리긴 하는 모양이지! 달콤해진 커피를 마시면서 그는 속으로 웃었다.

"아니, 반지는 필요 없어. 다이어트를 해서 너보다 괜찮은 놈을 골라볼 생각이니까."

여자가 여섯 조각째 케이크를 먹으면서 말했다. 기공식이 끝날 때까지 그는 더이상 아무 말도 하지 않았다. 사장이 여자에게 다가와 어깨를 한번 툭 치고는 지나갔다. 그에게 기술을 가르쳐준 선배는 이런 말을 했었다. 훔친 물건을 절대 애인에게 선물하지 말아라. 그러면 반드시 애인이 떠난다. 역시 오래 산 사람들의 말은 무조건 믿어야 했다. 집으로 돌아오는 길에서야 그는 반지와 사진을 되돌려받지 않았다는 사실을 깨달았다. 치사한 년. 그는 바닥에 침을 뱉었다. 교복을 입은 여학생들이 그를 힐끗 쳐다보았다.

그는 버스정류장에 오랫동안 앉아 있었다. 아무리 생각을 해봐도, 어떻게 해서 혼자 버스정류장에서 울고 있었는지 기억나지 않았다. 비가 오는 날이었는데도 어떻게 손에 우산 하나 쥐어져 있지 않았는지도 기억나지 않았다. 그는 아무 버스나 타고 종점까지 갔다. 그리고 거기에서 출발하는 버스를 타고 또다른 종점까지 갔다. 라디오에서는 청취자들을 상대로 퀴즈대회를 하고 있었다. 문제가 쉬워서 그도 다섯 문제나 맞추었다. 5승을 한 주부가 상품으로 발리 무료 여행권을 받았다. 6승을 하면 동남아 일주 여행권을 받고, 7승을 하면 유럽 여행권을 받는다고 사회자는 말했다. 7승을 해서 유럽 여행권을 받으면 새로운 여자친구를 사귀리라. 그런 결심을 하면서 그는 사회자가 불러주는 전화번호를 휴대폰에 입력했다. 입력을 마치기 전에 휴대폰이 울렸다. 찾았어. 장의 들뜬 목소리가 들려왔다.

　그는 구멍가게 앞에 놓인 의자에 앉아서 맞은편 건물을 바라보았다. 전자밥통을 만드는 회사였다. 그는 장이 건네준 사진을 들여다보았다. 사진 속에 있는 사람은 그의 동생이었다. 각도를 보니 지금 그가 앉아 있는 자리에서 찍은 듯했다. 사진 속의 동생은 횡단보도에 서서 하늘을 올려다보고 있었다. 장의 말에 의하면 동생은 전자밥통 회사에서 연구원으로 일하고 있다고 했다. 그는 지갑에서 동생의 어린 시절 사진을 꺼냈다. 어린 동생은 멜빵바지를 입고 미끄럼틀 앞에 서서 수줍게 웃고 있었다. 네 살이나 다섯 살쯤. 사진에서는 아주 희미하게 레몬 향의 세제 냄새가 나는 듯했다. 그는 두 사진을 번갈아가며 보았다. 적당히 살이 쪄서 뾰족했던 턱 선은 찾아볼 수 없었지만, 툭 불거진 이마와 약간 처진 눈은 어렸을 적 그대로였다. 그는 동생을 기다리면서 다섯 종류의 캔커피와 세 종류의 매실음료를 마셨다. 화장실에 가고 싶었지만 참았다.

　여덟시가 넘어서 동생은 다섯 명의 사람들과 함께 퇴근을 했다. 동생은 그들과 함께 정류장 근처에 있는 맥줏집으로 들어갔다. 그는 동생을 대각선으로 볼 수 있는 자리에 앉았다. 화장실에 가기 위해 자리에서 일어나는 동생과 눈이 마주쳤지만 동생은 그를 알아보지 못했다. 웃을 때 고개를 숙이던 버릇은 아직 그대로였다. 맥주 한 조끼를 마시는 데 십 분도 걸리지 않았다. 술 좋아하는 건 나랑 똑같네. 그런 생각을 하자 자기도 모르게 웃음이 났다. 그는 동생이 마시는 속도에 맞춰 맥주를 마셨다. 소시지를 좋아하던 식성도 여전해서 다른 안주는 건드리지 않고 오직 소시지 쪽으로만 포크질을 했다. 열시가 조금 넘자 술자리가 끝났다. 어떤 사람은 택시를 탔고, 어떤 사람은 버스를 탔고, 어떤 사람은 걸어갔다. 동생은 일행이 모두 사라질 때까지 버스정류장에 앉아서 담배를 피웠다.

"불 좀 빌립시다."

그는 동생에게 담뱃불을 빌렸다. 자세히 보니 눈 밑에 있던 점이 없어졌다. 동생은 39번 버스를 타고 다섯 정거장을 간 다음에 내렸다. 그리고는 15평 임대 아파트로 들어갔다. 그는 놀이터 그네에 앉아서 동생이 사는 1106호를 올려다보았다. 얼마 지나지 않아 1106호의 거실 불이 켜졌다.

남자아이가 다가와 옆 그네에 앉았다. 엄마로 보이는 여자가 그네를 밀었다. 그도 아이와 보조를 맞춰 그네를 흔들었다. 두 그네가 나란히 올라갔다 내려왔다. 에춰! 아이가 기침을 했다. 밤 기운이 찼지만, 아이도 엄마도 외투를 걸치지 않았다. 그네가 뒤로 갈 때마다 눈에 여자가 들어왔다. 머리는 헝클어져 있고 몸을 움직일 때마다 목 언저리에 푸르스름한 멍이 언뜻 보였다. 가로등이 미끄럼틀을 비추고, 미끄럼틀의 그림자가 길게 늘어져 여자의 몸을 통과했다. 그래도 목에 있는 멍을 감추지는 못했다. 에춰! 에춰! 아이는 이번에는 연달아 두 번 기침을 했다. 그는 점퍼를 벗어 아이에게 주었다. 이거 입어라. 여자가 그네를 멈추더니 아이를 안았다. 그리고는 뒤도 돌아보지 않고 아파트 상가 쪽을 향해 걸어갔다. 아이와 엄마가 상가 뒤편으로 사라지는 것을 보고 난 뒤에 그는 그네에서 일어났다. 그리고는 동생이 조금 전에 들어간 그곳으로 걸어가 엘리베이터 버튼을 눌렀다.

동생은 그를 형이라고 부르지 않았다. 한 손에 동그란 딱지를 쥔 채 그저 울기만 했다. 어머니는 동생의 손바닥 위에 그의 손바닥을 올려놓으면서 말했다. 사이좋게 지내라. 동생은 자기 이름을 기억하지 못했다. 동생이 기억하는 거라곤 작년 여름 수영장에 갔다는 사실뿐이었다. 이름이 뭐야? 그렇게 물으면 동생은 손가락 다섯 개를 펼쳐 보였다. 그럼, 형이라고 불러. 하지만 동생은 입술을 내밀고는 고개를 흔들었다. 동생은 그보다 키가 더 컸다. 어머니는 동생에게 태연이라는 이름을 지어주었다. 태연은 어머니가 저녁마다 눈물을 흘리면서 보았던 드라마의 주인공 이름이었다. 그는 그 이름이 마음에 들지 않았다. 드라마 속의 태연이라는 남자는 무슨 병에 걸렸고 몇 주가 지나면 곧 죽을 운명이었다. 하지만 우연, 태연, 이렇게 이름을 말하면 사람들이 금방 형제라는 걸 알아차렸다. 그건 기분 좋은 일이었다.

동생은 사과나무를 좋아했다. 주인집 남자는 사과나무 아래에서 술을 마셨다. 부인이 죽고 난 다음부터 일도 하지 않고 술만 마신다고 동네 사람들이 수군거렸다. 동생은 남자에게 수영장에 갔던 이야기를 몇 번이나 되풀이해서 말했다. 물에 빠져 죽을 뻔했고, 태어나서 처음으로 핫도그

218

라는 것을 먹었고, 아버지의 어깨에 앉아 사진을 찍기도 했다는 이야기들을. 하지만 남자는 동생의 이야기를 거의 알아듣지 못했다. 이 사과나무는 우리 집사람이 심었단다. 남자는 엉뚱한 대답만 했다. 동생은 남자의 팔을 베고 낮잠 자는 것을 좋아했다. 아저씨 같은 냄새가 났어요, 우리 아버지도. 남자의 팔에 안겨 동생은 말했다.

사과꽃이 거의 질 무렵이었다. 그날도 동생은 남자의 팔을 베고 낮잠을 자고 있었다. 어, 어! 동생이 소리를 질렀다. 땅강아지가 마당 저쪽 끝에서 이쪽 끝으로 이동하는 것을 지켜보고 있던 그가 고개를 돌려 동생을 보았다. 동생에게 팔베개를 해준 남자의 팔이 안쪽으로 꺾여 있었다. 동생은 잠든 남자의 팔을 풀지 못했다. 나 좀 꺼내줘. 동생이 허공을 향해 두 다리를 휘저으며 말했다. 그는 땅강아지가 쉽게 앞으로 갈 수 있도록 돌이나 나뭇가지를 치우면서 동생의 말을 못 들은 척했다. 마침내 동생이 두 다리로 평상을 내리치기 시작했다. 형이라고 부르면. 그는 뒤돌아보지 않고 말했다. 형! 동생이 마지못해 대답했다. 처음으로 동생이 그에게 형이라고 불렀다. 그는 평상으로 다가가 주인집 남자의 팔을 잡아당겼다. 움직이지 않았다. 그는 남자의 눈을 보았다. 검은자위가 보이지 않았다. 겁에 질린 그의 얼굴을 본 동생이 울기 시작했다. 바람이 불었다. 마지막까지 안간힘을 쓰며 나무에 매달려 있던 꽃잎들이 죽은 남자의 몸 위로 떨어졌다.

동생의 부모님이 찾아온 것은 이 년이 지난 후였다. 점심을 먹고 있는데 감색 양복을 입은 남자와 보라색 정장을 입은 여자가 현관문을 열었다. 그들은 남동생을 끌어안고 울기 시작했다. 동생은 수영장에 같이 갔다던 부모님의 얼굴을 알아보지 못했다. 동네 사람들이 그의 집을 기웃거렸다. 형, 가기 싫어. 동생은 그의 손을 붙잡고 울었다. 엄마! 동생이 어머니의 치마를 붙잡고 놓지 않자, 동생의 친어머니가 동생을 끌어안고 울기 시작했다. 엄마는 나란다. 니 엄마는 나란다.

신고를 한 사람은 옆집에 새로 이사를 온 아주머니였다. 집들이 선물로 세제 다섯 상자가 들어왔는데 그 상자마다 동생의 얼굴이 붙어 있었다. 눈 밑에 검은 점이 있어서 금방 알아보았다고 했다. 전국적으로 '미아 찾기 캠페인'이 시작되던 해였다. 동생의 사진은 열다섯 명의 아이들과 함께 세제 상자에 찍혀 전국으로 퍼져나갔다. 동생이 부모님과 함께 집으로 돌아간 뒤, 그는 담을 넘어 옆집으로 갔다. 현관문은 잠겨 있었다. 옷핀을 열쇠구멍에 넣고 아무렇게나 돌렸더니 문이 열렸다. 철컥, 문이 열리는 소리는 매력적이었다. 어둠 속에서 오로지 차가운 금속성의 물건들만 깨어나는 것 같았다. 그 소리는 숨소리를 안으로 감추게 만들었다. 그는 어둠에 감춰져 있던 사물들의 윤곽이 선명하게 되살아나는 순간을 기다리며 숨을 멈추었다. 불안한 기운이 혈관을 타고 온몸으로 퍼졌고 그 순간 발바닥이 간지러웠다. 그는 세제 다섯 상자를 뜯어 마루에 뿌렸다. 상자 뒤에는 잃어버린 아이들을 찾습니다, 라는 글이 적혀 있었다. 사진 속의 동생은 처음 그에게 왔던 날 입었던 멜빵바지를 입고 있었다. 그는 동생의 사진을 오렸다. 거기에는 그가 아는 것과 너무나 다른 사실들이 적혀 있었다. 이름도 달랐고, 나이도 달랐고, 생일도 달랐다.

우유곽에도 잃어버린 아이들의 얼굴이 그려졌다. 그는 하루에 한 잔씩 우유를 마셨다. 우유를 마시기 전에 곽에 새겨진 아이들의 얼굴을 찬찬히 살폈다. 하지만 자신과 비슷하게 생긴 아이는 없었다. 대신, 키가 자라기 시작했다. 몇 년이 지나자 또래 중에서 가장 키가 큰 아이가 되었다. 모두 우유 덕분이었다.

그는 1106호를 오랫동안 쳐다보았다. 초인종이 고장났는지 노란색 테이프가 붙어 있었다. 그는 문 아래에 달린 우유 투입구를 발로 찼다. 안에서 누구세요? 라고 묻는 소리가 났다. 그 소리에 놀라 그는 한 발짝 뒤로 물러섰다. 다시 한번 누구세요? 라는 소리가 들렸다. 이번에는 아까보다 더 가깝게 들렸다.

"태연아!"

그는 동생의 이름을 불렀다.

동생은 아무것도 이해할 수 없다는 표정으로 그를 바라보았다.

"이게 뭐 어쩼다는 겁니까?"

동생은 들고 있던 사진을 탁자 위에 내려놓았다. 탁자에 묻어 있던 물기에 사진 몇 장이 젖었다. 집 수리를 끝내고 그가 찍은 사진들이었다. 겨울이면 추워서 맨발로 디딜 수 없었던 마룻바닥이 이제는 얼마나 따뜻해졌는지 사진만 보아도 알 수 있을 정도였다. 욕실을 찍을 때에는 뜨거운 물이 나오도록 수도꼭지를 틀어놓았다. 물론 사진 속에서 그것이 뜨거운 물인지 차가운 물인지는 알 수 없지만. 그는 그 사진들을 천천히 주워모았다. 물기에 젖은 사진을 바지에 문질러 닦았다.

"눈 밑에 있는 점, 뺐구나."

그는 동생의 오른쪽 눈 밑을 손가락으로 가리켰다.

"난 원래 점 없었어요."

동생은 무뚝뚝하게 말했다. 하지만 점이 있던 자리에 난 희미한 자국을 그는 놓치지 않고 보았다.

"이건 초등학교 다닐 적에 난 상처예요. 짝이 연필로 눈 밑을 찔러서……"

동생은 많은 것들을 잘못 기억하고 있었다. 사과나무 아래서 죽은 주인집 남자를 어머니의 남편으로 알고 있었다. 자기가 얼마나 남자를 따라다녔는지도 기억하지 못했다.

"얼마나 오랫동안 그 남자가 내 목을 졸라대는 악몽에 시달려야 했는지 아세요?"

동생은 그로 인해 다시 그런 꿈을 꾸게 될 것이 두려운 듯 고개를 흔들어댔다. 동생의 바지주머니에서 휴대폰이 울리기 시작했다. 벨소리가 익숙한 멜로디였다. 동생은 전화를 받지 않았다.

"그 사람은 그냥…… 옆방 아저씨였다. 그리고 너는 그 아저씨를 무척 좋아했어."

그러나 그의 말은 휴대폰 벨소리에 묻혀버렸다. 그는 손에 들고 있던 사진들을 안주머니에 넣으려 했지만, 점퍼의 지퍼가 쉽게 내려가지 않았다.

"어머니가 너를 보고 싶어해."

그의 말이 끝나기도 전에 다시 휴대폰이 울렸다.

"몇 번이나 말해야 되나요. 다시 전화하지 말아요."

동생은 전화기에 대고 소리를 질렀다. 그리고는 신경질적으로 휴대폰의 폴더를 닫았다. 동생의 눈 밑이 파르르 떨렸다.

"그 여자는, 나를, 경찰에 신고하지 않았어요. 우리 부모님이, 고아원이라는 고아원은 모조리 찾아다니는 동안 오로지 나를 숨길 생각만 했어요. 나를, 집으로, 되돌려보내지 않았다구요."

동생의 얼굴에 붉은 반점이 생겨났다. 동생은 가슴에 손을 얹고 크게 심호흡을 했다. 그리고는 그를 향해 고개를 숙여 정중하게 인사를 했다.

"안녕히 가세요."

그는 천천히 신발을 신었다. 현관에는 전신거울이 없었다. 그래서 그는 자신의 모습을 볼 수 없었다. 만약 거울이 있었다면 그는 장이 그랬던 것처럼 그 거울을 뒤집었을 것이다. 그는 돌아서는 동생의 어깨를 잡고 지그시 눌렀다.

"딱 한 번만. 부탁이다."

퇴원을 하겠다고 하자 의사는 말리지 않았다. 의사는 키가 컸는데 환자들과 이야기를 할 때면 무릎을 약간 굽혀 눈을 맞춰주곤 했다. 어머니는 그를 무척 좋아했다.

"어머니, 안녕히 가세요."

의사는 어머니의 손을 붙잡고 마지막 인사를 했다.

"딸이 있으면 사위 삼고 싶어."

어머니가 의사의 등을 쓰다듬으면서 마지막 인사를 했다. 그도 의사에게 허리 굽혀 인사를 했다.

차에서 내리자, 그는 어머니를 업었다. 꽉 잡아요. 그는 천천히, 일부러 가쁜 숨을 쉬어가며 걸었다. 포클레인이 집을 부수고 있었다. 먼지가 일었다. 그의 어머니가 등에 얼굴을 파묻었다. 그는 예전에 누가 살았던 집인지 기억해보려 했지만 생각나질 않았다. 여기, 기억나요. 혹시 점쟁이 할머니가 살았던 집 아니에요? 이 집엔 내 또래의 여자아이가 있었던 것 같기도 하고. 잠든 어머니가 코를 골기 시작했다. 그는 등에서 가벼운 진동을 느꼈다.

"우와, 엄마. 왜 이렇게 무거워. 힘들어 죽겠네."

그는 집 앞에 서서 걸음을 멈추었다.

"미, 안, 해."

잠에서 깬 어머니가 천천히 말을 했다. 그는 아주 오래 전부터 그 말을 듣고 싶었다. 눈물이 조금 났지만 바람이 불어 금방 말랐다.

어머니의 키에 맞게 제작된 싱크대는 그에게 너무 낮았다. 조금만 일을 해도 허리가 금방 아파왔다. 그는 잡채를 만들었다. 채소를 볶고 당면을 삶는 데만 한 시간이 넘게 걸렸다. 소시지에 달걀을 입혀 부쳤다. 어렸을 적에 먹던 분홍색 소시지를 파는 곳은 많지 않았다. 소시지를 사기 위해 그는 택시를 타고 대형 할인 마트에 갔었다. 꽁치 통조림을 넣어 김치찌개를 끓인 다음 밥을 지었다. 잡곡을 넣지 않은 하얀 쌀밥을 하기로 했다. 어머니를 위해 흰죽에 미역국을 따로 준비하는 것도 잊지 않았다. 마침내 초인종 소리가 들렸다. 동생은 과일바구니를 사가지고 왔다.

"어머니, 태연이가 왔어요."

그는 안방 문을 열었다. 며칠이 지나지 않았는데도 방에서는 벌써 시큼한 냄새가 나기 시작했다. 동생이 코를 씰룩거렸다. 그는 베개를 여러 개 겹쳐 등받이를 만든 다음 어머니를 비스듬히 앉혀드렸다. 동생이 큰 절을 올렸다.

셋은 식탁에 앉았다. 살이 빠져 오래 앉아 있으면 엉덩이가 아프다는 어머니를 위해 그는 의자에 방석을 세 겹으로 깔았다.

"많이 먹어라."

어머니가 동생의 등을 쓰다듬으면서 말했다. 동생이 말없이 고개만 끄떡였다.

"예!"

대신 그가 큰 소리로 대답했다.

소시지는 어릴 때 먹던 그 맛이 아니었다. 씹을 때마다 인공 조미료 냄새가 심하게 났다. 잡채는 당면이 너무 삶아졌는지 면이 불어버렸다. 어묵볶음은 짰고 김치찌개는 비렸다. 동생은 반찬에는 젓가락을 대지 않고 맨밥만 먹었다. 어머니는 자주 트림을 했다. 밥공기에 숟가락 부딪치는 소리가 유난히 크게 들렸다. 갑자기, 그는 셋이 같이 밥을 먹던 어느 여름날이 떠올랐다. 선풍기가 돌아가고 있었다. 반찬으로는 달걀말이와 멸치볶음이 있었고 국은 미역냉국이었다. 낮이었는데 어쩐 일인지 어머니가 일을 나가지 않았다. 파리들이 밥상 주위를 맴돌았다. 파리가 달걀말이에 앉자 동생이 말했다. 파리들도 달걀말이가 먹고 싶나봐. 그 말에 어머니가 웃었다. 그는 손을 휘저어 파리들을 쫓았다. 파리들이 서로 엉겨가며 날갯짓을 해댔다. 그러다가 갑자기 동생의 국그릇에 파리 한 마리가 빠져버리고 말았다. 동생은 숟가락을 든 채 울먹였다. 날개가 젖은 파리가 빠져나오려고 애를 썼지만, 그러면 그럴수록 점점 날갯짓이 둔해졌다. 파리들도 미역국이 먹고 싶었나봐. 그가 말했지만 어머니도 동생도 웃지 않았다. 어머니는 자신의 국그릇을 동생에게 내밀고는, 동생의 국그릇을 당신 앞으로 가져갔다. 그리고는 국에 빠진 파리를 건져 마당으로 내던지고는 아주 태연하게 남은 국을 후루룩 마셔버렸다.

"왜, 언젠가 태연이 국에 파리가 빠진 적이 있었는데 기억나세요?"

동생은 눈동자를 크게 뜨고는 그가 무슨 말을 하는지 도통 모르겠다는 표정을 지었다. 어머니가 숟가락을 내려놓으면서 말했다.

"그건 태연이 국이 아니지."

그와 어머니는 서로 얼굴을 마주 보고 살짝 미소를 지었다.

"마당에 나무가 있었던 것 같은데……"

동생이 대뜸 말문을 열었다. 그는 마당 왼쪽을 가리키며 말했다.

"아마, 저쪽이었던 것 같아."

동생은 몸을 뒤로 돌려서 그가 손가락으로 가리킨 쪽을 보았다. 거기에는 지난번 쳐놓은 텐트가 아직 그대로 있었다.

"저 자리에 연못을 팔까 해. 어떻게 생각하니?"

고개를 돌려 마당을 바라보던 동생의 입이 달싹거렸지만, 무슨 말을 하는지는 알 수 없었다.

"니들도…… 무슨 나무가 있었다고 그러니."

어머니는 그에게 물컵을 내밀면서 말했다. 그는 어머니의 컵에 물을 가득 따랐다.

"있었는데……"

그와 동생이 동시에 말을 했다. 어머니는 물을 한 모금 마시고는 이마

226

를 찌푸렸다. 영지를 달인 물이었다.

그가 설거지를 하는 동안 동생은 마당을 서성였다. 담벼락에 기대보기도 하고, 지하실 계단을 몇 번이나 반복해서 오르락내리락하기도 했다. 그가 쳐놓은 텐트 안에 들어가 누워보기도 했다. 어머니는 흔들어도 깨어나지 못할 정도로 깊은 잠에 빠졌다. 대문을 나서는 동생의 뒤통수에 대고 그는 말했다.

"니가 원하면 이 집에서 살아도 좋아."

동생은 뒤돌아보지 않고 빠른 걸음으로 골목을 내려갔다.

그는 침대 밑에 누워 잠을 잤다. 어머니는 가볍게 코를 골았다. 보일러를 틀지 않아도 집 안 전체가 훈훈했다. 그는 꿈을 꾸었다. 비가 오는 날이었다. 그는 횡단보도 가운데 서서 울고 있었다. 어디로 가야 할지 몰랐다. 바람이 불자 몸이 저절로 떨렸다. 그때 누군가가 다가와 그를 껴안아주면서 말했다. 그 동안 어디 있었니? 사랑한다, 얘야. 귓속이 따뜻해지는 느낌이었다. 그는 눈을 떴다. 어느새 어머니가 침대에서 내려와 그의 옆에 쪼그린 채로 누워 있었다. 어머니가 숨을 쉴 때마다 그의 귓속으로 따뜻한 온기가 스며들었다.

그는 가죽장갑을 꼈다. 장갑을 코에 대고 깊게 숨을 들이마셨다. 마음이 차분해졌다. 문을 따는 데 오 초도 걸리지 않았다. 다시 오겠다던 동생에게서는 연락이 없었다. 휴대폰도 다른 사람이 받았다. 현관문을 열면서 그는 동생에게 문고리를 바꾸라고 충고해야겠다고 생각했다. 거실을 둘러보다 그는 머리를 긁적거렸다. 지난번 보았던 거실과는 다른 풍경이었다. 그는 다시 밖으로 나가 호수를 확인했다. 1106호. 맞았다. 그때는 분명 소파에 앉아 커피를 마셨는데 그 소파가 없었다. 대신 넓은 쿠션이 놓여 있었다. 거실 벽에는 가족사진이 걸려 있었다. 사진 속의 엄마는 아이의 어깨에 손을 올려놓았고, 아이는 들고 있는 풍선을 바라보고 있었고, 아빠는 모든 것이 만족스럽다는 듯 이를 드러내며 웃고 있었다. 신발장에는 노란색 학원 가방이 걸려 있었다. 김민지. 학원 가방에는 김민지라는 이름 세 글자가 굵게 새겨져 있었다. 사진을 보면서 그는 민지라는 이름을 불러보았다. 풍선을 들고 있는 아이가 그를 보며 살짝 웃는 듯했다.

새로 이사 온 사람은 살림 솜씨가 형편없었다. 가스레인지에 국물이 흘러넘친 자국이 말라붙어 있었고, 싱크대에는 아침에 먹고 그대로 둔 그릇들이 보였다. 냉장고를 열자 뚜껑을 제대로 닫지도 않은 채 넣어둔 반찬그릇들이 보였다. 그는 뒷주머니에서 작은 드라이버를 꺼내 덜그럭거리는 싱크대 문을 고정시켜주었다. 그는 가스레인지에 불을 올렸다. 시금칫국이 알맞게 데워지는 동안 그는 반찬들을 꺼내 식탁에 올려놓았다. 생각보다 음식 맛은 괜찮았다. 한 그릇을 다 먹고 또 한 그릇을 먹었다. 그리고는 먹은 음식을 치우지 않고 그대로 두었다. 그는 동생에게 주려고 가지고 온 봉투를 꺼냈다. 봉투에 그는 이렇게 썼다. '밥값입니다.'

놀이터에 남자아이가 혼자 놀고 있었다. 그는 벤치에 앉아 아이가 놀고 있는 모습을 바라보았다. 아이는 플라스틱 병에 모래를 담아 미끄럼틀로 올라갔다. 그리고는 미끄럼대에 모래를 쏟아붓기 시작했다. 모래들이 바닥으로 떨어졌다. 지난번 밤, 그네를 같이 탔던 아이였다. 아이는 계절에 비해 얇은 옷을 입고 있었다. 그는 주변을 둘러보았다. 어디를 봐도 아이 엄마는 보이지 않았다. 그는 아이에게 다가갔다.

"이름이 뭐야?"

아이는 대답하지 않았다.

"몇살이니?"

아이는 그를 쳐다보지도 않고 플라스틱 병에 모래 담는 일에만 열중했다. 아이가 팔을 움직일 때마다 작고 가는 팔목이 보였다. 그는 그 팔목을 잡았다. 아! 아이가 소리를 질렀다. 그는 아이를 안았다. 그리고 달리기 시작했다. 아이의 귀에 대고 이렇게 속삭였다. 난 나쁜 아저씨가 아니야. 아이가 울음을 터뜨렸다. 아이의 눈물에 그의 어깨가 젖기 시작했다. 눈물은 따뜻했다.

잘가, 또보자

삭제할까요? 그들은 예, 버튼을 눌렀다.

이제 그들의 휴대폰은 영원히 24번지가 비어 있을 것이다.

처음 만났을 때처럼 H는 K의 오른손을 잡고 O는 K의 왼손을 잡았다.

그러자 K가 힘차게 손을 흔들었다.

잘가, 또보자.

*

눈썰매장에는 아무도 없었다. 그들은 녹색 썰매를 들고 언덕을 올라가기 시작했다. 눈썰매장이라고 해봤자 적당히 경사진 언덕에 경계를 두르고 그 안에 눈을 뿌린 것이 전부였다. 앞서 걷던 O가 발을 헛디뎠다. 조심해. 뒤따르던 H가 O의 허리를 붙잡았다. 미끄러지지 않도록 나무로 계단을 만들어놓았지만, 그 위로 눈이 쌓여 오히려 더 위험했다. 무슨 눈썰매장이 이러냐! 구두를 신은 탓에 다른 사람보다 발걸음이 더딘 K가 툴툴거렸다. 누가 구두 신고 오래. W가 뒤로 처진 K를 기다리면서 말했다. K가 다가오자 W는 손을 내밀었다. K는 W에게 눈을 한 번 흘기고는 내민 손을 맞잡았다.

그들은 썰매에 앉아 언덕 아래를 내려다보았다. 통나무로 만든 집들이 나무들 사이로 보였다. 굴뚝에서 연기가 피어오르는 집을 가리키며 H가 말했다. 저게 우리 숙소야? 나머지 세 명이 동시에 응, 하고 대답했다. 연기가 나는 집이 하나밖에 없는 걸로 보아 손님은 그들뿐인 듯했다. 한 해의 마지막 날이었다. 사람들은 일출을 보기 위해 바닷가로 갔다. 누가 새해를 맞으러 이런 곳을 오겠냐. W가 산으로 둘러싸인 사방을 둘러보며 말했다. 그들도 예전에는 일출을 보기 위해 동해로 떠났었다. 포항 호미곶에서 스물두 살을 맞았고, 정동진 바닷가에서 스물다섯 살을 맞았다. 일출을 보면서 간절히 기도도 했다. 물론 이루어진 것은 하나도 없었지만. 작년에는 통신회사에서 주최하는 이벤트에 당첨돼서 밤 버스를 타고 무박 일출여행을 갔다 오기도 했다. 그들은 서해에서도 일출을 볼 수 있다는 사실을 그때 처음 알았다. 구름이 짙은 날이었다. 해는 구름 밖으로 나오지 않았다. 돌아오는 길은 무척 더뎠다. 그들은 휴게소에서 떡국을 사먹었다. 그리고는 다들 체해서 결국 비닐봉지에 조금 전에 먹었던 떡국을 고스란히 토해야 했다. 그뒤로, 그들 네 명은 누군가 일출이라는 말만 해도 멀미가 날 것 같았다. 게다가 더이상 빌 소원도 없었다. 방은 끝내주게 따뜻하겠네. O가 두 손을 뒤로 젖혀 허리를 만지작거리면서 말했다.

누가 가장 빠른지 내기할까?

그럴까?

근데, 뭘 걸지?

음…… 이긴 사람 맘대로.

좋아.

출발! 갑자기 W가 소리를 질렀다. 그리고는 두 발로 땅을 구르며 앞으로 나아갔다. 뒤늦게 사태를 파악한 친구들이 W의 뒤를 따라 움직이기 시작했다. 녹았다 얼었다를 반복한 탓에 눈의 입자는 거칠어져 있었다. H의 썰매가 뒤집혔다. 그 바람에 H는 단단히 뭉쳐 있는 눈더미에 얼굴을 부딪혔다. 학교 다닐 적부터 운동에 소질이 많았던 O가 몸을 뒤로 젖히고 최대한 속력을 냈지만 먼저 출발한 W를 따라잡지는 못했다. 내가 이겼다. 결승점에 도착한 W가 두 주먹을 쥐고는 공중을 향해 휘둘렀다. 뒤늦게 도착한 K가 구두를 벗어 친구들에게 보여주면서 짜증을 냈다. 이것 봐! 굽이 부러졌어. 이거 비싼 건데…… 입술을 삐쭉 내민 K에게 W가 눈을 던졌다.

밤은 일찍 찾아왔다. 해가 지자 시간이 더디 가기 시작했다. 그들은 신문지를 펴고 앉아서 삼겹살을 구웠다. 각자 가지고 오기로 했던 것들이 어긋났다. 아무도 쌀과 김치를 가지고 오지 않았다. 그 대신 두 사람이 삼겹살을 사왔고, 다른 두 사람이 소주를 사왔다. 그래도 반대의 경우보다는 낫지 않니. 그들은 서로를 위로하며 소주잔을 기울였다. 술을 마시다 고개를 돌리면, 거실 유리창에 비친 자신의 얼굴이 보였다. 그들은 자신을 향해, 혹은 친구들의 얼굴을 향해 윙크를 했다. 그들은 삼겹살 십 인분을 남김없이 먹어치웠다. 트림을 할 때마다 돼지고기 냄새가 올라왔다. 고기가 한 점도 남지 않았다는 사실을 확인하고 난 뒤에 그들은 나란히 누워서 윗몸일으키기를 했다. 산책할까? 그 말이 끝나자마자 그들은 밖으로 나갔다. 생각보다 추웠다. 옆에 있는 친구가 보이지 않을 정도로 어둠은 촘촘했다. 으, 추워! 그들은 제자리뛰기를 몇 번 하고는 바로 숙소로 되돌아왔다.

왜 이렇게 후줄근하냐! 누군가 말했다. 그러게! 누군가 대답했다. 그들은 동시에 한숨을 쉬었다. 방은 따뜻하다 못해 너무 더웠다. 그들은 번갈아가면서 눈을 떴고 친구들의 발을 밟아가며 부엌으로 가서는 벌컥벌컥 찬물을 들이켰다. 그들이 잠든 사이, 눈이 살짝 내렸다가 이내 녹았다. 그리고 기상청 예보와는 달리 구름이 걷히기 시작했다. 만약 그들이 바닷가로 여행을 갔다면, 지난 십 년 동안 보아왔던 해보다 더 선명한 해를 볼 수 있었을 것이다.

H의 휴대폰이 울렸다. 여섯시를 알리는 알람이었다. H는 가방에서 휴대폰을 꺼내 폴더를 열었다 닫았다. 너 참 일찍도 일어난다. K가 이불을 머리 위로 끌어올리면서 잠이 덜 깬 목소리로 말했다. 삼십 분쯤 지난 후에 O의 휴대폰이 울렸다. 미안! 알람이 맞춰져 있는지 몰랐네. O가 사과를 하면서 자리에서 일어났다. 너 얼굴에 멍들었다. 기지개를 켜던 O가 하품을 하던 H의 얼굴을 가리키면서 웃었다. 그 말에 K가 이불을 내리고는 H의 얼굴을 쳐다보았다. H는 거울을 찾아 거실로 나왔다. 거울은 네 사람이 동시에 볼 수 있을 정도로 컸다. 정말이네. 눈썰매를 타다 넘어지면서 부딪힌 볼에 퍼런 멍이 들어 있었다. 근데…… W는 어디 간 거야. 방 안에서 O와 K가 동시에 물었다. H는 거울에 비친 창 너머 풍경을 바라보았다. 간밤에 눈이 내린 흔적은 찾아볼 수 없었다. 바람이 불자 창 아래에 매달아놓은 풍경이 은은한 종소리를 냈다. 나무에서 무엇인가가 흔들리고 있었다. H는 심호흡을 한 번 하고는 천천히 뒤를 돌아보았다. 오, 이런! H는 오른손으로 입을 막았다. 무슨 일이야. 방에 있던 친구

들이 달려나왔다. 축 늘어진 W의 몸이 바람에 흔들리고 있었다. O는 두 눈을 감아버렸고, K는 그 자리에서 쓰러졌다.

어제 저녁 이상한 기미는 없었습니까? 경찰은 그들에게 똑같은 질문을 했다. 아니요. 그들은 그럴 때마다 고개를 가로저으며 똑같은 대답을 했다. 죽을 이유는 없었다. 봄이 오면 섬진강으로 매화를 보러 가고, 용돈을 모아 바닷가재를 먹으러 가기로 했다. 여름에는 동생 결혼식을 치러야 했고, 위암 수술을 받은 어머니의 병세가 좋아져서 퇴원을 앞두고 있었다. O는 두 눈이 충혈된 경찰관에게 말했다. 우린 아직 할 일이 많아요. 뭔가 잘못된 게 틀림없어요. H는 W의 가방에서 휴대폰을 꺼냈다. 집에 연락을 해야 했지만 전화번호가 생각나지 않았다. 대신 W가 고등학교 때 국사선생님의 목소리를 곧잘 흉내내서 반 아이들을 웃기곤 했던 것이 생각났다. W의 휴대폰은 액정이 깨져 알아볼 수 없었다. H는 휴대폰의 1번 버튼을 길게 눌렀다. 먹통이 되어버린 화면 때문에 방금 누른 번호가 어디인지 알 수 없었다. 전화는 W의 동생이 받았다. H는 자신의 목소리가 떨리는 것인지, 휴대폰을 들고 있는 손이 떨리는 것인지 구분할 수가 없었다. 눈물이 휴대폰으로 스며들었다.

장례식은 조촐했다. 경찰은 신속하게 자살이라고 단정지었다. 경찰의 발표에 의하면 W는 자살할 이유가 아주 많았다. 어머니의 병원비 때문에 생긴 빚이 삼천만원이나 되었다. 그 빚을 카드 다섯 개로 힘겹게 돌려막는 중이었다. 결혼을 약속한 남자친구가 배신을 했고 그 때문에 한동안 우울증을 앓았다. 동생이 결혼을 한다고 하자, 잊고 있었던 옛 남자친구의 기억이 W를 괴롭혔을 거라고 경찰은 결론지었다. 그들은 믿지 않았다. O에게는 W보다 더 많은 빚이 있었고, K는 사귀던 남자에게 사기를 당했고, H는 스무 살이 되던 무렵에 부모님을 한꺼번에 잃었다. 그럴 때마다 그들을 위로해준 친구가 W였다. 장례식이 끝나자 그들은 집으로 돌아와 휴대폰 전원을 끄고 전화기 코드를 뽑았다. 그리고는 긴 잠을 자기 시작했다.

*

W의 장례식을 마치고 돌아온 O는 꼬박 삼 일 동안 잠을 잤다. 잠에서 깨어났을 때, O는 그렇게 오랫동안 단잠을 잤다는 사실에 울컥 화가 치솟았다. 게다가 꿈 한 번 꾸지 않았다. 지하 방에 살기 시작하면서 잠이 늘기 시작했다. 잠이 많아지면서 회사에 지각하는 날도 잦아졌다. 상사에게 주의를 받을 때면, O는 모든 탓을 창이 없는 방으로 돌렸다. 불면증에 시달리는 동료에게 창이 없는 지하 방으로 이사를 가라고 충고해주기도 했다. O도 한때는 창이 넓은 방을 가진 적이 있었다. 아침해에 눈이 부셔 잠에서 깨어나곤 했다. O의 오빠는 삼 년만 지나면 몇 배로 갚겠다고 했다. 약속한 삼 년은 빨리 지나갔다. O의 장점은 잊을 건 빨리 잊는다는 것이다. 이제 O는 오빠를 똑바로 쳐다보고 웃을 수도 있었다.

경리과장은 무단결근한 O에게 단단히 화가 나 있었다. 이봐! 벌써 며칠째야. 이럴 바엔 관두라고. 휴대폰에는 경리과장의 목소리가 녹음되어 있었다. 그것도 다섯 번이나 반복해서. O는 자판기를 만드는 회사의 경리과에서 일했다. 결근한 적도 없었고, 일이 많으면 일요일에도 출근을 했고, 월급이 밀렸을 때도 싫은 내색 한 번 하지 않았다. 게다가 과장의 아이들 돌잔치 때마다 꼬박꼬박 봉투를 냈었다. 그는 아이가 네 명이나 되었다. O는 회사에 전화를 걸어 이렇게 소리를 질렀다. 어디 아픈 것 아니냐고 한 번도 안 물어보냐, 이 인정머리 없는 놈아! 그렇게 해서 O는 칠 년 동안이나 다녔던 회사를 그만두었다. 전화를 끊고 나서도 O는 수화기를 붙들고 계속 욕을 해댔다. 사람들이 왜 욕을 하는지 알 것 같았다. 명치에 얹혀 있던 묵직한 덩어리가 배꼽 아래로 내려가고 있었다. O는 화장실로 달려가 기분 좋게 똥을 누었다. 십 년 이상 O를 따라다니던 만성 소화불량과 변비가 한꺼번에 해결되었다. 배가 고파왔다. 변기에 앉아 O는 주먹을 불끈 쥐었다. 그래, 뭐든 먹어야 해!

O는 새로 생긴 아파트 단지 쪽을 향해 걷기 시작했다. 가구점에는 전시된 물건을 할인해 판다는 플래카드가 걸려 있었다. O는 초밥 전문점과 칼국수집 사이에서 잠깐 갈등을 했다. 따뜻한 멸칫국물이 들어간 국수를 생각하자 몸이 저절로 따뜻해지는 것 같았다. 초밥 전문점 입구에는 점심 특선으로 만원만 내면 초밥을 무한정 먹을 수 있다고 적혀 있었다. 초밥을 생각하자 입에 침이 고였다. 결국 O는 초밥 전문점으로 들어갔다.

초밥은 맛있었다. 다섯 접시를 비우고 나서도 배가 부르다는 느낌이 들지 않았다. 맛이 어떻습니까? 사장이 O에게 다가와 인사를 했다. 글쎄요…… O는 말끝을 흐리면서 말했다. 사장은 두 눈을 불안하게 깜빡였다. 농담이에요. 아주 맛있어요. O가 웃으면서 말해주자, 사장은 오른손을 가슴에 올려놓고 안도의 한숨을 쉬었다. 고맙습니다. 자주 찾아주세요. 전 원래 비릿한 걸 싫어하거든요. 그런데 이제 입맛이 바뀔 것 같네요. O는 초밥을 손으로 집으면서 말했다. 사장은 주방으로 들어가 따뜻한 청주를 내왔다. 그리고는 O에게 따라주면서 말했다. 서비스예요. 저도 생선이라면 딱 질색이었어요. 외가 쪽이나 친가 쪽이나, 몇 대를 거슬러봐도 바닷가 근처에서 살았던 적이 없었어요. 그런데 이렇게 초밥을 만들게 될 줄 누가 알았겠어요.

O가 청주를 마시는 것을 보고 난 뒤, 사장은 다른 테이블로 건너갔다. O는 손님들에게 초밥 종류를 설명하는 사장을 향해 짧은 목례를 하고는 밖으로 나왔다. 술기운 탓인지 몸이 따뜻해지기 시작했다. 걸으면 걸을수록 그 따뜻한 기운이 아랫배로 몰려들었다. 결국 O는 눈에 보이는 건물마다 들어가 화장실을 찾아야 했다. 문이 열려 있는 화장실은 없었다. 그때마다 화장실 입구에 침을 뱉으면서 욕을 했다. 문 좀 열어두면 어디 덧나냐! 마침내 문이 열려 있는 화장실을 찾았을 때, O는 너무 기쁜 나머지 노래를 흥얼거렸다. O는 다시 한번 시원하게 똥을 누었다. 하루에 두 번이나 화장실을 가다니 기적 같은 일이야. O는 손을 닦으면서 중얼거렸다.

나가려고 보니 화장실 문이 열리지 않았다. 고장이 났는지 손잡이가 돌아가지 않았다. 문을 두드려봤지만 아무 기척이 없었다. O는 문에 등을 기댄 채 화장실을 둘러보았다. 세면대 거울에 종이가 붙어 있었다. 거기에는 '청소하실 분 구함'이라는 글과 함께 전화번호가 적혀 있었다. 물이 묻어 숫자가 번져 있었지만 자세히 보니 알아볼 수는 있었다. 전화를 받은 사람은 무엇이 재미있는지 낄낄거리며 웃었다. 글쎄, 맨입으로 열어드릴 수가 없는데…… 사람들이 밖에서 손잡이를 고치는 동안 O는 화장실 바닥에 쪼그리고 앉아서 타일에 찍힌 발자국을 들여다보았다. 혹시, 아까 제 전화를 받은 사람 밖에 있나요? 화장실 밖에서 누군가가 O의 말에 네, 하고 대답했다. 혹시, 청소할 사람 구했나요? O의 목소리가 텅 빈 화장실에 울렸다. 세면대에서 물이 똑, 하고 떨어졌다.

오층짜리 건물에는 화장실이 열 개 있었다. O가 하는 일은 하루에 두 번씩 화장실을 청소하는 일이었다. 복도와 계단을 닦는 일도 같이 해달라고 건물 주인이 말했다. O는 아침 일곱시와 오후 일곱시에 일을 했다. 한 번 청소하는 데 세 시간 정도 걸렸는데, 보수는 그다지 많지 않았지만 낮시간을 마음대로 쓸 수 있어서 좋았다. 변기에 세제를 부어 찌든 때를 닦는 일에 보람을 느꼈다. 타일에 나 있는 신발 자국을 대걸레로 문지르면 마음까지 환해지는 느낌이 들었다. 계단 끝에 박혀 있는 미끄럼방지대에 광을 낼 때면 저절로 신이 났다.

며칠이 지나자 건물 삼층에 있는 어린이집 원장이 O를 찾아왔다. 원생은 그다지 많지 않다고 했다. 그냥 점심만 만들어주면 돼요. 각자 도시락통을 가지고 오니까 설거지도 할 필요 없고. O는 고개를 끄떡였다. 아침 청소를 끝내고 어린이집으로 가서 아이들의 점심을 만들었다. 얼굴에 살이 통통하게 오른 아이들의 밥 먹는 모습을 보고 있으면 아무 걱정도 들지 않았다. 점심을 먹지 않는 토요일에는 일 주일치 장을 보았다. O는 서점에 가서 요리책을 샀고 필수 영양성분과 칼로리에 대해 공부하기 시작했다.

손에 습진이 생겼다. 장화 속으로 물이 들어가서 저녁이면 발이 탱탱하게 부어올랐다. 새벽 한시쯤이면 어김없이 종아리에 쥐가 났다. 다리를 한참 문지르고 나면 더이상 잠이 오지 않았다. O는 두 손을 주머니에 넣고 밤길을 마냥 걸었다. 걷다가 힘이 들면 버스정류장에 앉아서 불이 꺼진 건물들을 멍하니 쳐다보았다. 편의점에 들어가 사발면을 먹으면서 아침해가 뜨는 것을 기다렸다. 편의점은 언제나 환했다. 진열된 물건들은 조금도 지친 기색이 없었다. 생각해보니 정류장에 앉아서 새벽을 보내는 것보다 편의점에 앉아 있는 게 훨씬 따뜻할 것 같았다. O는 카운터에 앉아 하품을 하고 있는 여자에게 다가갔다. 혹시, 여기 일할 사람 안 구하나요?

카운터에 앉아 있던 사람은 점장이었다. 이혼하고 받은 위자료로 편의점을 차렸다고 했다. 점장은 O에게 따뜻한 음료수를 내주었다. O는 음료수를 받은 대신 점장의 넋두리를 들어야 했다. 이 얼굴 좀 봐. 밤마다 잠을 못 자니 피부가 이렇게 엉망이야. O는 고개를 앞으로 내밀며 점장의 얼굴을 자세히 보았다. 사십대 중반치고는 꽤 괜찮은 피부였다. 도대체 믿을 만한 애가 있어야지. 잘 부탁해요. 점장은 기지개를 켜더니 다시 한번 늘어지게 하품을 했다. O도 따라서 하품을 했다.

O는 문방구에 가서 두꺼운 도화지를 사왔다. 거기에 동그랗게 원을 그리고 초등학교 다닐 때 만들었던 것처럼 생활계획표를 그렸다. 아침 일곱시에서 열시까지 청소. 한시까지 어린이집 점심. 오후 여섯시까지 취침. 일곱시까지 저녁식사 및 휴식. 열시까지 청소. 열두시까지 편의점

창고에서 취침. 밤 열두시부터 아침 일곱시까지 편의점. 생활계획표를 벽에 붙이고 나니 자신이 대단히 성실한 사람처럼 느껴졌다. 저절로 어깨가 으쓱거려졌다. 오빠에게 전화를 걸어서 O는 이렇게 말했다. 오빠가 빚을 갚기를 기다리는 것보다 내가 버는 게 더 빠를 것 같아. O의 오빠가 전화기 저편에서 울먹였다.

잠은 언제 자? 종종 이런 질문을 받게 되었다. 그럴 때마다 O는 퉁명스럽게 대답했다. 틈틈이.

몇 달이 지나자, 편의점 점장이 O에게 비타민을 선물했다. 어린이집 원장이 용하다는 한의원을 소개해주겠다고 말했다. 거울 좀 봐! 사람들이 O를 볼 때마다 말했다. O는 사람들이 왜 그런 말을 하는지 이해할 수가 없었다. O는 전혀 피곤하지가 않았다. 다만 가끔 카운터에 서서 물건을 계산할 때 자신도 모르게 다리가 휘청거렸다. 그러면 그날은 초밥 전문점에 가서 주인이 손해볼 만큼 초밥을 먹었다. 텔레비전을 보지 않게 되어서 유선방송을 끊었고 전기요금이 한 달에 오천원으로 줄어들었다.

*

H는 우편물을 네 개의 상자에 나누어 담았다. 상자에는 아파트 이름이 적혀 있었다. 오늘 배달할 우편물은 다른 날보다 적은 편이었다. 음~ 네 시간이면 되겠는데. H는 상자에 쌓여 있는 우편물들을 보면서 어림짐작

을 해보았다. H가 재택 집배원이 된 것은 사 년 전이었다. 그전까지 H는 어떤 직장도 가져본 적이 없었다. 부모님이 교통사고로 돌아가시면서 H는 18평 아파트를 유산으로 물려받았다. 꼼꼼했던 부모님은 생명보험, 연금보험, 자동차보험 등의 보험을 들어놓았다. 꽤 많은 액수의 보험금이 통장으로 들어왔다. 외동딸이었으므로 형제들간의 재산다툼은 없었다. 친척들은 그나마 다행이라고 했다. 그렇게 말했던 친척들을 H는 그후로 다시는 만나지 않았다.

배달을 나가기 전에 H는 점심을 먹었다. 멸치와 다시마를 넣고 국물을 내었다. 그사이 아침에 반죽해두었던 밀가루를 홍두깨로 밀어서 국수를 만들었다. 혼자 있다고 대충 먹지 마라! 어머니의 목소리가 들리는 듯했다. 설거지를 하고 난 뒤 H는 화장실로 가서 이를 닦았다. 수레에 상자를 실은 후 H는 거실 한가운데 걸려 있는 가족사진을 보고 인사를 했다. 저 일하러 갔다 올게요.

부모님이 돌아가시고 난 뒤, H는 평소 부모님이 자신에게 했던 잔소리들을 떠올렸다. 그리고 그것들을 하나씩 고쳐나가기 시작했다. 인스턴트 식품은 먹지 않았고, 음식을 먹은 다음에는 반드시 이를 닦았고, 개수대에 설거지를 쌓아두지 않았고, 국을 남기지도 않았고, 밥을 할 때는 잡곡을 섞었다. 엄했던 아버지는 H가 늦잠 자는 것을 늘 못마땅해했다. H는 아침 여섯시에 일어났고, 아버지가 그랬던 것처럼 베란다에 서서 체조를 했다. 그리고 화분들에 물을 주었다. 음악을 듣고 나서 CD를 아무 케이스에나 넣는 버릇도 없앴다. 삼 일에 한 번씩 화장실 청소를 했고 일 주일에 한 번씩 냉장고 정리를 했다. 습관을 바꾸는 일은 생각보다 어려웠다. 거울을 들여다보면서 피가 맺히도록 입술을 깨물었다. 버릇을 고칠 때마다 사진 속의 부모님을 쳐다보면서 물었다. 이제 됐죠? 만족하나요? 그렇게 몇 년이 흘렀다. 잠을 자고 있던 H에게 부모님이 찾아와 귓속말을 해주었다. 그래, 이제 만족한단다. 귀가 간지러워서 H는 잠결에 웃었다. 다음날이 되자 H는 열 군데도 넘는 회사에 이력서를 넣었다.

장미아파트 4동 301호는 비어 있었다. H는 경비원에게 등기를 맡기고 사인을 받았다. 그리고 현관문에 쪽지를 붙여두었다. '경비 아저씨에게 우편물을 맡겨두었습니다. 찾아가세요.' 아마 내일쯤이면 고맙습니다, 라는 답글이 붙어 있을 것이다. H는 한 번도 301호에 사는 사람을 만난 적이 없었다. 그래도 지난 크리스마스 날에는 선물을 받기도 했다. H가 우편물을 맡긴 것처럼 301호 사람도 경비원에게 선물을 맡겨두었다. 누군지 모르지만 참 좋은 사람이에요, 어머니. 장미아파트를 나서면서 H는 하늘을 올려다보았다. 무지개아파트 상가에 있는 북경반점 사장은 아버지와 이름이 같았다. 사장의 몸에는 잘 달궈진 기름 냄새가 배어 있었다. 탕수육도 먹고 싶고, 팔보채도 먹고 싶었다. 북경반점에는 배가 고파지는 공기가 떠도는 게 틀림없었다. H는 사장의 불룩 솟은 배를 보면서 침을 삼켰다. 아버지도 아마 지금쯤이면 저렇게 배가 나왔을지 몰라요. 그러니 운동하세요. H의 얼굴에 저절로 미소가 지어졌다.

무지개아파트 앞에 흰색 지팡이를 들고 다니는 여자가 앉아 있었다. 204동 106호에 사는 여자였다. H가 여자의 옆에 앉았다. 안녕하세요. 오늘 우리집에 온 편지는 없나요? H가 아무 말도 하지 않아도 106호에 사는 여자는 매번 H를 알아맞혔다. 여자의 말에 의하면 H에게서는 해가

지기 직전의 바람 냄새가 난다고 했다.

어디 보자, 오늘은 없네요. 그런데, 내일은 있을 거예요. H는 상자에 쌓여 있는 우편물들을 뒤적이는 척하면서 말했다. 음~ 저도 느껴지네요. 내일 우리집으로 소포가 하나 오네요. 여자가 고개를 가볍게 흔들면서 웃었다.

길에 털모자가 떨어져 있었다. 인라인스케이트를 탄 아이가 모자를 껑충 뛰어넘었다. 시장바구니를 들고 가던 아주머니가 털모자를 무심히 밟았다. 머리가 반백인 할머니가 유모차를 끌고 지나가다 털모자 앞에서 잠시 멈추었다. 지금 모자를 집어들었어요. 깨끗한가 살펴보네요. H는 스포츠 중계를 하듯이 사람들의 행동을 106호 여자에게 설명해주었다. 할머니는 모자를 들고는 주위를 둘러보았다. 그리고는 가로수 쪽으로 다가가 낮게 내려앉은 나뭇가지에 털모자를 걸어두었다. 모자가 바람에 흔들리나요? 주인이 찾으러 왔으면 좋겠네요. 여자가 두 손을 모아 가슴에 대고 말했다.

버스가 와요. 여자가 자리에서 일어났다. 여자의 말대로 유치원 버스가 오고 있었다. 엔진 소리만 듣고도 여자는 스쿨버스인지, 자가용인지, 일반 버스인지 맞힐 수 있다고 했다. 아이는 버스에서 내리자마자 여자의 품으로 달려들었다, 엄마. 있잖아…… 버스에서 내리자마자 아이는 숨이 가쁘도록 수다를 떨기 시작했다. H는 단발머리를 한 아이와 앞을 못 보는 어머니가 팔짱을 끼고 걷는 뒷모습을 오랫동안 바라보았다. 모녀가 아파트 안으로 들어가는 것을 확인하고 난 뒤에 H도 서둘러 집으로 돌아왔다. 어머니와 아버지가 기다리고 있는 집으로.

H의 휴대폰에는 집 번호가 저장되어 있지 않았다. 휴대폰을 처음 샀을 때 비로소 H는 자신이 혼자임을 깨달았다. H는 1번 버튼을 길게 눌렀다. 전화는 걸리지 않았다. 단축번호 1번은 H에게 있어 언제나 빈 번지였다. H는 주머니에서 W의 휴대폰을 꺼냈다. 가족에게 돌려준다는 것을 깜빡 잊고 있었다. 안테나에 이로 물어뜯은 자국이 보였다. W의 휴대폰을 자신의 충전기에 끼워보았다. 빨간 불이 들어왔다. 기억을 지우지 마. H에게 이 말을 해준 사람은 W였다. 거실에 걸려 있는 가족사진을 닦아주면서 W는 말했다. 기억이 살아 있는 한 그 사람은 죽지 않은 거야. 그러니 부모님을 잊지 마. H는 휴대폰으로 문자메시지를 보냈다. 저녁에 아구탕을 먹을 거야. W야 너 요리 잘하지? 그거 어떻게 하면 맛있니? 곧이어 W의 휴대폰에서 삐, 하고 메시지가 왔다는 신호음이 울렸다.

날이 따뜻해지자 베란다에 있는 화초들이 꽃을 피웠다. 무지개아파트에 사는 앞 못 보는 여자가 임신을 했다. 몇 년이 지나면 여자는 양쪽으로 아이들의 팔짱을 끼고 걸을 것이다. 그것 이외에는 아무것도 달라지지 않았다. H는 여전히 정해진 시간에 일어났다. 끼니를 거르지도 않았고, 우편물을 잘못 배달하는 일도 없었고, 편지가 늦게 도착했다고 짜증내는 고객들에게 친절하게 웃어주었다. 다만 혼잣말이 조금 늘었을 뿐이다.

*

그들이 친구가 된 것은 고등학교 이학년 때였다. 일학년 때 같은 반을 했던 O와 H는 학기 초부터 늘 붙어다니던 단짝이었다. 여름방학이 끝나고 나자 W가 둘 사이에 끼었다. 사소한 것까지 의견 충돌이 잦았던 O와 H 사이를 W는 적절하게 조절해주었다. 때문에 셋에게는 여학생 사이에서 흔히 볼 수 있는 질투심 같은 것이 일어나지 않았다. K는 팔짱을 끼고 창 밖을 내다보았다. 노란색 학원 가방을 멘 아이들이 걸어오고 있었다. K는 삼총사로 통했던 그들과 어떤 계기로 친해지게 되었는지 기억나지 않았다.

안녕하세요. 아이들이 K에게 인사를 했다. 그래, 안녕. K는 팔짱을 풀어 아이들에게 손을 흔들어주었다. 왼쪽 눈 밑에 꿰맨 흉터가 있는 아이가 K를 보고 놀란 표정을 지었다. 그리고는 인사도 하지 않고 교실로 뛰어들어갔다. 못 보던 아이였다. 누구? K는 뒤따라 들어오는 보조교사에게 조심스럽게 물었다. 오늘부터 새로 온 아이예요. 사교성이 없고 수줍음이 많다고 애엄마가 걱정하더라고요. K는 아이들에게 지난번에 배운 구구단을 외우게 했다. 모두들 입을 벙긋거리는데 새로 온 아이만 눈을 감은 채 입을 꾹 다물고 있었다. 왜, 모르니? K의 질문에 아이가 눈을 떴다. K는 자기도 모르게 가슴을 움켜쥐었다. 서늘한 기운이 가슴을 뚫고 지나갔다. 아이의 등뒤에 희미하지만 분명 그림자가 얹혀 있었다. 오늘은 4단을 배워볼까요. K의 목소리가 떨렸다. 이마에서 땀이 흘렀다.

언제부터인가 K는 사람들의 슬픔을 고스란히 자신의 슬픔처럼 느끼게 되었다. 퇴근을 하고 집으로 돌아오는 길이었다. 버스 운전사의 뒷좌석에 앉아 있는데 운전사의 등에 검은 물체가 보였다. K는 눈을 비볐다. 하도 비벼서 충혈이 될 정도로. 그뒤로 종종 자신의 그림자를 업고 다니는 사람들이 보였다. 헛것이 보인다며 안과에 가보기도 했다.

버스정류장에서 호떡을 파는 아주머니의 등에도 그림자가 있었다. 호떡을 파는 아주머니는 작년 여름 집에 불이 나서 가족이 모두 죽었다. 자신만 살아남았다고, 그 죄책감으로 한겨울에도 방에 불을 때지 않고 살았다. 그림자를 짊어진 사람들의 슬픈 과거가 눈앞에 그려졌다. 있을 수 없는 일이야! 그때마다 K는 고개를 흔들었다.

유난히 짙은 그림자가 보일 때도 있었다. 시장 골목에서 나물을 파는 할머니가 그랬다. 등이 굽어서 그림자에 무게감까지 느껴졌다. 할머니의 남편은 아들에게 살해를 당했다. 아마도 가족들에게 상습적으로 폭력을 행사했던 모양이었다. 무기징역을 선고받은 아들이 생각날 때면 할머니는 팔고 있는 더덕을 씹어가며 눈물을 삼켰다. 그 할머니의 슬픔이 너무 커서 K는 견딜 수가 없었다. 자기 몸의 몇십 배가 넘는 어둠이 K에게 다가왔고, K는 그 자리에서 쓰러졌다. 세상에는 슬픔을 견디며 사는 사람들이 아주 많았다. 일 주일에 세 번이나 쓰러진 적도 있었다. 쓰러지면서 머리를 부딪혀 찢어지기도 했고, 팔목 인대가 늘어나기도 했다. 할 수 없이 여동생이 출퇴근을 시켜주었다. 그래도 다행인 것은 어린이집 아이들에게서는 그림자가 보이지 않는다는 것이었다.

눈 밑에 흉터가 있는 아이는 스쿨버스에서 내린 뒤에도 한동안 움직이지 않았다. 같이 내린 아이들이 모두 집으로 가고 난 뒤에야 아이는 주변을 두리번거렸다. 엄마가 오지 않았니? K가 아이의 오른손을 잡으면서 말했다. 아이가 고개를 끄떡였다. 문방구 앞에서 아이가 멈칫했다. K는 오락기에 백원을 넣어주었다. 한 게임 하고 가자. 아이가 조종하는 비행기는 금방 적의 총에 맞아 폭발했다.

아이가 사는 집은 낡은 이층집이었다. 초인종을 누르자 왜 이렇게 늦었어, 하고 아이엄마가 소리를 질렀다. 아이의 엄마는 K와 닮았다. 누가 자매라고 해도 믿겠어요. 아이엄마가 농담을 했다. 말을 할 때면 표정이 밝아졌다가 입을 다물면 금방 우울하게 보이는 얼굴이었다. 춥나요? 아이엄마가 K에게 말했다. 잔을 들고 있는 K의 손이 떨리고 있었다. 아이엄마가 짊어지고 있는 그림자는 아이의 것보다 더 무거웠다. 잘 부탁합니다. 둘은 서로 공손하게 인사를 하고 헤어졌다.

K는 아이의 집 앞을 서성였다. 어떻게 해서 W와 친구가 되었는지 이제서야 떠올랐다. 유명 브랜드의 실내화가 유행일 때였다. 반에서 그 실내화를 신지 않은 아이는 어쩌다 한 번씩 수업에 들어오는 농구선수들뿐이었다. 운동장에 나가기 위해 실내화를 바꿔 신는 순간 W가 K에게 다가와 말했다. 너 그거 가짜지. 그리고는 자신의 실내화를 보여주면서 말했다. 사실, 이것도 가짜야. 그렇게 해서 K는 그들과 친구가 되었다. 고등학교 이학년 때 그들 네 명은 진짜와 똑같은 가짜 실내화를 신고 있었다.

밤이 되자 아이엄마가 집 밖으로 나왔다. K는 여자의 뒤를 따라갔다. 여자는 초등학교 운동장에 서 있었다. 제자리에 서서 체조를 하더니 여자는 운동장을 돌기 시작했다. 그래, 분노를 삭이려면 운동이라도 해야지. K는 벤치에 앉아서 여자가 달리기를 하는 모습을 지켜보았다. 달은 건물 옥상의 국기 게양대에 걸쳐 있었다. K는 모자를 눌러썼다. 오른손에는 돌이 쥐어져 있었다. 발목을 주무르고 무릎을 몇 번 돌린 다음 운동장으로 뛰어갔다. 안녕하세요. 앞서 뛰고 있던 여자에게 인사를 했다. 그리고 여자가 뒤를 돌아보기 전에 들고 있던 돌로 머리를 내리쳤다. 여자의 머리에서 피가 솟구쳤다. 아무리 화가 나도 자식에게 화풀이를 하면 안 되지! K의 말에 여자가 꿈틀거렸다. 거울을 들여다보면 자신이 짊어지고 있는 슬픔이 보일까? K는 그게 궁금해졌다. 자신은 아직도 가짜 실내화를 신고 있는 고등학생이었다. 그것은 영원히 벗을 수 없는 신발이었다. W는 그 사실을 진작에 알아차렸던 것이다.

이제 제발 내 곁을 떠나!

K가 피 묻은 손을 닦으면서 중얼거렸다. 구름이 움직이더니 달빛을 가렸다. 어둠의 밀도가 높아졌다. 촘촘하면서도 묵직한 어둠이 K에게 다가오고 있었다.

*

좌회전 해. O가 지도를 들여다보면서 말했다. 진작 말했어야지. H가 눈을 찡그리면서 대꾸했다. 차는 2차선에 멈춰 서 있었다. 좌회전이 되지 않는 차선이었다. O가 창 밖으로 고개를 내밀었다. 경찰 없다. 그냥 좌회전 해! O의 말이 끝나자마자 H가 재빨리 좌회전을 했다. 뒤차가 빵, 하고 경적을 울렸다. 에이, 쌍. 시끄럽게 구네. 창을 닫으면서 O가 투덜댔다. 이 길, 언젠가 와본 것 같아. 너도 그렇지 않니? 운전을 하면서 H가 중얼거렸다. 뭐라 그러는 거야. 크게 말해, 이년아. O가 들고 있던 지도를 접어 뒷좌석으로 던졌다. 그리고는 눈을 감고 잠을 자기 시작했다. 이런 동네에서 살았으면 좋겠다. 와! 저 집도 멋있네. H의 나지막한 속삭임이 O의 코 고는 소리에 파묻혔다.

K는 병원 로비에 앉아 친구들을 기다렸다. 창 너머로 낯익은 차가 들어오는 것이 보였다. H의 차였다. 저 차를 타고 참 많이도 돌아다녔는데. K는 손을 흔들었다. 차에서 내린 친구들이 뒤늦게 K를 발견하고는 손을 흔들어주었다.

오랜만이야.

응, 오랜만이야.

잘 있었어?

응, 잘 있었어.

H는 K의 오른손을 잡고, O는 K의 왼손을 잡았다. 그러자 K가 두 손을 위아래로 흔들었다.

셋은 돗자리를 펴고 잔디밭에 앉았다. 햇볕은 따뜻했지만 바람 끝에는 냉기가 느껴졌다. 음식은 H가 준비해왔다. 세 단으로 되어 있는 찬합에 반찬이 가득 담겨 있었다. 너 진짜 요리 잘하는구나. 드럽게 맛있네. O가 연신 젓가락질을 해대며 말했다. H가 O의 손등을 날카롭게 내려쳤다. 너 먹으라고 만든 거 아니야. H는 그릇들을 K 쪽으로 밀었다. 난 괜찮아. 여기서도 잘 먹어. 내가 뭐 속이 고장났냐. 여기가 고장났지. K가 자신의 머리를 검지손가락으로 가리키면서 말했다.

인부 두 명이 병원 건물에 매달려 있었다. 병원 유리창을 닦는 중이었다. O는 이미 닦은 유리창을 바라보았다. 유리창으로 구름이 흘러가고 나무가 흔들렸다. 화장실은 금방 더러워졌다. O는 할 수만 있다면 건물 유리 닦는 일을 해보고 싶었다. H는 건물에 매달린 두 남자를 바라보았다. 아! 방금 바람이 불어 줄이 휘청거렸어. 너도 봤니? H가 나지막한 소리로 중얼거렸다. 하지만 O와 K의 귀에는 그 소리가 들리지 않았다. K는 눈을 감고 물이 떨어지는 소리를 들었다. 몇 명의 환자들이 건물 아래로 다가가 떨어지는 물줄기를 맞으며 장난을 쳤다. 갑자기 O가 건물 쪽으로 달려가기 시작했다. 그리고는 한참 후에 손으로 V자를 그리며 돌아왔다. 나 화장실 갔다 왔지! 변비는 이제 끝! 두 친구가 O에게 축하의 박수를 쳐주었다.

H는 K에게 오래 전 W가 자신에게 해주었던 말을 해주었다. 일단 아무것도 달라진 것이 없다고 생각해야 해. 그리고 니가 하고 싶은 말을 그냥 하는 거야. K는 H처럼 혼잣말을 해보았다. 너 썰매타기에서 이겨놓고 왜 아무 말도 안 해. 뭐 사달라고 말해야지. 이건 알아둬. 니가 치사한 방법으로 이긴 건데 우리가 그냥 봐주는 거다. 말을 하기 시작하자 멈춰지지 않았다. K는 자신이 넘어졌을 때 늘 손을 내밀어줬던 사람이 W였다는 게 생각났다. 남자친구에게 사기를 당했을 때 K 대신 실컷 욕을 해준 사람도 W였다. W는 O가 직장상사에게 괴롭힘을 당하자 상사의 집에 몰래 들어가 침대에 오줌을 싸놓기도 했다. 넌 늘 우리 대신 욕하고, 우리 대신 울었어. 그게 니 문제였어. K의 눈에서 눈물이 흘렀다.

O가 자리에서 벌떡 일어나 소리를 질렀다. 미친년들. 이게 뭐 하는 짓들이냐. O는 들고 있던 젓가락을 집어던졌다. 나처럼 하란 말야, 나처럼. 갑자기 O가 쪼그려뛰기를 시작했다. 쪼그려뛰기를 백 번 하고 나자 잔

디에 엎드려 팔굽혀펴기를 했다. '미친년, 재수 없게 죽고 지랄이야. 팔을 굽혔다 폈다를 반복할 때마다 O는 마구 욕을 해댔다. 죽으려면 아무도 없는 데 가서 혼자 죽지. 미친년! 팔굽혀펴기가 끝나자 O는 다시 잔디에 누워 윗몸일으키기를 했다. O의 이마에 땀이 맺혔다. H와 K가 O의 옆에 나란히 누웠다. 그리고는 윗몸일으키기를 따라 했다. 미친년, 죽고 지랄이야. 미친년, 죽고 지랄이야. 윗몸일으키기를 한 번 할 때마다 욕을 한 번씩 했다. H와 K의 이마에도 땀이 맺혔다.

지나가던 간호사들이 걸음을 멈추고 그들을 바라보았다. 병실 안에 있던 사람들도 창에 얼굴을 붙이고는 그들을 바라보았다. 허리가 끊어질 듯 아팠지만 그들은 윗몸일으키기를 멈추지 않았다.

이제 배고프다. 윗몸일으키기를 끝낸 다음 그들은 남은 음식을 마저 먹기 시작했다. K는 잡채에 들어간 시금치를 골라내지 않았고, O는 밥에 있는 콩을 골라내지 않았다. O가 병원 건물 안으로 달려가 커피 세 잔을 뽑아왔다. 건배! 그들은 종이컵을 부딪쳤다. 빨리 나아. O와 H가 동시에 말했다. 커피를 한 모금 마신 다음 K가 대꾸했다. 너네, 집에 가거든 제발 거울 좀 봐라. 아픈 건 내가 아니라 니들이야.

그들은 병원 로비에서 작별인사를 했다. K는 자신의 병실을 보여주지 않았다. 헤어지기 전에 K가 휴대폰을 꺼내더니 말했다. 니들도 휴대폰 꺼내봐. O는 주머니에서, H는 가방에서 휴대폰을 꺼냈다. 지우자. K가 말했다. O가 고개를 끄떡였다. H는 고개를 돌려 허공을 바라보더니 무슨 말인가를 중얼거렸다. W의 단축번호는 24번이었다. 그들이 친구가 되었던 고등학교 이학년 때 W는 24번이었다. 삭제할까요? 그들은 예,

버튼을 눌렀다. 이제 그들의 휴대폰은 영원히 24번지가 비어 있을 것이다. 처음 만났을 때처럼 H는 K의 오른손을 잡고 O는 K의 왼손을 잡았다. 그러자 K가 힘차게 손을 흔들었다. 잘 가, 또 보자.

위무의 문학, 믿거나 말거나 식탁 공동체

소영현(문학평론가)

윤성희 소설의 궁극적 지향은, 고독한 존재들의

숨은 사연에 귀 기울이고, 자신의 절망을 유머화하는 인물들을 이야기하면서

우리 시대의 『주변인의 주변인』, 그들을 위무하는 데 있다.

윤성희의 소설은 등장인물들이 서로 위로하고, 그 위로의 온기를 독자에게

감염시키고자 한다.

1. "가만가만"과 "조심조심"

윤성희의 소설은 물밑처럼 조용하다. 그의 소설은 귀 밝은 사람이 아니라면 들을 수 없는 난쟁이들에 관한 이야기로 가득하기 때문이다. 난쟁이들이 사는 그곳은 우리들이 사는 세계와 거의 같지만, 완전히 같지는 않다. 그곳에서도 아이들이 버려지고, 애인이 떠나가며, 생계를 위한 일상이 계속된다. 그들은 여전히 고독하다. 그럼에도 불구하고 그들이 사는 세계는 비정하지 않다. 상징적이든, 실제적이든, 그곳에는 위반의 대상이자 처벌의 주체인 '아버지'가 없기 때문이다. 난쟁이의 아버지는 고작 자식의 안위를 위해서나 용기를 낼 수 있는(「유턴지점에 보물지도를 묻다」), 난쟁이를 지켜주고 싶은 무능한 난쟁이일 뿐이다. 우리 생에는 보물지도라는 이름의 성공을 위한 안내서가 있기도 하지만, 보물지도가 안내하는 인생의 끝에는 텅 빈 공허만 있을 뿐임을 난쟁이들은 이미 알고 있다. 그러므로 그곳에는 갈등도 싸움도 그리고 욕망도 없다. 불행이 일상이고 불운이 정상인 그곳에는 '어쩌다 만원짜리 복권이라도 당첨되면, 그 행운 끝에 더 큰 불행이 찾아올까봐 몸부터 움츠러드는'(「고독의 의무」) 그런 사람들로 그득하며, 언제나 직원들의 존경을 받거나(「어린이 암산왕」), 사람들의 쓸쓸한 뒷모습을 눈여겨볼 줄 아는(「봉자네 분식집」) 선량한 사람들만 산다. 그리고 그들은 자기 앞에 놓인 불운을 온전히 자기 몫으로 받아들이고 견디고 때로는 이겨내거나 도망가기도 한다. 하지만 윤성희의 소설은 연원을 알 수 없는 그들의 불운을 사회 구조나 제도의 문제로 확대하지 않는다.

근대소설의 진정한 주인공이 주변인이라면, 그들의 이름은 패륜아거나 범죄자나 미치광이일 것이다. 그들은 금기를 위반하고 그 정당성을 물으면서 체제를 뒤흔드는 '문제적' 존재이기 때문이다. 돈키호테로부터 시작된 이들의 계보는 헤아릴 수 없이 많은 목록을 가진다. 그들과 대비해본다면 윤성희 소설의 인물들은 흥미로운 존재들이 아닐 수 없다. 이들은 너무 희미한 존재감으로, 소설의 주인공조차 될 수 없는 그런 존재들, 굳이 이름을 붙이자면 '주변인의 주변인'이라고 할 수 있을 것이기 때문이다. 이들은 누군가를 닮았거나 어디선가 본 듯한 얼굴을 가진 존재이고, 심지어 그림자도 보이지 않는 유령 같은 존재이다. 그렇다면 '주변인의 주변인'에 대한 이야기는 세속화된 영웅담이나 통속적 로맨스 혹은 주변인을 복원하는 그간의 소설과는 달라야 한다. 윤성희의 소설이 "가만가만" "조심조심"(81쪽) 그들의 삶을 이야기할 수밖에 없는 이유가 여기에 있다.

2. 집단적 사건으로서의 고독, 그 뒷이야기들

일단, 윤성희의 소설은 경험이 파괴된 혹은 몰수된 시대를 현시한다. 1933년, 발터 벤야민(Walter Benjamin)이 근대를 '경험 빈곤'의 시대로 진단한 바 있지만, 트랙을 따라 도는 듯한 현대인의 일상은 '경험의 빈곤'이라는 현상의 편재를 지시한다. 소소한 사건이 없는 것도 아니건만, 팔 년째 도서관에서 일하고 있는 「그 남자의 책 198쪽」의 '그녀'의 삶은 대체로 이렇게 요약된다.

> 그녀는 저녁 열시면 잠이 들었다. 퇴근을 하고 집에 돌아오면 아주 오랫 동안 샤워를 했다. 한 달에 수도요금이 오만원 이상 나왔고, 생활비를 줄이 기 위해 휴대폰을 정지시켰다. 일 주일에 한 번씩 고향에 있는 어머니에게 전화를 드렸고, 매달 말일에는 고시 공부를 하는 동생에게 오십만원을 온 라인으로 송금했다. (……) 앞집에 살던 남자가 이사를 가면서 자전거를 준 뒤로는 자전거를 타고 출퇴근을 했다. 사십 분이 조금 더 걸렸다. 다섯 시 삼십분이면 퇴근을 했다. 저녁을 먹고, 일일 드라마를 보고, 뉴스를 보 고 나면 어느새 열시가 되었다. 그녀는 벽에 슬기 시작한 곰팡이를 무심하 게 쳐다보다가 잠이 들었다. 그리고 다음날 새벽 다섯시면 어김없이 눈을 떴다.(「그 남자의 책 198쪽」, 109~110쪽)

시청 공원녹지과에서 칠 년을 일한 「누군가 문을 두드리다」의 '그'나 여행사에서 오 년을 일한 「유턴지점에 보물지도를 묻다」의 '나'의 삶도

별다르지 않다. 그녀는 하루 종일 문장 만들기 놀이를 하거나 책 읽는 사람들의 표정을 읽으면서 삶을 채워가는 존재다. 아마도 이것이 현대인의 평균적인 일상일 것이지만, 여기 어디서도 '경험'이라는 이름으로 번역될 만한 것을 찾을 수 없다. 유쾌하거나 지루한, 특이하거나 평범한, 비참하거나 즐거운 잡다한 일들로 그들의 일과는 피곤하지만, 그 가운데 어떤 것도 그들 개개의 경험이 될 수는 없다. 물론 이는 오늘날 경험이 더 이상 존재하지 않는다는 것을 의미하지 않는다. 경험은 그저 개인의 외부에서 일어나고 바깥에서 관찰할 수 있는 어떤 것일 뿐이다.[1]

때때로 윤성희 소설의 인물들이 사진에 집착하는 것은 이 때문이다. 사진이 그들의 직접적 경험을 대신해주기 때문이다. 「그 남자의 책 198쪽」에서 그녀는, 죽은 애인이 남긴 메시지를 찾으려는 남자, 갈매기씨를 돕기 위해 도서관에서 하룻밤을 보낸다. 그녀의 내면에 혹은 신체에 새겨진 탈일상의 경험은 즉석사진을 통해서 하나의 사건이 되고, 이후 그녀는 즉석사진기로 찍은 사람들의 손으로 방을 채워간다. 그러므로 시시때때로 변화하는 서로 다른 이야기들을 담고 있는 일몰과 일출 관련 사진을 모았던 그녀의 애인 W가 경험 불능의 지겨운 일상을 사는 '그녀'를 떠나는 것은 어쩌면 당연했는지도 모른다.

물론 윤성희의 소설에 등장하는 사진 전부가 직접 경험의 대체물인 것은 아니다. 타들어가는 작은 불꽃 안에서 살아 움직이는 사진에 담긴 영상이 「거기, 당신?」의 그에게 소곤댄다. 그 이야기를 듣기 위해 그는

---

1) Giorgio Agamben, *Infancy and History: The Destruction of Experience*, Trans. Liz Heron, Verso, 1993, pp. 13~19.

사진을, 쓰레기를, 버려진 고지서들을 태운다. 그러므로 그가 비록 방화범이기는 하지만, 소소한 물건들에 '작은 불'을 지르는 까닭은 어느날 갑자기 자신을 떠난 부모나 큰 빚을 남기고 도망간 동업자에 대한 분노 때문이 결코 아니다. 어른이 된 성냥팔이 소년인 그는 사진이 담고 있던 자신의 이야기, 그 절망의 이야기를 듣고자 하는 것이다. 여기서 사진은 살아온 삶을 기억하게 해주고, 사적 경험의 망각을 중지시키는 일종의 기념물인 것이다.[2] 사실 윤성희의 소설은 사적 경험을 되살리는 이같은 작업에 주력한다. 그러므로 경험에 관한 한, 윤성희 소설의 지향은, 경험을 상실한 시대를 이른바 '있는 그대로' 보여주는 데 있지 않다. 그의 소설은 실험과 측정과 수(數)와 교환논리에 의해 세계 뒤편으로 추방된 경험들, '이야기'의 형태로 존재하는 그 경험들을 복원한다.

『레고로 만든 집』(민음사, 2001)을 통해 이미 확인한바, 윤성희의 소설은 궁핍, 고독, 소외, 결핍의 경험을 보고한다. 그러나 이번 소설집에서 강조점은 "아무 곳에도 끼울 데가 없는 나사"(53쪽)와 같은 그들의 고독한 정경이 아니라 그들이 고독하게 된 저간의 사정에 놓여 있다. 「유턴지점에 보물지도를 묻다」의 '나'와 Q, W와 가출 여고생은 서로 다른 이유로 혼자 남게 된 존재들이다. '나'는 어머니와 아버지, 나를 키워준 누룽지 할머니 그리고 쌍둥이 언니가 차례로 죽은 후 혼자가 되었고, 유명한 배우였던 어머니가 배우가 되기 전에 낳은 아이였던 W는 어머니가 유명

2) 존 버거, 『본다는 것의 의미』, 박범수 옮김, 동문선, 74~93쪽 참조.

해질수록 희미한 존재가 되어갔으며, 외할머니의 죽음으로 그녀는 완전한 혼자가 되었다. 그들에게 '홀로 남겨진다는 것'은 그들을 기억하는 혹은 그들이 기억해야 하는 존재가 이 세상에 없음을 의미한다. 이 사실의 확인은 그들에게 죽음보다 더한 공포를 환기한다. 그러니, 곗돈을 떼어먹거나 빚을 떠안기고 사라진 사람들은 그들에게 원망의 대상이 아니다. 요컨대, 기억은 하나의 구원행위이다.

기억과 망각의 메커니즘은 윤성희의 소설이 주조되는 주된 방식 가운데 하나이기는 하지만, 대체로 그의 소설은 그 작동원리에 무관심하다. 타인의 기억에서 사라져가는 자신, 자신의 기억에서 사라져가는 누군가를 주목하면서, 그의 소설은 망각이야말로 보다 강력한 소멸이고 폐기이며 상징적 죽음임을 강조한다. 그러나 기억의 화살표는 언제나 어긋나게 마련이다. 고독에 관한 한 우리들 모두가 가해자이고 피해자인 것이다. '이야기'라고도 부를 수 있는 이 기억과 망각의 어긋남의 결과들, 고독한 그들의 숨은 사연 아니 그들의 생 전부가 기억의 내용과 소설 전체를 채운다. 이렇게 해서 윤성희의 소설을 통해 경험이 상실된 시대의 개인의 고독은 집단적 사건으로 복원된다. 이러저러한 주변인 군상들의 수런거림과 아우성 속에서 고독은 이제 사회적, 문화적으로 편재하는 집단적 현상임이 '이야기'된다.

3. 식탁 공동체 혹은 자기 연민

윤성희 소설의 인물들은 종종 음식을 계기로 의기투합한다. 그들은 대체로 여자들이고 종종 뚱뚱하다. 보물찾기에 실패한 「유턴지점에 보물지도를 묻다」의 '나'와 Q, W와 가출 여고생이 특제 만두와 쫄면을 만들어 팔면서 모여 산다면, 「길」의 어머니와 나와 다섯 명의 이모들은 넋두리와 함께 음식까지 공유하는 사이다. 단무지를 실은 트럭에 치인 후, 단무지 회사에 취직하게 된 「봉자네 분식집」의 그녀는 P의 상실에 '먹을 것'으로 저항한다. 그리고 급기야 봉자 엄마와 분식집을 차린다. 윤성희의 소설에 다이어트 따위를 하는 사람은 없다. 허기진 마음을 채우기 위해 그들은 "지퍼를 채우자 허벅지가 답답하게 죄어왔고, 버튼을 채우기 위해선 숨을 들이쉬어야"(171쪽) 할 만큼 먹어댄다. 이는 따뜻한 음식을 연상시키는 부엌과, 부엌을 지키는 어머니, 그 온기로 충만한 모성적 세계에 대한 열망일 것이다.

그럼에도 불구하고 윤성희 소설의 인물들이 자매애(sisterhood)를 바탕으로 한 새로운 연대를 꿈꾸는지는 불분명하다. 그들 중 상당수가 '가족' 혹은 '집'으로 상징되는 정착적 삶을 거부하는 것은 분명하다. 그들에게 가족은 부양해야 할 의무이거나, "따분"(111쪽)한 생과 일을 팽개치지 못하게 하는 핑계에 불과하다. 부모에게 버려진 아이들을 자식에게 버림받은 옆집 할머니가 키운다. 그들은 가족의 주소를 알지 못하고, '가족'이 환기하는 상실의 기억 때문에 집을 떠나 궤도이탈적 삶을 산다. 때때로 그들은 24시간 영업을 하는 '찜질방'을 숙소로 삼고, 폭우로 지하실이 물에 잠긴 상황에서 "집을 배 삼아서 전국을 떠돌아다녀도 좋을 듯 싶"(47쪽)다는 공상에 잠긴다. 그런 그들이 별다른 계기 없이 이합집산을 되풀이하기도 한다.

하지만 '주변인의 주변인들의 미래'에 대해서 윤성희의 소설은 아직 모색중인 듯하다. 의기투합했던 여자들도 「길」의 이모들처럼 야반도주하거나 소리 소문도 없이 사라져버리기도 하기 때문이다. 물론 작가가 반드시 그 모색을 하나 혹은 몇 가지의 해결로 종결할 필요는 없겠지만, 작가의 모색이, 등장인물들이 여전히 자기애와 자기 연민에 사로잡혀 있다는 점과 무관하지만은 않은 듯하다. 「만년 소년」에는 혈연으로 얽히지 않은 새로운 가족 형태가 등장한다. 그러나 작가는 그것을 오이디푸스적 가족을 극복할 수 있는 대안으로 제시하지 않는다. 「만년 소년」의 '나'를 사로잡는 이미지는 비 오는 어느 날 정류장에 버려진 자신이다. 버려진 자신을 데려온 여자는 자신의 진짜 가족과의 만남을 방해한 걸림돌이다.

어른이 된 어린이 암산왕의 비루한 삶을 이야기하는 「어린이 암산왕」에서 현재 임시직 공무원으로 일하고 있는 '남자'의 인생은 어린이 암산왕이 된 순간 완결되고, 바로 그 순간에 멈춘 채 고착된다. 이후 금빛으로 번쩍이던 일등 메달이 변색해가듯 그렇게 소진하고 퇴락해가는 그의 생에서 남은 것이 있다면 과거의 그 시간을 상기하려는 강렬한 열망뿐이다. 귀중품만 가지고 대피를 해야 하는 절박한 상황에서 벽에 걸려 있던 메달을 집어들었던 것도 이 때문이며, 자신에게 '어린이 암산왕'이라는 별명을 붙여주었던 아나운서가 죽자, 검정 넥타이를 매고 애도했던 것도 이 때문이다. 아버지의 실종이나 어머니의 야반도주가 그들에게 심리적

동요를 일으키지 않는 데 반해, 친구의 죽음이 그들의 삶을 송두리째 변화시키는 것도 이 때문이다. 「잘 가, 또 보자」의 H와 O, K와 W처럼 그들은 각자가 서로에게 거울로 되비치는 자신이기 때문이다. 어쩌면 사라지는 것 / 곳 / 존재에 대한 연민은 그들의 자기 연민의 확장이라고 해야 할지도 모른다.

누군가 가슴속을 똑똑 하고 두드렸다. 그는 자신의 가슴을 들여다보았다. 지난 삼십 년 동안 자신이 얼마나 외로웠었는지 그는 잊고 있었다. (「누군가 문을 두드리다」, 74쪽)

그는 아무도 대답하지 않는 전화기를 들고 계속 중얼거렸다. 생각해보니 지금까지 한 번도 행복한 적이 없었다고. 그래서 이제부터라도 행복한 일을 하고 싶다고. (「봉자네 분식집」, 161쪽)

그러니, 윤성희 소설의 인물들이 정작 찾아 헤맨 목소리(이야기)는, 다른 누구도 아닌 자신들의 이야기였는지도 모른다. 그들은 타인의 고독을 통해 자신의 고독을 확인한다. 그러나 여기까지이다. 「거기, 당신?」의 그들, 방화범을 위해 전화 고지서 등의 종이를 골목에 버려두는 그녀와, 그것들을 따라가다가 그녀와 만나게 되는 그처럼, 그들은 서로의 고통과 절망에 위무받기도 하지만, 그들의 감정은 낭만적 연애감정이 아니라, 그저 잠시의 동행인에게 느끼는 동료의식일 뿐이다. 그들은 여전히 고독하다. 욕망은, 헤겔 식으로 말하자면, 타자의 욕망이며, 타자의 인정을 얻고 싶은 욕망이다. 그렇다면 윤성희의 소설에는 욕망이 없다. 그의 소설의 누구도 관계를 맺는 타자를 가지지 않기 때문이다. 그들은 고독한 그들의 숨은 사연과 절망을 타인들에게 "과거형으로 말하는 것"(170쪽), 그렇게 타인과 만나는 것을 여전히 두려워한다. 자신의 과거에 담긴 슬픔을 쿨하게 추스르기에는 아직 시간이 충분하지 않은 듯하다.

분명, 음식을 계기로 의기투합하는 그들을 식탁 공동체의 탄생으로 선언하기는 아직 이르다. 그렇기는 하지만 그들 각자가 자신의 고독과 절망을 처리하는 방식에는 어떤 변화의 기미가 엿보이는 것도 사실이다. 아마도 작가의 모색이 제시한 하나의 해결책이라고 할 수 있을 것인데, 그 해결책이라는 것이 자못 이채롭다. 그들은 '유머'로 명명할 수 있는 자기-이중화의 힘을 통해 자기 연민에 함몰하지 않기 위한 내공을 기른다. 그리고 고독과 절망, 소외와 상실의 경험을 비트는 그들의 경쾌한 반동은 소설 전체에 활기를 부여한다.

혼자서 목욕을 할 수 있는 나이가 되면서부터 나는 언제나 내 옷은 내가 빨았고, 내 밥그릇은 내가 닦았다. 덕분에 나는 학교에서 '착한 어린이 상'을 받기도 했다.(「길」, 143쪽)

아버지가 아프다는 말을 들은 후부터 동생은 자주 울었다. 나는 코미디 프로그램을 빠짐없이 보았고, 코미디언들의 우스꽝스런 행동을 흉내내기 시작했다. 하루 종일 말이 없던 동생은 그런 나를 보고 웃었다. (……) 동생 덕분에 나는 구봉서부터 김형곤까지 모든 코미디언들의 성대모사를

할 줄 알게 되었고, 학교에서는 언제나 오락부장을 했다.(「고독의 의무」, 185쪽)

　　우유곽에도 잃어버린 아이들의 얼굴이 그려졌다. 그는 하루에 한 잔씩 우유를 마셨다. 우유를 마시기 전에 곽에 새겨진 아이들의 얼굴을 찬찬히 살폈다. 하지만 자신과 비슷하게 생긴 아이는 없었다. 대신, 키가 자라기 시작했다. 몇 년이 지나자 또래 중에서 가장 키가 큰 아이가 되었다. 모두 우유 덕분이었다.(「만년 소년」, 220~221쪽)

　　주말이면 패러글라이딩을 하러 가는 삶을 원했으나 자전거를 배우는 삶이 오히려 안전하고 돈이 들지 않는다고 자신을 설득하는(때로는 기만하는) 「누군가 문을 두드리다」의 '그'처럼, 윤성희 소설의 인물들 대부분은 자신의 슬픔과 고통을 상대화하는 방식으로 절망을 비켜간다. 그리고 그들은 내면의 감정을 객관화하는 자기-이중화의 능력을 터득하면서 어떤 고귀한 정신적 자세를 획득하게 된다. 이는 자신을 포함한 대상을 냉정하게 그러나 애정 어린 눈으로 바라봄으로써 획득되는 자세다. 이제 그들 각자는 자기이면서도 동시에 타자일 수 있는 힘을 기르고,[3] 자기 안에 타자가 들어설 수 있는 공간을 만들 수 있을 것이다. 자기-이중화의 힘을 동력 삼아 그들은 자신의 탄식과 통곡을 간편하게 봉쇄하거나 애도하지 않으며, 적어도 자신들이 초월할 수 없는 조건들을 음미하고

────────────

3) 가라타니 고진, 『유머로서의 유물론』, 이경훈 옮김, 문화과학사, 2002, 125~132쪽 참조.

인식할 수 있게 되는 것이다. 그렇다면 이 또한 난쟁이들만의 적절한 절망 대처법이라 할 만하다.

4. 위무의 문학, '믿거나 말거나 세상'

　Q는 사이다를 마시고는 트림을 했다. 다른 사람 앞에서 트림을 해본 적이 없다고 내가 말하자 Q는 마시던 사이다를 주면서 말했다. 마셔요. 그리고 한번 해보세요. 나는 사이다를 남김없이 마시고 아주 길게 트림을 했다. 앞자리에 앉은 남자가 뒤돌아봤다. 시원했다. 나는 Q와 친구가 되었다. (「유턴지점에 보물지도를 묻다」, 16쪽)

　평생 이렇게 지나가버려라!

　책을 꽂다 말고 그녀가 웃었다. 아르바이트 학생도 따라 웃었다. 웃다가, 그녀는 경쾌한 자신의 웃음소리가 너무 어색해서 주춤했다. 내 웃음소리가 이랬나? 잠시 이런 생각을 한 다음, 허리를 움켜잡고 더 큰 소리로 웃었다. (「그 남자의 책 198쪽」, 121쪽)

　O는 회사에 전화를 걸어 이렇게 소리를 질렀다. 어디 아픈 것 아니냐고 한 번도 안 물어보냐, 이 인정머리 없는 놈아! 그렇게 해서 O는 수화기를 붙들고 계속 욕을 해댔다. 사람들이 왜 욕을 하는지 알 것 같았다. 명치에 얹혀 있던 묵직한 덩어리가 배꼽 아래로 내려가고 있었다. O는 화장실로

달려가 기분 좋게 똥을 누었다. 십 년 이상 O를 따라다니던 만성 소화불량과 변비가 한꺼번에 해결되었다. 배가 고파왔다. 변기에 앉아 P는 주먹을 불끈 쥐었다. 그래, 뭐든 먹어야 해!

(……) 결국 O는 눈에 보이는 건물마다 들어가 화장실을 찾아야 했다. 문이 열려 있는 화장실은 없었다. 그때마다 화장실 입구에 침을 뱉으면서 욕을 했다. 문 좀 열어두면 어디 덧나냐! 마침내 문이 열려 있는 화장실을 찾았을 때, O는 너무 기쁜 나머지 노래를 흥얼거렸다. O는 다시 한번 시원하게 똥을 누었다. 하루에 두 번이나 화장실을 가다니 기적 같은 일이야. O는 손을 닦으면서 중얼거렸다.(「잘 가, 또 보자」, 239~240쪽)

윤성희의 소설이 보여주는 또하나의 이채로움 가운데 하나는 에티켓이나 예의범절과 같은 일상적 규범으로부터 자유로운 인물들이 출현한다는 점이다. 물론 이들이 바흐친 식의 공간적 경계를 모르는 카니발적 자유를 실현하는 것은 아니다. 난쟁이의 세계에는 '아버지'의 이름으로 강제되는 별다른 금기가 없거니와, 법과 도덕이라는 이름의 규율은 깊이 체화되어 이들에게는 사적인 범주로 인식될 뿐이기 때문이다. 그럼에도 불구하고 이들로 인해 윤성희의 소설은 엄숙함과 경건함의 세계에서 난쟁이의 세계로 한 발 더 가까이 다가가게 된다. 무엇보다 엄숙함으로부터의 탈피의식은 작가의 글쓰기를 '믿거나 말거나 세상'으로 달리게 한다. 시(市)가 조성한 공원에는 어린잎을 따서 나물로 먹을 수 있거나 열매로 물감을 만들 수 있는 나무들이 무성하고, '숨쉬는 물건들'이라는 중고품 전문점에는 사연이 새겨진 물건들의 수런거림이 있다.(「누군가 문을 두드리다」) 도서관 열람실에는 바닥에 앉거나 누워서 책을 볼 수 있도록 소파와 쿠션이 놓이고, 베란다와 정원에도 책을 읽을 수 있는 의자가 놓인다.(「그 남자의 책 198쪽」)『레고로 만든 집』이 보여주었던 그로테스크한 상상력은 이렇게 판타지의 색채로 대치되면서 한결 경쾌해진다.

윤성희 소설의 궁극적 지향은, 그러므로, 고독한 존재들의 숨은 사연에 귀 기울이고, 자신의 절망을 유머화하는 인물들을 이야기하면서 우리 시대의 '주변인의 주변인', 그들을 위무하는 데 있다. 「고독의 의무」에서 결혼식이나 돌잔치에 가지 않아도 되는 친구들을 만나고 싶다는 생각에 가입한 인터넷 동호회, '만우절이 생일인 사람들의 모임'의 회원들처럼, 윤성희의 소설은 등장인물들이 서로 위로하고, 그 위로의 온기를 독자에게 감염시키고자 한다. "수많은 거짓말 같은 이야기"가 위무의 수단과 방법이며, 그러므로 "그 이야기들이 진짜인지 가짜인지"(192쪽)는 중요하지 않다. 만우절이 생일인 사람들의 생일이 정말 4월 1일일까? 그러나 "정말이야?"라고 물으면 안 된다. 이는 난쟁이의 세계에 입장하기 위해 "지켜야 할 첫번째 규칙"(194쪽)이기 때문이다.

현실의 원리를 살짝 비틀어 만들어낸 난쟁이들의 세계가, 비록 자족적이지만, 리비도적 소망 충족의 상징적 경험을 제공하는 것은 분명하다. 현실세계를 흉내내는 난쟁이의 세계가 현실논리에 균열을 일으키게 된다면, 아마도 그 경험의 폭발력은 보다 강력해질 것이고, 난쟁이들의 세계의 유토피아적 가능성도 증폭될 것이다. 그러나 어쨌든 불행과 불운, 고통과 절망으로 점철된 시대를 박박 기면서 견뎌내는 우리 시대의 '주변인의 주변인들'에게 윤성희의 소설은 "나지막하지만 따뜻"(192쪽)한

울림으로 속삭인다. "배가 부르다고 생각하니 쓸쓸하다는 생각은 조금씩 옅어졌다. 사람들은 그래서 밥을 먹나봐."(167~168쪽) 그러니 밥 먹고 기운내서 다시 살아보자고, 살아보자고……

작가의 말

오후 네시에서 다섯시 사이. 먼 도시로 여행을 떠난 친구에게서 엽서가 온다. 근사하게 생긴 청년이 음식을 해주는 식당에서 하루 세끼를 사먹는다고. 가까운 놀이동산으로 가서 롤러코스터를 타며 소리를 질러본다고. 길거리에 버려진 전단지를 주워 몇 번씩 읽어본다고. 모자가게를 하나 발견했는데 그 가게에서 파는 모자는 전부 갖고 싶다고. 그래도 여전히…… 따분하다고……

새벽 세시에서 네시 사이. 누군가가 내 방 창문 아래에 서서 어딘가로 전화를 건다. 미안해. 그리고 이어지는 한숨. 가로등이 깜빡거린다. 알았으니 이제 집으로 돌아가라고, 가로등이 대신 대답을 해준다. 나는 낡은 노트북을 똑똑 두드려본다. 한참 후에 노트북이 홀로 켜졌다. 내가 말했다. "여기까지 같이 와줘서 고마워."

내 됨됨이에 비해 과분하게 나를 사랑해주는 사람들. 나는 언제나 그들 곁을 떠날 생각만을 했다. 이제 나는 이 자리에 서 있을 것이다. 대신 그들이 내 곁을 떠날 날을 기다릴 것이다. 내가 서 있는 땅이 낭떠러지가 될 때까지.

말을 아끼는 사람이 되고 싶다.

2004년 10월
윤성희

문학동네 소설집

거기, 당신?

ⓒ 윤성희 2004

1판 1쇄	2004년 10월 27일
1판 11쇄	2016년 1월 22일

지은이 윤성희
펴낸이 염현숙
책임편집 차창룡 조연주 김송은
마케팅 정민호 나해진 박보람 이동엽 | 홍보 김희숙 김상만 한수진 이천희
제작 강신은 김동욱 임현식 | 제작처 한영문화사

펴낸곳 (주)문학동네
출판등록 1993년 10월 22일 제406-2003-000045호
주소 10881 경기도 파주시 회동길 210
전자우편 editor@munhak.com | 대표전화 031)955-8888 | 팩스 031)955-8855
문의전화 031) 955-3576(마케팅) 031) 955-8864(편집)
문학동네카페 http://cafe.naver.com/mhdn

ISBN 89-8281-858-8 03810

www.munhak.com